MEUCHEL MORD

im Kemptener Wald

Roman

Anton Maurus

EDITION ALLGÄU

EDITION ALLGÄU

EDITION ALLGÄU
im Verlag HEPHAISTOS
Lachener Weg 2, D-87509 Immenstadt-Werdenstein
www.heimat-allgaeu.info

Herausgeber: Peter Elgaß
Satz: Bianca Elgaß

ISBN: 978-3-931951-93-1

Für meinen Freund Thomas Greiter

Dank

Ich bedanke mich ganz besonders bei meiner Schwester Ehrentraud und meinem Freund Thomas Greiter für ihre Hilfe, Unterstützung und Motivation.

Ein Vorwort

Diese Geschichte ist von einer wahren Begebenheit inspiriert, die sich im Jahre 1872 vorwiegend in der Gegend des kleinen Ostallgäuer Bauerndorfs Görisried und des naheliegenden Kemptener Waldes abgespielt hat.

Mein Freund Thomas Greiter, ein gebürtiger Görisrieder, hat mir vor einer Weile diese Geschichte vom Schicksal meines Namensvetters erzählt. Er zeigte schon als Bub an diesem mysteriösen Ereignis Interesse und lebte dort, wo noch Spuren zu finden sind, die an jenen aufregenden Vorfall erinnern. Thomas fand wertvolle authentische Quellen. Vor allem einen Artikel in der Kemptener Zeitung vom 12. Oktober 1872, der unverändert im Text erscheint. Ebenso ist der Wortlaut authentisch, der auf ein noch stehendes Denkmal unweit von Görisried eingraviert ist. Sehr informativ waren auch die Auszüge aus der Chronik der Gemeinde Görisried (1974), in der festgehalten ist, was man sich vor Ort erzählte. Außerdem hatte ich eine Beschreibung des damaligen Postwesens und einige andere Quellen zur Hilfe.

Die Geschichte ist vor dem Hintergrund dieser Informationen geschrieben, ansonsten aber frei erfunden. Aber es ist alles mit eingeflossen, was man vor Ort hinter vorgehaltener Hand erzählt. Jegliche Ähnlichkeiten in dieser Geschichte mit verstorbenen oder noch lebenden Personen sind unbeabsichtigt und rein zufällig. Alle Namen außer solchen in historischem Zusammenhang sind frei erfunden, abgesehen von Anton Maurus und seinen namentlich genannten Familienmitgliedern (außer Sophie) und seinen Vorfahren, Andreas Schneller, Johann Baptist Kraus und Guggemos. Einige dieser Namen erscheinen in den öffentlich zugängigen Quellen.

Wie schon der erste Teil meines Romans »Mit den Gedanken daheim« spielt sich diese Geschichte im ländlich-bayerischen Allgäu des 19. Jahrhunderts ab, als König Ludwig II. regierte. Im Jahre 1872 war das Königreich Bayern erst kurz ein Teil des Deutschen Kaiserreichs, das nach dem Krieg gegen Frankreich von 1870/71 unter Bismarcks Führung geformt worden war. Die gesellschaftlichen und wirtschaftlichen Verhältnisse jener Zeit bilden wiederum den Hintergrund für diese Geschichte, wobei auch kulturelle und geschichtliche Referenzen entsprechende Erwähnung finden.

Xaver Gschwend saß am Schreibtisch seines Amtszimmers in der Polizeistation Kempten. Vor ihm lag die aufgeschlagene, verstaubte Akte des ungelösten Mordfalls Anton Maurus, der am 9. Oktober 1872 unweit von Görisried meuchlerisch erschossen worden war. Es war nun Anfang Mai 1928, und Xaver dachte bei sich, dass seit jener Tat »an Haufe Wasser d'Iller na glofe war«. Er hatte seine Gründe, weshalb er diese halbvergessene Akte nach fast 56 Jahren wieder herausgekramt hatte. Sein Interesse an diesem Fall war nämlich vor Kurzem wieder erwacht. Er steckte sich seine Pfeife an und begann, die alten Berichte zu lesen. Dieser Fall trug ihn in seine Kindheit zurück. Er war 1863 in Görisried geboren und hatte damals als neunjähriger Bub die ganze Aufregung im Dorf hautnah miterlebt. Seine Gedanken schweiften nun zu den Ereignissen des 9. Oktober 1872 und der nachfolgenden Zeit zurück.

Als langjähriger Kriminalbeamter hatte er es sich mittlerweile zueigen gemacht, dass er sich - so gut er es vermochte - in jeden einzelnen Fall hineinzuversetzen versuchte. Er hatte mit dieser Methode gute Erfahrungen gemacht. Als er nun die Akte Maurus durchgeschaut hatte, lehnte er sich zurück und nahm ein paar ruhige Züge von seiner Pfeife. Wie immer schloss er dann die Augen und ließ seine Erinnerungen erwachen. So konnte er die Vorfälle jener Tage im Detail rekonstruieren. Er behielt alle Fakten wie ein Gerüst im Hintergrund und verband sie in seinem entspannten Zustand mit allerlei weiteren Gedanken, die ihm zu diesem Fall einfielen. Auf diese Weise entstand in seinem Gehirn eine Geschichte, wie sie sich damals entlang dieser Linie in Wirklichkeit zugetragen haben könnte.

...

Wie üblich befand sich Anton Maurus auch am Mittwoch, 9. Oktober 1872, auf der Heimfahrt von Kempten nach Görisried. Er war einer von zwei Kemptener Boten für seinen Heimatort. Während sein langjähriger Freund Hans Guggemos für die hiesigen Sennereigenossenschaften Butter und Käse nach Kempten beförderte, war Anton an drei Wochentagen als Postmann und Gemeindebote tätig. Er hatte zwar eine kleine Landwirtschaft daheim und war als »Söldner« eingestuft, konnte sich und seine Familie damit allein aber nicht ernähren. Wie viele andere brauchte auch er einen Nebenerwerb.

Das Wetter war miserabel, es war nass und kalt. Der Dauerregen hatte schon am Montagnachmittag eingesetzt und schien nicht aufhören zu wollen. Anton war heute vor allem entlang der Steigung zwischen Durach und Bodelsberg sehr aufgehalten worden und weit später dran als gewöhnlich. Als er nun endlich um halb sieben Uhr abends beim Gasthof »Adler« in Bodelsberg ankam, fand er dort Hans Guggemos wie erwartet in der Gaststube vor und gesellte sich zu ihm. Nun war es Zeit, sich ein wenig auszuruhen und etwas zu essen und zu trinken. Die Stube war ziemlich voll mit Leuten, die wegen der schlechten Straßenverhältnisse ebenfalls aufgehalten worden waren. Anton unterhielt sich mit Hans Guggemos über den für sie beide gleichermaßen anstrengenden und langen Tag. Nach etwa einer Stunde rief Anton dann Ludwig, dem Wirt, um zu bezahlen, denn er wollte unbedingt heute noch heimfahren. Hans versuchte ihn umzustimmen: »Du, Anton, bleib doch heit Nacht do! Es isch so a Sauwetter do duss und es muass doch it sei, dass du di z'nachtes alloi dur de'Wald blogsch! Die Stroß isch firchtig nass, des weisch doch seal! Du verhocksch z'letzscht!«

»Dank dr schea, Hans«, erwiderte Anton. »Des isch guat vo dir, dass du di so um mi sodrgsch. Aber i mecht heit ganz oifach no hoim zu moiner Familie und i schlof au am liabschte in meim eigene Bett, woisch! I dät scho bleibe, wenns gar it gung, aber ganz so schleacht ischs heit it. I ho scho viel schleachtere Verhältnisse verlebt und du doch au. In og'fähr zwoi Stund sott i dahoim sei!«

»Mei, Anton, du bisch und bleibsch halt a reacht sturer Bock! I sig scho, dass i di it aufhalte ka. Also, pfiati Gott, Anton und komm guat hoim! I triff di wahrscheinlich am Freitag meh.«

»Pfiati, Hans! Machs guat drweil!«, antwortete Anton, bezahlte Ludwig und stand auf. Er setzte seinen Hut auf, winkte Hans nochmals zu und verließ das Gastzimmer. Im Gang zog er seinen Regenmantel an und ging zu seinem Fuhrwerk. Er band sein Pferd Maja los, verhüllte sein Gesicht so gut wie möglich in seiner Kapuze und fuhr kurz vor halb acht Uhr in strömendem Regen aus dem Hof und bog in die Nebenstraße nach Görisried ein.

Der Regen prasselte unaufhaltsam vom Himmel, als er nach kurzer Zeit am Waldrand anlangte. Anton war wie alle anderen Leute und fuhr nicht gern nachts durch den Wald, vor allem nicht allein. Obwohl eine innere Stimme und Hans Guggemos ihm bereits im Wirtshaus davon abgeraten hatten, wollte er besonders heute noch nach Hause. Er war die letzten Tage sehr bedrückt gewesen und wäre heute eigentlich am liebsten gar nicht von seinem eigenen Anwesen fortgefahren. In seiner Stimmung zog er es außerdem vor, sich nicht zu viel unter die Leute zu mischen. Er hatte gerade zu sehr mit sich selber zu tun, war ganz mit einem schwierigen Problem beschäftigt und zerbrach sich den Kopf darüber. Da war es ihm sogar irgendwie ganz recht, allein im Wald zu sein, obwohl es dort schon etwas gespenstig und angsterregend war. So sehr er die Stille des Waldes für sein inneres Befinden brauchte, so sehr war sie auch gleichzeitig furchterregend und bedrohlich.

Das Fuhrwerk war auf der eingeweichten Straße kaum hörbar, als sein Pferd Maja es nun etwas nach neun Uhr in stetigem Tempo am »Grund« unweit der Sägemühle vorbeizog. Von hier aus war es nicht mehr sehr weit nach Görisried. Er saß mit halb gesenktem Kopf auf dem Bock, nach wie vor tief in Gedanken versunken. Alles war so ruhig und still, dass Anton das Tropfen von den Bäumen hören konnte. Der Regen hatte zwar vor einer Viertelstunde etwas nachgelassen, aber aufsteigende Dunst- und Nebelschwaden dämpften nun das ohnehin nur schwache Licht der Wagenlaternen. Anton saß frierend auf seinem Sitz und zog sich die Kapuze so tief ins Gesicht, dass nur seine Nase und seine Augen frei blieben. Es war bitterlich kalt und unangenehm.

»Mei, isch des kalt! In d'Berg schneits gwiis scho!«, dachte sich Anton und rieb sich die Hände.

Da durchbrach urplötzlich ein blitzartiges Licht die Dunkelheit, während gleichzeitig ein lauter Knall ertönte. Anton sackte in sich zusammen. Sein Unterleib schmerzte, als ob er von Messerstichen getroffen wäre. Er war bei vollem Bewusstsein, schrie laut auf unter seiner Qual und hielt sich seinen Bauch mit beiden Händen. Im nächsten Augenblick sprang eine dunkel gekleidete Gestalt auf die Straße, schwang sich dabei ein Gewehr über die Schulter und rannte zu Maja hin, die vor Angst und Schrecken scheute. Mit schmerzverzerrtem Gesicht und laut schreiend konnte Anton noch ausmachen, wie ein unheimlicher Schatten seine Maja am Halfter packte und ihren Kopf niederzog, worauf sich das Ross beruhigte. Anton war unfähig, etwas zu unternehmen. Ihm wurde nun auch schnell schwindlig. Seine Augen waren wässrig und vor Schmerz fast geschlossen, er konnte die Person nicht klar erkennen. Das wäre ihm ohnehin unmöglich gewesen, denn diese hatte einen Strumpf übers Gesicht gezogen und nur Löcher für die Augen, die Nase und den Mund frei gelassen.

Die Gestalt eilte zum Wagen, schnitt die Plane kurzerhand mit einem Messer auf und warf sie über eine Seite des Wagens, sodass die Ladefläche offen dalag. Dann kletterte die Person flugs auf den Bock, packte den vollkommen wehrlosen und mittlerweile nur noch stöhnenden Anton unter den Armen, zog ihn vom Kutschersitz und warf ihn mit dem Gesicht nach unten auf die Ladefläche, wo sich schnell eine Blutlache unter ihm bildete. Der Maskierte beugte sich zu ihm nieder und stellte fest, dass es mit seinem Opfer zuende ging – er musste nicht mehr nachhelfen.

Blitzschnell durchsuchte die Gestalt nun Antons Taschen, ergriff seinen Geldbeutel und suchte erfolglos nach anderen Wertgegenständen. Sie riss dann die Taschenuhr von der Kette und warf ihre Beute in einen Sack, den sie hinter den Gürtel ihres Mantels geklemmt hatte. Nun hielt die Gestalt einen Moment inne und lauschte. Kein Ton war zu hören, nur das Röcheln Antons. Der starke Geruch von verbranntem Schießpulver schwebte noch immer in der nebligen Luft. Die Person ergriff eilig eine der Wagenlaternen, durchstöberte die Ladung, ergriff ein paar Gegenstände und ließ andere unbeachtet zurück. Sie öffnete auch die paar Pakete in der Hoffnung, darin etwas Brauchbares oder Wertvolles zu finden. Mit einem unterdrückten Fluch warf sie deren Inhalt bis auf etwas Werkzeug aber wieder weg. Schließlich schlitzte sie auch noch die Briefsäcke auf, fand aber nichts von Interesse. Alles ging sehr schnell vonstatten. Die unheimliche Gestalt sprang schon nach wenigen Minuten mit ihrem nur leicht gefüllten Sack wieder vom Wagen und verschwand an der gleichen Stelle zwischen den Bäumen, wo sie erschienen war.

Anton röchelte noch eine Weile, während er verblutete. Sein Bewusstsein wurde immer schwächer. Alles schien sich um ihn zu drehen. Gleichzeitig nahm er den Schmerz immer weniger wahr, seine Gedanken schwebten ins Nichts. Die wichtigen Momente seines Lebens blitzten nochmals auf. Er sah sich kurz als unbeschwertes Kind, sah die Gesichter seiner lieben Mutter, seines fürsorglichen Vaters und seiner Geschwister. Dann erschien Cezilies Antlitz vor ihm und gleich darauf seine Hochzeit, als sie sich ihre gegenseitige Liebe und Treue geschworen hatten. Als Nächstes tauchten seine Kinder vor ihm auf, spielend und lachend.

Anton empfand nun keinen körperlichen Schmerz mehr, seine Seele jedoch litt fürchterlich darunter, dass er seine Lieben nicht wiedersehen würde. Mit seinem mehr und mehr verschwommenen und schwindenden Bewusstsein wandte er sich nun zu Gott und bat ihn um Vergebung für seine Sünden, Fehler und Schwächen. Im Gebet verlor er schließlich das Bewusstsein, machte noch ein paar mühsame, verkrampfte Atemzüge und starb.

Maja blieb noch eine Weile ruhig stehen und wartete auf ein Zeichen von ihrem Herren. Als jedoch alles still blieb und sie zu frieren anfing, setzte sie sich schließlich langsam in Gang und zog den Wagen die ihr wohlbekannte Straße entlang. Schon bald erreichte das Fuhrwerk Görisried, wo die Straßen nun leer waren. Das Pferd kannte den Heimweg im Schlaf und wollte unter das heimische Dach, um dem Regen zu entrinnen, der mittlerweile wieder eingesetzt hatte. So rollte das führerlose Vehikel hinab ins untere Dorf, beim Wessererwirt vorbei und kam noch vor zehn Uhr abends am letzten Haus gegenüber der »Oberen Mühle« zum Stehen, wo Anton und seine Familie wohnten. Es war das Haus Nummer 47, das den Hausnamen »Toneshannes« trug. Dort hielt es an, und Maja wieherte.

Cezilie hörte es und kam heraus, konnte aber ihren Mann nicht auf dem Bock sehen. Das verwunderte sie sehr, und sie schaute sich in der Hoffnung um, ihn im nahen Umkreis zu erspähen. Da sie ihn nirgendwo entdecken konnte und er sich auch auf ihre Rufe nicht meldete, bekam sie schreckliche Sorge und Angst. Nun erst bemerkte sie die halb herunterhängende Plane des Wagens und eilte dorthin. Mit Entsetzen entdeckte sie einen leblosen Körper auf der Ladefläche, zweifellos den ihres Mannes. Mit einem lautem Aufschrei kletterte sie auf den Wagen, beugte sich nieder und drehte den Körper zur Seite. Sie konnte nichts mehr tun, ihr Anton war tot, sein lebloser Körper aber noch warm. Die Frau brach nun in verzweifeltes Heulen aus, legte sich nieder und schlang die Arme um ihren toten Mann.

Die Kinder hörten das und eilten zur Stelle, erkannten die fürchterliche Situation und fingen ihrerseits an zu weinen und zu schreien. Es dauerte nicht lange, bis ein paar Nachbarn eintrafen und ebenfalls vom Schrecken überwältigt wurden. Die Männer vom »Regler«, vom »Kucheler« und auch der »Obermüller« stiegen auf die Ladefläche, ergriffen Anton und trugen ihn in den Hausgang. Man entfernte seine Kleidung und konnte sogleich sehen, dass er an den zahlreichen Wunden eines Schrotschusses gestorben war. Ein weißes Tuch wurde über ihn gelegt. Einige Leute waren mittlerweile zum Haus gekommen, und allen standen die Angst und Schrecken ins Gesicht geschrieben. Zuerst nahmen sich nun die Frauen der nächsten Nachbarn Cezilies und der Kinder an, denn man könnte die Familie in dieser Not auf keinen Fall alleinlassen. Keiner von ihnen würde heute Nacht schlafen, und die Kinder würden morgen nicht in die Schule gehen können. Man beschloss, dass es am besten wäre, wenn die mit Cezilie eng befreundeten Nachbarsfrauen vom »Kalkbrenner« und der »Oberen Mühle« über Nacht hierblieben. Ebenso würde sämtliche Arbeit am Hof für die nächste Zeit von den Nachbarn und der Dorfgemeinschaft übernommen werden, denn die Familie wäre dazu nicht imstande.

Nachdem sich das erste Chaos der Situation etwas gelegt, man die Unausweichlichkeit der furchtbaren Tatsache erkannt und sich der Familie Maurus bestmöglich angenommen hatte, waren die Leute nun in aufgeregten Gesprächen miteinander engagiert. Es war ein Ereignis von ungewöhnlicher Art und Größe für einen kleinen Ort wie Görisried und betraf sowohl die Menschen im Dorf als auch die ganze weitere Umgebung. Viele meinten, dass ein Raubmörder zugeschlagen habe und womöglich ein jeder von ihnen genauso gut das Opfer hätte sein können, falls die betreffende Person heute Abend von Bodelsberg durch den Wald gekommen wäre. Diese Straße sei besonders nachts vollkommen unsicher, so stimmten die Leute überein. Man könne nicht wissen, ob und wann der vermeintliche Raubmörder wieder zuschlagen werde. Alles müsse daran gesetzt werden, denselben zu erwischen. Jeder erkannte, dass es deshalb äußerst wichtig sei, das Fuhrwerk nicht zu betreten und nichts anzufassen oder zu verändern. Alles müsse so bleiben, wie man es vorgefunden habe, damit die Gendarmerie mögliche Spuren sicherstellen könne. Diese müsse so schnell wie möglich informiert werden, denn es dürfe keine Zeit verschwendet werden. Heute Nacht sei es jedoch schon zu spät dafür. Weder einer der Anwesenden noch sonst jemand im Dorf würde sich in die dunkle Nacht hinaustrauen, wo ein unbekannter Mörder sei. Man müsse morgen schon ganz früh einen berittenen Boten nach Kempten und einen anderen nach Nesselwang zur jeweiligen Gendarmerie schicken. Diese würden dann hoffentlich sofort Kriminalbeamte hierher abbeordern. Nach einigem Hin und Her erklärten sich die Männer vom »Kucheler« und vom »Kalkbrenner« zu diesen Botenritten bereit.

Die schreckliche Nachricht verbreitete sich am Donnerstagvormittag wie ein Lauffeuer in Görisried und Umgebung. Wer sie nicht in der Nacht noch erfahren hatte, bekam die Neuigkeit irgendwie am Morgen oder am Vormittag mit. Niemand redete mehr von etwas anderem. Furcht und Schrecken machten sich schnell breit. Der Guggemos erfuhr die schlimme Nachricht nach seiner Rückkehr um etwa neun Uhr und wurde dabei leichenblass. Er fing an, wie Espenlaub zu zittern, brachte kein Wort heraus und musste sich hinlegen. Er wusste nur zu gut, dass er genauso wie Anton das Opfer hätte sein können, falls er allein durch den Wald gefahren wäre. Einige Leute fingen sogar an, diesbezüglich zu spekulieren und zu vermuten, dass der Raubmörder es eher auf den Guggemos als auf den Maurus Anton abgesehen haben könnte. Sie stützten sich dabei auf die Beute, die beim Guggemos weit höher als beim Maurus gewesen wäre. Jedoch gestanden sie ein, dass man ohne irgendwelche konkreten Hinweise nur Mutmaßungen treffen könne.

Bereits am späten Vormittag kamen mehrere Gendarmen von Kempten und Nesselwang. Die Kriminalbeamten untersuchten das ganze Fuhrwerk mit großer Sorgfalt, insbesonders den Bock und die Ladefläche. Auch Maja und das Zaumzeug wurden nach eventuellen Spuren abgesucht. Es war jedoch nichts zu finden, was irgendwelche Hinweise oder Anhaltspunkte hätte verschaffen können. Der Täter hatte nichts verloren oder versehentlich zurückgelassen. Der Regen hatte alle Stiefelabdrücke weggewaschen. Auf dem Wagen lagen nur die aufgeschnittenen Postsäcke und Pakete sowie ein paar sonstige Waren verstreut umher. Der Mörder hatte zwar die gesamte Ladung durchsucht, jedoch nur jene bestimmten Dinge mitgenommen, die ihn offensichtlich interessiert hatten. Den Rest hatte er achtlos auf die Ladefläche geworfen. Die Beamten waren sich einig, dass ihre Ermittlungen hier erfolglos sein würden. Sie wollten versuchen, den Tatort ausfindig zu machen und dort nach Spuren suchen, falls er sich ermitteln ließe.

Die Gendarmen ritten deshalb die Straße nach Bodelsberg entlang und wurden im »Grund« fündig. Trotz des vielen Regens waren dort noch die Spuren eines scheuenden Rosses zu sehen, das hier mit allen Vieren heftig getrampelt hatte. Man konnte auch sehen, wie sich die Räder des Wagens infolge des unruhigen Verhaltens des Pferdes etwas in die Straße gegraben hatten. Die Stelle wurde nun abgesucht. Man konnte aber nichts finden, nicht einmal eine Hülse. Der Täter hatte anscheinend nur einmal geschossen und die Hülse im Gewehr gelassen. Auch im angrenzenden Wald blieb die Suche zunächst erfolglos. Wenigstens fand man schließlich eine Stelle in den Büschen neben der Straße, wo ein paar Zweige vor kurzer Zeit geknickt worden waren. Hier hatte der Schütze mit allergrößter Wahrscheinlichkeit seinem Opfer aufgelauert. Bei den schlechten Sichtverhältnissen hatte der Täter offensichtlich keinen Fehler riskieren wollen und sich für einen Schrotschuss entschieden. Anton hatte aus so naher Entfernung keine Chance gehabt.

Die Beamten suchten nach Merkmalen, die von dieser Stelle ausgehen könnten, und fanden auch die eine oder andere schwache Spur, wiederum hauptsächlich geknickte Zweige, die die unbekannte Person verursacht haben dürfte. Jedoch war es unmöglich, die Größe oder das Profil einer Sohle genau zu erkennen, denn der Boden war von Zweigen und Laub bedeckt. Es hätte sich deswegen kein klarer Abdruck in der Erde finden lassen, selbst, wenn der Regen jegliche Fußpuren nicht so wie in der letzten Nacht ohnehin ausgewaschen hätte. Zumindest kannten die Gendarmen nun die Seite, von der der Mörder zur Straße gekommen war. Sie schafften es, die schwachen Spuren in den Wald hinein zu verfolgen, und stießen nach etwa hundert Metern auf noch erkennbare Hufeisenabdrücke. Hier schien der Täter sein Ross angebunden zu haben. Man konnte die Spur des Pferdes nun ohne große Schwierigkeiten ein Stück weit verfolgen. Jedoch mündete sie schon bald in einen Pfad, den viele Reiter gern als eine Abkürzung durch den Wald benützten. Von hier aus war es dann unmöglich, die Spur weiter zu verfolgen.

Die Kriminalbeamten hatten immer noch nichts Stichhaltiges in der Hand. Wenigstens hatten die bisherigen Ermittlungen zur Feststellung des Tatorts geführt. Die Männer waren sich einig, dass die Tatzeit demnach zwischen neun und zehn Uhr abends gewesen sein dürfte, denn das führerlose Vehikel war noch vor zehn Uhr daheim angekommen. Das Ross dürfte das letzte Stück des Weges schon kurz nach der Tat begonnen haben, denn Antons Körper war bei der Ankunft noch warm gewesen. Zudem kam Hans Guggemos nachmittags zu den Gendarmen und erzählte ihnen, dass er höchstwahrscheinlich der Letzte gewesen sei, der mit Anton Maurus im Bodelsberger Wirtshaus gesprochen hatte und dass dieser zwischen halb und dreiviertel acht Uhr abends von dort abgefahren sei. Er dürfte demnach zur vermuteten Tatzeit am Tatort angelangt sein, schätzte der immer noch arg aufgewühlte und zitternde Guggemos. Es passte alles gut zusammen, und die Beamten konnten sich deshalb sowohl bezüglich der Tatzeit als auch des Tatorts sicher sein. Sollten sich nun etwaige Verdächtige finden lassen, dann würden sie dieselben auf ihre Alibis zu jener Zeit prüfen können.

Hier lag nun aber das größte Problem, denn der vollkommene Mangel an konkreten Spuren, relevanten Gegenständen und Hinweisen machte die Arbeit der Ermittler entlang dieser Linie hinfällig. Es war nichts vorhanden, das man nach entsprechender Arbeit vielleicht mit einer bestimmten Person in Verbindung setzen konnte. Die Beamten versuchten, den Fall nun aus einem anderen Winkel zu betrachten. Sie sagten sich, dass ihre einzige Chance auf einen Durchbruch darin liege, ein mögliches Motiv für die Tat zu finden und den Täter auf diese Weise zu ermitteln. Im Prinzip gab es hier zwei Möglichkeiten, nämlich einen Raubmord oder einen gezielten Anschlag auf das Leben des Anton Maurus.

In Bezug auf die Möglichkeit eines Raubmörders könnte ein solcher ganz einfach eine günstige Gelegenheit wahrgenommen haben, um ein alleinfahrendes Fuhrwerk zu überfallen. Sollte das der Fall gewesen sein, dann wäre das Motiv die Erbeutung von Geld, Wertgegenständen und Waren gewesen. Der Fuhrmann dürfte für den Raubmörder belanglos und nur ein Hindernis gewesen sein. Es wäre also durchaus möglich, dass der Mörder ganz einfach in den Büschen gewartet und ein unbestimmtes, einsames Fuhrwerk in der

Hoffnung auf eine gute Beute überfallen hatte. Ganz allgemein nahm ein Wegelagerer erfahrungsgemäß so viel wie möglich mit sich und machte sich kein schlechtes Gewissen daraus, dabei einen Menschen zu ermorden. Sollte Anton Maurus von einem solchen Menschentyp getötet worden sein, dann bestehe kaum eine Chance, den Täter zu finden, so stimmten die Beamten überein.

Obwohl sich diese Variante nicht ausschließen ließ, so könne es sich in diesem Fall auch um einen Raubmörder einer anderen Art handeln, nämlich um einen solchen, der seine Tat vorher geplant und ein bestimmtes Opfer mit guter Beute im Visier gehabt habe. Wiederum wäre ganz allgemein die Beute und nicht die Person das Motiv gewesen, jedoch in diesem Fall mit einem festen Ziel. Diesbezüglich hätte der Mord an Anton aber keinen Sinn gehabt, denn dieser hatte in der Regel wenig Geld oder wertvolle Waren von Kempten zurückgebracht. Ein gezielter Anschlag auf Anton könne deshalb so gut wie ausgeschlossen werden, meinten die Männer.

Die Beamten diskutierten nun die ihnen zugetragene Vermutung einiger Leute, dass der Anschlag vielleicht dem anderen Kemptener Boten namens Guggemos gegolten hätte. Es handelte sich um eine Tatsache, dass dieser regelmäßig viel Geld für Käse und Butter von der Stadt zurückbrachte. Es bestehe hier also auch die Möglichkeit, dass der Täter eigentlich den Guggemos hatte überfallen wollen und diesen in der Dunkelheit mit dem Anton Maurus verwechselt hatte. Die Kriminalbeamten schätzten diese letzte Möglichkeit als relativ hoch ein.

Die Gendarmen waren sich bewusst, dass die Möglichkeit eines Raubmörders keineswegs als sicher angenommen werden konnte. Bei jedem Mord war auch davon auszugehen, dass jemand das betreffende Opfer aus irgendwelchem Grund getötet hatte. Im Gegensatz zum Raubmord, wo die Beute das Motiv war, mussten die Beamten nun die Person des Anton Maurus als Motiv ins Auge fassen. Wer hätte demnach einen Grund gehabt, den Anton Maurus zu ermorden? Sie würden sich umhören und vor allem seine Frau, seine Nachbarn und einige Leute im Dorf und dessen Umkreis befragen müssen. Die Gendarmen machten sich diesbezüglich sogleich an die Arbeit. Antons Frau Cezilie war jedoch noch immer in einer schrecklich aufgewühlten Verfassung und konnte der Investigation in diesem Zustand kaum behilflich sein. Sie war eine der Hauptpersonen, aber man musste eben noch warten. Jedoch sprachen sie mit den Nachbarn und einigen Leuten, die Anton schon seit langer Zeit gekannt hatten. Schnell ergab sich ein uniformes Bild von Anton. Alle Befragten berichteten, dass sie ihn immer als guten, rechtschaffenen und ehrlichen Mann gekannt hätten, der sich mit großer Aufopferung um seine Familie gekümmert habe. Er habe sowohl daheim als auch in seiner Botentätigkeit sehr viel arbeiten müssen. Überall sei er gern gesehen und sehr beliebt gewesen. Sie wüssten von keinerlei Schwierigkeiten, in die er geraten sein, und ganz bestimmt nichts von irgendwelchen Feinden, die er gehabt haben könnte. Er sei eben einer der einfachen Leute gewesen, die tagein, tagaus mit ihrem eigenen Leben zu tun und damit zu kämpfen haben, wie sie sich und ihre Familie durchbringen. Es sei ein totaler Schock für alle, die ihn gekannt hätten, dass er auf diese grausame Weise ums Leben gekommen sei. Niemand könne sich vorstellen, dass jemand den Anton absichtlich ermordet hatte. Es könne fast nicht anders sein, so meinten die meisten, dass er das Opfer eines Raubmordes geworden sei, wahrscheinlich sogar aus Verwechslung mit dem Hans Guggemos.

Die Beamten diskutierten alle Informationen eingehend und konnten am Freitagvormittag auch Cezilie befragen, weil diese sich etwas beruhigt hatte. Sie sagte das Gleiche wie alle anderen und vermutete einen Raubmörder als Täter. Sie erwähnte beiläufig, dass Anton viele Sorgen gehabt habe und deshalb von Zeit zu Zeit etwas bedrückt gewesen sei. Er habe aber nicht viel darüber gesprochen und auch ihr gegenüber diesbezüglich kaum etwas erwähnt. Es sei eben seine Art gewesen, nicht zu jammern, sein Kreuz zu tragen und andere nicht damit zu belasten.

Cezilies Aussage half den Ermittlungen auch nicht weiter. Die zeitweilig etwas bedrückte Verfassung des Opfers lasse nicht direkt auf irgendwelche Schwierigkeiten außergewöhnlicher Art schließen, so empfanden die Männer. Sie stimmten überein, dass sie ohne weitere Anhaltspunkte mit dieser Information allein nicht weiter kämen, denn die Menschen hätten eben ihre Höhen und Tiefen im Leben und verhielten sich entsprechend. Sie könnten es allerdings nicht ganz ausschließen, dass Anton in eine heimliche Sache verwickelt gewesen sei, die ihm stark zugesetzt haben könnte. Jedoch dürfte das angesichts seines allgemein bekannten guten Charakters eher unwahrscheinlich gewesen sein. Antons Not und Arbeitslast dürften ihm bestimmt gelegentlich aufs Gemüt geschlagen haben, so entschieden sie.

Die Männer kamen am Freitagmittag zu einem vorläufigen Ergebnis, das sie den Leuten berichteten. Demnach gab es keine Hinweise dafür, dass jemand den Anton Maurus gezielt getötet habe. Vielmehr dürfte es ein Raubüberfall gewesen sein und man hätte guten Anlass zur Vermutung, dass dieser eigentlich dem Guggemos gegolten habe. Mehr könnten sie im Moment nicht tun, sie hätten keinerlei Spuren. Wichtig sei nun, dass die Straße zwischen Görisried und Bodelsberg von Gendarmen patrouilliert werde. Das würde nicht nur dabei helfen, die schreckliche Angst der Leute vor dieser Strecke durch den Wald zu beschwichtigen, sondern es würde den Täter wahrscheinlich auch von einem weiteren Anschlag abhalten.

Der Fall sei jedoch keineswegs geschlossen, und man werde auch in Zukunft alles tun, um den Raubmörder zu finden, so versicherten die Beamten den nervösen Dorfbewohnern. Die patrouillierenden Gendarmen würden deshalb auch ihre Augen und Ohren offenhalten, weiterhin Leute befragen und dadurch vielleicht auf die Spur des Täters gelangen. Sie selber würden noch ein paar Tage hier in Görisried und der Umgebung bleiben und weiterhin nachforschen. Einer von ihnen werde die Aufgabe erhalten, noch heute Nachmittag nach Kempten zu reiten und der Kemptener Zeitung von diesem Fall zu berichten.

...

Eine Biene summte um Xavers Gesicht und weckte ihn aus seiner Versunkenheit. Er stand auf und ging zum Fenster, das weit offen stand. Milde Frühlingsluft strömte ins Zimmer, und Xaver füllte genussvoll seine Lungen damit. Draußen auf der Straße herrschte reger Verkehr, da waren herkömmliche Pferdegespanne, Automobile, Motor- und Fahrräder unterwegs. Wie viel sich doch seit seiner Kindheit verändert hatte, sinnierte Xaver und stopfte sich seine Pfeife. Er nahm ein paar weitere tiefe Atemzüge, zündete den Tabak an und setzte sich an seinen Schreibtisch. Schon bald schwirrten seine Gedanken wieder zu den damaligen Ereignissen zurück. Er erinnerte sich zunächst an die Beerdigung Antons, die einige Tage nach der grausamen Bluttat stattgefunden hatte. Mit seinen besten Freunden Sepp und Mathias war er auf einen Baum im Friedhofsgelände geklettert, von wo sie alles bestens hatten überblicken können.

...

Nach und nach kamen die schwarz gekleideten Trauernden aus der Kirche, die während des Gottesdienstes gestopft voll gewesen war. Der Friedhof füllte sich mit einer riesigen Menschentraube, die Anton als gebürtigem Görisrieder die letzte Ehre erweisen und seiner Familie ihr Beileid bezeugen wollte. Wer nicht aus einem guten Grund abwesend sein musste, kam zu dieser Beerdigung. Niemand wollte eine Nachrede riskieren. Außerdem trieb die Leute auch eine gewisse Neugier hierher. Es befanden sich nicht nur Görisrieder am Ort, sondern auch viele Menschen aus der näheren und weiteren Umgebung, ja sogar einige von Kempten. Die Post hatte einen Vertreter gesandt, der einen Kranz am Grab niederlegte und ein paar Worte des Dankes und der Anerkennung für Anton sprach. Auch einige von Antons Arbeitskollegen aus dem Postamt Kempten waren zugegen.

Die Stimmung war von Trauer und zugleich von Misstrauen geprägt, sowohl in der Kirche als auch auf dem Friedhof. Die Leute waren verängstigt und trauten niemandem mehr. Irgendwo unter ihnen könnte sich ein Mörder befinden, der womöglich der Beerdigung seines Opfers beiwohnte. Niemand konnte es vermeiden, heimlich auf die anderen Trauergäste zu schielen und ihr Verhalten zu beobachten. Die Frauen waren diesbezüglich kaum im Visier, weil es als unwahrscheinlich galt, dass eine von ihnen so spät noch allein dort draußen gewesen wäre und die Kraft gehabt hätte, den Anton ins Fuhrwerk zu werfen. Allen war klar, dass die Dorfgemeinschaft noch lange Zeit unter dieser Bluttat leiden würde, besonders, falls man den Täter nicht zu fassen bekam. Die gewisse Unschuld dieser Gemeinschaft war dahin. Es war, wie wenn auf einmal eine riesige, schwarze Wolke aufgezogen wäre und die freundliche Sonne verdeckt hätte. Das gegenseitige Vertrauen der Menschen war von Misstrauen verseucht, was sich so schnell nicht ändern würde. Der normale Lebensablauf würde fortan von Furcht und Angst geprägt sein, denn man konnte sich hier nicht mehr sicher fühlen, ganz besonders nicht auf der einsamen Straße durch den Wald.

Es war ein fürchterlich harter Schlag für Antons Familie. Cezilie und die Kinder waren während der Beerdigung vollkommen in Schmerz und Leid versunken. Cezilie musste von zwei Verwandten gehalten werden, als man Antons Sarg ins Grab senkte, so sehr war sie vor Schluchzen kraftlos geworden. Es war ein Bild des Jammers, diese Frau und ihre Kinder zu sehen, wie sie den Familienvater der Erde übergeben mussten.

Inmitten des Jammers, der Not und des nagenden Misstrauens blitzte jedoch ein Funke der Hoffnung und der Menschlichkeit auf. Die Dorfgemeinschaft würde wie immer zusammenstehen, wenn einer von ihnen von Unheil betroffen war. In diesem Fall steckte die ganze Familie Maurus nun in einer wirtschaftlichen und sozialen Notlage. Der Hauptversorger lebte nicht mehr, die Witwe blieb mit dem Anwesen und einer Schar unversorgter Kinder einschließlich eines drei Monate alten Säuglings zurück. Antons Tod brachte einen finanziellen Abstieg mit sich. Die ohnehin schon kämpfende Familie starrte nun bitterer Armut ins Gesicht.

Wie sollte es weitergehen? So fragte sich im Stillen ein jeder am Grab.

Eine Möglichkeit für die Witwe wäre, das Anwesen zu verkaufen und mit den Kindern bei Verwandten unterzukommen. Eine andere bestände darin, hierzubleiben und die kommende schwere Zeit so gut wie möglich durchzustehen. Im letzteren Fall müssten die etwas größeren Kinder nun schon nach der Schule als Hirten oder sonstige Helfer zu den Bauern in den Dienst gehen. Sobald sie aus der Schule kämen, müssten sie ganz von daheim fort, denn man könnte sie dann nicht länger verköstigen. Die Kinder, die noch daheim wären, müssten verstärkt zur Arbeit herangezogen werden, denn leider gehe es nicht anders. Cezilie müsste versuchen, so manche Arbeit ihres verstorbenen Mannes zu leisten, so gut sie das könnte. Sie würde die bereits angebotene Hilfe der Dorfgemeinschaft bestimmt gern annehmen. Man hatte ihr versichert, dass es Ehrensache sei, die Familie ganz besonders während der ersten Zeit nach Kräften zu unterstützen. Für die weitere Zukunft kämen ein paar ledige Verwandte sowohl auf Antons als auch auf Cezilies Seite in Betracht.

Diese könnten wenigstens zeitweise gebeten werden, am Anwesen zu wohnen und mitzuarbeiten. Der Pfarrer hatte sich der Familie bereits sehr angenommen und wollte das auch in Zukunft tun. Er würde sie weiterhin ermutigen und ihr versichern, dass ihnen allen vor allem ihr Glaube in dieser schweren Zeit der Not innere Kraft schenken werde. Irgendwie würde es weitergehen. Vielleicht würde es sich sogar ergeben, dass Cezilie nochmals heiraten könnte. Das bescheidene Anwesen bot zwar nicht viel, aber es gab genügend ledige Männer, die gar nichts hatten und es vielleicht erwogen, die Frau und ihre Kinder anzunehmen. Was immer die Zukunft für die Familie bereithielte, so würde ihr Leben nie mehr so wie mit Anton sein, der als Ehemann zu Cezilie und als Vater zu den Kindern gestanden hatte.

…

Xaver öffnete die Augen und wischte sich ein paar Tränen ab. Noch heute verspürte er die ganze Intensität der Gefühle, die sich damals ganz besonders auf dem Friedhof unter den Menschen gezeigt hatte. Ja, es war das fürchterlichste Ereignis, das sich in seiner Kindheit im Dorf abgespielt hatte. Nach der Beerdigung hatten die Menschen versucht, wieder in ihr normales Leben zurückzufinden. Dem einen war das etwas schneller gelungen, der andere hatte länger dazu gebraucht. Angst und Schrecken hatten sich tief verankert. Xaver schloss nochmals die Augen, zog an seiner Pfeife und dachte zurück.

…

Der Guggemos war nervlich am Ende. Er konnte und wollte für einige Zeit nicht mehr wie bisher in die Stadt fahren und Geld zurückbringen. Sollte er überhaupt wieder für die Genossenschaften Görisrieds und der umliegenden Weiler arbeiten, so würde er eine kräftige Lohnerhöhung und Zulagen verlangen, so hörte man von ihm. Das extra Geld könne er dann für Unterkünfte benützen, denn es falle ihm im Traum nicht ein, jemals bei Nacht und Nebel durch den Wald zu fahren. Wenn den Bauerngenossenschaften das nicht passe, dann müssten sie sich eine andere Zielscheibe suchen, schimpfte er. Mit wild funkelnden Augen betonte er auch gern dabei, sie könnten ihn mal und fuchtelte heftig mit den Händen.

Die Suche nach dem Raubmörder wurde immer mehr zurückgefahren, denn es gab weiterhin keinerlei Hinweise, denen die Gendarmerie nachgehen konnte. Die Kriminalbeamten tappten weiterhin im Dunkeln. Die Leute redeten jedoch noch lange Zeit über das Verbrechen. Man erfuhr nicht nur in der Görisrieder Gegend und im Verbreitungsbereich der Kemptener Zeitung davon, sondern die Kunde reichte weit darüber hinaus. Viele Reisende hatten nun Angst, allein entlang abgelegener Strecken zu fahren, vor allem bei Nacht und ganz besonders im Wald. Wer an der Stelle vorbeifuhr, wo Anton so hinterhältig erschossen worden war, konnte sich kaum erwehren, dass ihm ein kalter Schauer des Grauens über den Rücken lief. Nach und nach wurde jedoch immer weniger von dem furchtbaren Vorfall am 9. Oktober 1872 gesprochen.

Nach einiger Zeit wurde beschlossen, den Ort des Geschehens mit einem Marterl zu kennzeichnen. Man wollte damit in erster Linie dem Anton Maurus ein würdiges Denkmal setzen und außerdem bewirken, dass die schäbige Tat nicht vergessen wird. Gleichzeitig würde dieses Marterl auch eine unausgesprochene Mahnung beinhalten, solche Strecken allein und bei Nacht zu meiden, wenn immer es möglich sei. Das Marterl trug die folgende Inschrift:

An
dieser Stelle
wurde am 9.10.1872
abends um 9 – 10 Uhr
der Ehrsame
Kempter Bote
Anton
Maurus
aus Görisried
meuchelmörderisch
erschossen.

Gott gebe Ihm
die Ewige Ruh.
Du aber bete für
seine Seele!

...

Das Bild des Marterls schwebte noch in Xavers Erinnerung, als er wieder aufstand und zum Fenster ging. Das Denkmal stand ja noch heute, und er kam immer dort vorbei, wenn er in seinen Heimatort fuhr. Wie oft hatte er dort angehalten und ein Vaterunser für Antons Seele gebetet! Wer war der Mörder gewesen, hatte er sich dort auch immer wieder gefragt. Er ging an seinen Schreibtisch zurück und zog einen vergilbten Zeitungsausschnitt mit einem kurzen Artikel heraus. Dieser war am Samstag, 12. Oktober 1872, in der Kemptener Zeitung auf der dritten Seite in folgendem Wortlaut erschienen:

»Kempten. – In der Nacht vom letzten Mittwoch auf Donnerstag wurde der eine der Görisrieder Boten, Anton Maurus, im Walde zwischen Bodelsberg und Görisried, nicht weit von der Sägemühle, meuchlings erschossen und beraubt. - Das Pferd kam spät mit dem Wagen und dem Körper des toten Maurus am Hause des letzteren an, wo es stehen blieb und wieherte. Als die Frau hinauskam, war sie erstaunt, ihren Mann nicht zu sehen, wurde aber bald gewahr, dass er von einem Schrotenschuss im Unterleib getroffen tot im Wagen liege. – Man vermutet, dass es vom Raubmörder auf den zweiten Boten Guggemos, der gewöhnlich viel Geld für Butter, Käse etc. von Kempten hinauszubringen pflegt, abgesehen gewesen sei. Hoffentlich wird es den Behörden gelingen, den Raubmörder zu entdecken und zur gerechten Strafe zu ziehen. Ein panischer Schrecken hat sich jetzt schon all derer bemächtigt, welche gezwungen sind, jene Straße zu passieren.«

Die Mutmaßung bezüglich eines Raubmörders, der Anton Maurus mit dem Guggemos verwechselt haben könnte, war wirklich sehr schnell aufgekommen, erinnerte sich Xaver. Bis vor Kurzem war das auch die einzig vernünftige Idee gewesen. Wie hätte es sich damals zutragen können, falls es sich wirklich um einen Raubmord gehandelt hatte? Xaver sog ein paar Minuten nachdenklich an seiner Pfeife, schloss die Augen und ließ seinen Gedanken freien Lauf.

…

Anton Maurus und Hans Guggemos saßen wie so oft wieder einmal zusammen im Bodelsberger »Adler«. Es war ein Freitag anfangs August 1872. Beide Boten waren zwischen drei und vier Uhr nachmittags auf ihrem Heimweg von Kempten in die Gaststube gekommen, wo sie nun Pause machten.

Während die Gäste in der fast vollen Stube die Zeit gesellig und lustig verbrachten, einer von ihnen die Stimmung mit seiner Ziehharmonika zusätzlich noch anhob, Anton sich nochmals eine Halbe Bier und auch Weißwürste mit Senf und Breze gönnte und sich mit dem Guggemos Hans einer Schafkopfpartie anschloss, saß in der Ecke gegenüber von ihnen eine einsame Gestalt, ein gebrochener Mensch. Es war der Dreher Otto, der jeden Tag schon vor dem Mittag hierherkam und bis zur Stallzeit trank. Er war abweisend, und niemand gesellte sich je zu ihm, denn etwas Hartes, Ungutes strömte von ihm aus. Sein Äußeres war ungepflegt und schmutzig, seine dunkle Kleidung ungewaschen. Er nahm seinen Hut nie ab, sondern behielt ihn stets tief in die Stirn gezogen und verdeckte auf diese Weise die Augen mit der Krempe. Wenn man jedoch bei Gelegenheit in diese Augen blicken konnte, wenn der Dreher von Zeit zu Zeit aufschaute, dann erschienen sie dem Beobachter ohne Glanz oder Freude und öffneten ihm ein Fenster zu einer zutiefst verbitterten und verhärteten Seele. Das ganze Gesicht trug die Spuren dieser inneren Verhärtung, denn tiefe Falten und Furchen hatten sich dort gebildet. Dabei konnte man gar nicht viel von seiner Haut sehen, weil Dreher einen dicken Vollbart trug. Sein Hals war von einem recht großen Kropf verunstaltet, was jedoch nicht seine Schuld war, denn gar viele Allgäuer trugen dieses Merkmal von Jodmangel in dieser kalkreichen Gegend. Ja, es war wirklich besser, sich nicht zu ihm zu gesellen, er strahlte eben zu viel Abweisung aus. Selbst, wenn manchmal der eine oder andere Gast aufgrund von Platzmangel neben ihm zu sitzen kam, war Otto nicht an einer Unterhaltung interessiert, sondern starrte vorwiegend in seinen Bierkrug.

Was war geschehen, dass dieser Mensch sowohl äußerlich als auch innerlich so heruntergekommen war? Seine Vorgeschichte ging nun einige Jahre zurück, genauer gesagt zur Mitte der 1860-Jahre. Otto hatte damals als einziger Sohn eines Kleinbauern ein Stück südöstlich von Bodelsberg daheim gelebt. Seine drei älteren Schwestern hatten schon in andere Landwirtschaften im Allgäu eingeheiratet. Otto war dazu bestimmt gewesen, den Hof der Eltern zu übernehmen. Im Jahre 1865 hatte er dann die Liebe seines Lebens kennengelernt, die Wilhelmina von einem kleinen bäuerlichen Anwesen unweit von Moosbach. Damals war er ein lebensfroher junger Mann im Alter von 25 Jahren gewesen. Es hatte auch alles gut ausgesehen, und sie hatten in schon vorhersehbarer Zukunft heiraten wollen. Die Eltern hatten der Partie zugestimmt und ihm zur Hochzeit den Hof übergeben wollen.

Jedoch war Otto dann plötzlich zur Königlich Bayerischen Infanterie eingezogen worden, denn er hatte noch seinen Militärdienst zu leisten. Die Eltern waren damals noch dazu fähig gewesen, die Landwirtschaft auch ohne ihn zu bestreiten, und hatten auch einen Knecht und eine Magd zur Hilfe gehabt. Ins niederbayerische Landshut war er geschickt worden, weit weg von seiner Heimat und seinem Schatz. Die beiden hatten sich mit Briefeschreiben begnügen müssen. Im Jahre 1866 hatte Otto dann ins Feld ziehen müssen, denn Bayern und Österreich waren mit Preußen in Krieg geraten. Er war in der Schlacht bei Königgrätz gegen Preußen dabei gewesen, wo Preußen seine Feinde besiegt und damit die Südallianz Bayern/Österreich zerschlagen hatte. Otto hatte im Gefecht eine Verwundung erlitten, ein Bajonett hatte sich in seine Seite gebohrt. Er war aber sogleich ins Feldlazarett gebracht worden und hatte überlebt. Leider war jedoch sein Kontakt zu Wilhelmina infolge des Durcheinanders im Krieg abgebrochen. Er hatte vom Lazarett aus an sie geschrieben, aber keine Antwort erhalten.

Nach seiner Genesung war er als Kriegsbeschädigter vom weiteren Militärdienst befreit worden. Voller Freude war er noch 1866 nach Hause gekommen, und seine Eltern hatten ihn herzlichst umarmt. Kurz nach seiner Heimkehr war er schon auf dem Weg zu Wilhelmina gewesen. Als er jedoch bei ihrem Elternhaus angekommen war, hatte er einen furchtbaren Schock erlitten. Sie war herausgetreten, und er hatte sie innig umarmen und küssen wollen. Sie aber hatte ihn abgewiesen. Mit kühlen Augen hatte sie ihm zu verstehen gegeben, dass es zwischen ihnen zu Ende sei und sie nun mit dem Bauernsohn Theo Zettler von Petersthal ausgehe und ihn heiraten werde. Ottos ganze Welt war in diesem Moment zusammengebrochen. Wilhelmina hatte gesagt, es tue ihr leid, hatte seine Wange berührt, sich verabschiedet und war zurück ins Haus gegangen.

Otto hatte sogleich Schmerz von solcher Heftigkeit verspürt, dass er gemeint hatte, er würde ihn zerreißen. Gleich darauf war ein Schwall von Wut, Zorn und Hass gegenüber dem Theo Zettler in ihm aufgebrodelt, der so unwiderstehbar gewesen war, dass er sich sofort auf sein Pferd geschwungen hatte und zum Zettlerhof geritten war. Dort angekommen, war er auch glatt sofort auf Theo gestoßen, der gerade beim Dengeln der Sensen unter einem Vordach gesessen hatte. Er war wortlos auf ihn zugegangen und hatte ihn mit seiner Faust vom Hocker geschlagen. Dabei hatte er fürchterlich geflucht und ihn angebrüllt: »Loss dei dreckete Händ vo moiner Wilhelmina, du Saulackl!« Er hatte sofort wieder gehen wollen, aber inzwischen waren ein paar Knechte und der Bauer selbst zu Theos Hilfe geeilt. Dieser war mit gebrochenem Kiefer am Boden gelegen. Die Männer waren so aufgebracht gewesen und hatten Otto gar gräuslich verprügelt, sodass er halb tot darniedergelegen war. Der Bauer hatte dann einem seiner Knechte anbeordert, ihn auf ein Fuhrwerk zu werfen und nach Hause zu bringen. Er hatte gewusst, wo Otto wohnte. Der Knecht hatte ihn dann nur vor die Haustür geworfen und war zurückgefahren. Die erschrockenen Eltern hatten ihn versorgt, gehegt und allmählich wieder zu guter Gesundheit gepflegt.

Ottos Körper war zwar geheilt, aber seine Seele hatte schwersten Schaden erlitten. Von jenem unglückseligen Tag an war von dem alten Otto nichts mehr zu erkennen gewesen, er war forthin in Trübsal versunken. Er war nicht über den Verlust seiner Liebsten hinweggekommen und hatte nicht verstehen können, dass sie ihn so grausam fallengelassen hatte, wo sie doch so, so innig zueinander gewesen waren. Aus reinem Schmerz hatte Otto dann zur Flasche gegriffen, um ihn zu lindern, war aber auch schnell vom Alkohol abhängig geworden. Das hatte seine Eltern sehr mitgenommen, sie waren in Kummer und Sorge versunken. Was würde nun aus dem zwar nicht sehr großen, aber doch gut geführten Hof werden? Sie hatten machtlos mit ansehen müssen, wie er das Interesse an Arbeit immer mehr verlor, in der Regel schon vormittags in die Bodelsberger Wirtschaft ging und abends betrunken heimkam. Diese Sorgen hatten verursacht, dass zuerst der Vater und dann die Mutter erkrankt und beide innerhalb eines Jahres gestorben waren. Das war Ende 1867 gewesen. In ihrem Testament hatten sie Otto den Hof überlassen, und er hatte auch seinen Schwestern nichts mehr zu geben brauchen. Die Eltern hatten das so beschlossen, weil ihre Töchter bereits eine Mitgift erhalten hatten und alle gut versorgt waren. Da hatten sie zumindest noch versuchen wollen, ihrem Otto die beste Chance zu geben, um sein Leben wieder ins Lot zu bringen. Leider war Otto aber schon zu sehr dem Alkohol verfallen.

Von da an war es nur noch abwärts gegangen. Seitdem war der Hof verlottert und verfiel nun immer mehr. Das Vieh war ungepflegt, die Felder waren von Unkraut überwachsen. Da er nicht viel arbeitete und deshalb nur das Melken und das Allernötigste fertigbrachte, verschwand sein mageres Einkommen immer ganz in der Wirtschaft. Schon bald nach dem Tod der Eltern war er deshalb gezwungen gewesen, ein Feld zu verkaufen, hatte aber nur einen Schundpreis dafür erhandeln können. Man hatte seine Notlage erkannt, und niemand hatte ihm den normalen Preis geboten. Die möglichen Käufer hatten es verstanden, Ottos verzweifelte Lage zu nützen, und sie hatten gewusst, dass er unter Zugzwang stand und schließlich nehmen müsste, was sie ihm anboten. Vor allem die Großbauern schauten sich ja laufend nach solch günstigen Gelegenheiten um. Sie wollten sich immer mehr vergrößern und waren wie Geier über einen Gestrandeten wie Otto hergefallen.

Das hatte Otto noch mehr verbittert. Er hatte im Verlauf jenes miserablen Geschäfts nun allen Glauben an das Gute in der Menschheit verloren und sich von Gott abgewandt. »Wie ka a guater Herrgott so a ugraechte Welt schaffe und a sotte Schleachtigkeit erdulde?«, fragte er sich seitdem ständig. Von einem Gott, der sein böses Schicksal zuließ, wollte er nichts mehr wissen. Er dachte seitdem nur noch an sich selber und darüber nach, wie er genug Geld zum Weitertrinken auftreiben könnte. Im Rausch war alles leichter zu ertragen, aber wenn er davon aufwachte, waren alle Probleme wieder da. Noch konnte sein Körper den Dauermissbrauch einigermaßen verkraften, er war noch recht jung. Aber früher oder später würde er zusammenklappen. Er wusste das auch, aber es war ihm gleich. Seit jenem furchtbaren Tag war ihm alles einerlei. Der Teufel sollte seine Seele holen, er konnte seine verlorene Liebe nicht überwinden. Als er draußen im Militärdienst gewesen war, hatte ihm ein belesener Soldat einmal von Goethes Faust erzählt. Irgendwie verstand er den Doktor Faustus, der seine Seele dem Teufel in der Hoffnung verschrieben hatte, dadurch die Wahrheit von der Welt erfahren zu können, die er bislang trotz aller Bemühungen nicht gefunden hatte. Otto ging es nun irgendwie ähnlich, denn er kam mit dieser Welt auf seine Weise nicht zurecht und setzte sich innerlich mit dem Teufel in Bund, um seine Alkoholsucht zu befriedigen. Diese kostete ihn so viel, dass er vor einer Weile schon wieder ein Feld hatte verkaufen müssen, weil er den Erlös vom ersten bereits vertrunken hatte. Auch dieses Geld würde nicht lange reichen. Der Ärger über die skrupellosen Geschäftstaktiken der Großbauern zermürbte ihn nun so sehr, dass er beschloss, alles zu versuchen, um ein weiteres Verkaufen von Feldern zu vermeiden. Er müsste sich etwas einfallen lassen, wie er auf andere Art zu Geld kommen könnte.

Schon seit einigen Wochen überlegte er sich deshalb, wie er am besten einen Überfall auf ein Fuhrwerk machen und den Fuhrknecht ausrauben könnte. Da war der Bodelsberger »Adler« ein idealer Platz, denn hier kamen täglich sehr viele Gefährte durch und die meisten hielten zumindest kurz an. Es hatte ja keinen Zweck, jemanden zu berauben, der nichts mit sich trug, und deshalb beobachtete Otto nun unauffällig die verschiedenen Gäste. Er schnappte Gesprächsbrocken auf und wusste von vielen, was ihr Geschäft war. Daraus konnte er weitere Schlüsse ziehen. Seine Aufmerksamkeit war vor einer Weile mehr und mehr auf den Guggemos Hans gefallen, denn dieser transportierte Butter und Käse von Görisried nach Kempten. Dort bekam er mit Sicherheit immer einen Batzen Geld dafür, das er bei den Görisrieder Sennereigenossenschaften abliefern musste. Otto erkannte es als seinen Vorteil, dass der Guggemos seinen Botendienst an ganz bestimmten Wochentagen absolvierte und in der Regel recht pünktlich nachmittags hier vorbeikam. Nur war das eben noch zu früh für einen Überfall. Während des Sommers blieb ihm also nichts anderes übrig, als eine Gelegenheit abzuwarten, wenn

Guggemos aus irgendeinem Grund, wie zum Beispiel wegen schlechten Wetters, einmal arg spät dran wäre und das letzte Stück durch den Wald bei Dunkelheit fahren müsste. Das war aber bisher noch nie der Fall gewesen. Die Tage waren noch zu lang, und der Guggemos brach meistens schon weit vor dem Dunkelwerden von hier auf und erreichte Görisried noch bei Tageslicht. Otto dachte deshalb an einen Überfall nach etwa Ende September. Dann würde es wieder früher dunkel werden und er müsste eben in der Wirtschaft aufpassen, wann der Guggemos einmal etwas später dran wäre, was seiner Beobachtung nach schon gelegentlich vorkam. Es würde seine Geduld auf die Probe stellen, aber irgendwann würde alles zusammenpassen und ein Überfall günstig sein.

Otto hatte sich nach der Erwägung einiger möglicher Opfer schließlich vor allem auch deshalb für den Guggemos entschieden, weil dieser durch den einsamen Kemptener Wald nach Görisried fahren musste. Er hatte sich schon seit einiger Zeit überlegt, dass er ihm an einem günstigen Tag am besten auf der Görisrieder Seite des Waldes auflauern würde. Das dürfte nicht zu nahe am Dorf sein, aber trotzdem noch da, wo Hochwald steht. Wenn er also an einem bestimmten Tag, wahrscheinlich wegen schlechten Wetters, noch in der Wirtschaft annehmen könnte, dass der Guggemos das letzte Stück durch den Wald wohl erst gegen Anbruch der Dunkelheit anpacken würde, dann könnte er wie üblich spätnachmittags zunächst unauffällig heimgehen. Nach dem Stall könnte er dann von seinem Hof aus heimlich durch den Wald zuerst an die Stelle reiten, wo die Straße von Bodelsberg in den Wald führt und wo er hinter den Bäumen warten könnte, bis der Guggemos vorbeikäme. Dort könnte er dann abschätzen, wie lange dieser bis zum geplanten Platz des Überfalls brauchen würde.

Vor kurzer Zeit hatte er deshalb schon eine Strecke gesucht, die von besagter Stelle am Waldrand auf einsamen Wegen und Pfaden durch den Wald zum nun fest geplanten Überfallsort im »Grund« führte und die er auch bei Nacht relativ schnell hinter sich legen könnte. Er würde mindestens fünf bis zehn Minuten vor dem Guggemos dort ankommen müssen, damit er sich konzentriert auf die Tat vorbereiten könnte. Er würde sein Schrotgewehr benützen. Natürlich würde er schnell handeln, nach seinem Schuss sofort die Taschen des Guggemos entleeren, vielleicht noch schnell ein paar nützliche

Gegenstände mitnehmen und dann im Wald verschwinden müssen. Auf keinen Fall dürfte er sich weder auf dem Hin- noch dem Rückweg sehen lassen, ganz besonders nicht auf der Straße.

Daheim würde er ein Licht brennen lassen, damit es aussähe, als ob er dauernd daheim gewesen wäre. Es könnte schon sein, dass man später nach seinem Befinden zur Tatzeit fragen würde. Das wäre aber äußerst unwahrscheinlich, denn niemand scherte sich um ihn und niemand kam jemals bei ihm vorbei. Die brennende Lampe wäre deswegen sogar eher unnötig, aber sicher sei sicher.

Otto Dreher grübelte auch heute an seinem Plan. Während er sein Bier trank, blickte er ab und zu auf und schielte zum Tisch hinüber, wo Anton neben dem Guggemos saß. Er hatte kein Interesse an Anton, denn dieser trug nie viel Geld bei sich, und die Post sowie die gelegentlichen Gegenstände von Kempten waren es nicht wert, ihm aufzulauern. Der Anton stellte nur ein unnötiges Hindernis für sein Vorhaben dar.

Die beiden Kemptener Boten fuhren an drei gleichen Tagen der Woche in die Stadt und waren oft sowohl auf dem Hin- als auf dem Rückweg zeitlich recht nahe beieinander. Das erschwerte Ottos Plan, weil er aufpassen müsste, dass er in der Dunkelheit nicht aus Versehen den Anton Maurus überfiele. Außerdem könnte es sein, dass der Anton nicht weit weg wäre, wenn er schösse und den Guggemos ausraubte. Der Maurus könnte womöglich am Tatort ankommen, bevor er verschwinden könnte. »Verfluacht no amol!«, dachte sich Otto seit einiger Zeit oft, denn der verdammte Maurus Anton stellte wahrscheinlich sein größtes Risiko dar! Spät abends nach dem Dunkelwerden war außer den zwei Boten in der Regel niemand mehr auf dieser abgelegenen Waldstraße. Jeder vermied den dunklen Wald nach Möglichkeit, und die beiden Boten wären zu dieser Zeit bestimmt auch lieber schon daheim, aber ab und zu mussten sie eben noch so spät durch den Wald fahren. Das ungewollte gelegentliche Übernachten in Bodelsberg warf sie eben am nächsten Tag zeitlich sehr zurück. Abgesehen von ganz widrigen Tagen drückten beide deshalb immer heim und nahmen die Fahrt durch den nächtlichen Wald auf sich, obwohl es dort schon gespenstig und gefährlich war.

Otto bezahlte, denn er musste heim in den Stall. Es blieb ihm vorerst nichts anderes übrig, als zu warten.

Der Sommer verging, ohne dass sich Otto eine günstige Gelegenheit zur Ausführung seines Planes geboten hätte. Nun war es bereits Anfang Oktober. Bis vor zwei Tagen, nämlich Montag, dem 7. Oktober, war das Wetter noch herbstlich schön gewesen, beide Boten waren immer recht zeitig von der Stadt zurückgekommen.

Heute, am Mittwoch, war Otto nun der Verzweiflung nahe. Sein Geld ging zu Ende und es würde ihm bald nichts anderes übrig bleiben, als wieder ein Feld zu verkaufen. Dieser Gedanke trieb ihn schier zum Wahnsinn, denn er wollte den großen Bauern nicht schon wieder zum Opfer fallen. Tief in seinem Inneren lag noch immer ein gewisser Stolz und er konnte es kaum ertragen, dass sein Anwesen vor seinen Augen zu verschwinden drohte. Er konnte sich aber nicht helfen, er war dem Alkohol zu sehr verfallen. Dafür hasste er sich selber und war noch immer voller Zorn in Bezug auf die Vorfälle, die ihn in seine Not getrieben hatten. Das viele Alleinsein hatte ihm auch nicht gut getan, Hass und Zorn hatten sich täglich gesteigert.

Er saß wieder wie üblich im Adler, trank ein Bier nach dem anderen und grübelte verzweifelt über seine Lage. All die Mühe und harte Arbeit seiner Vorfahren stand nun auf dem Spiel, dessen war sich Otto bewusst. Er hustete und nahm einen Schluck. Nein, so beschloss er, so leicht würde er sein Erbe nicht aufgeben. Wenn er auch einsah, dass er für seine Lage letztendlich selber verantwortlich war und er den Hof heruntergewirtschaftet hatte, so trieben ihn nun sein innerer Stolz und sein Hass gegenüber den großen Bauern fieberhaft an.

Otto beschloss, seinen Plan so bald wie möglich in die Tat umzusetzen, vielleicht sogar schon heute. Das Wetter war seit Montagnachmittag gottserbärmlich schlecht gewesen. Es war seitdem sehr kalt und hatte ununterbrochen geregnet. Die Tage waren nun auch kürzer als im Sommer, und er war sicher, dass sich schon bald eine günstige Gelegenheit ergeben würde. Die Aussicht auf einen guten Batzen erbeuteten Geldes veränderte sein zerfurchtes Gesicht für einen kleinen Moment, sodass es die Andeutung eines Lächelns zeigte.

Es war nun schon kurz nach halb fünf Uhr nachmittags, und weder der Guggemos noch der Maurus waren hier angekommen. Das war gut, dachte sich Otto, denn bereits heute könnte sich ihm die lang ersehnte Gelegenheit bieten. Die Boten waren bestimmt wieder planmäßig nach Kempten gefahren und hätten normalerweise bis spätestens halb fünf Uhr nachmittags hier im Wirtshaus auftauchen sollen. Heute würde es also dunkel genug für einen Überfall im »Grund« sein. Das schlechte Wetter und die sich daraus ergebenden Straßenverhältnisse schienen die Ursache für die heutige Verspätung der zwei Boten zu sein. Er hatte während des Nachmittags die Gespräche einiger Fuhrwerksleute angehört, die vor allem von Schwierigkeiten entlang der Steigung zwischen Durach und Bodelsberg berichtet hatten. Wenn die Boten schließlich hier ankämen, würden sie mit Sicherheit zunächst wie üblich etwa eine Stunde Rast machen. Leider könnte er aber nicht bis zu ihrer Ankunft hier verweilen, um vielleicht ihre Abfahrtszeit von hier einigermaßen genau einschätzen zu können. Er könnte es sich nicht leisten, länger als gewöhnlich im Wirtshaus zu bleiben, denn das würde auffallen und später vielleicht sogar Verdacht auf ihn werfen. Für die Außenwelt müsste auch heute alles in seinem Leben wie immer ablaufen, beschloss er. Deshalb verließ er die Gaststube wie üblich etwas nach halb fünf Uhr und ritt heim.

Während er eilig seine paar Kühe molk, entschied er sich dazu, heute Abend zuzuschlagen. Wer weiß, wann sich wieder so eine günstige Gelegenheit ergeben würde, sinnierte er. Bis dahin konnte sein restliches Geld dahin sein, und er würde gezwungen sein, ein weiteres Feld billig zu verkaufen. Allerdings hatte die Sache ausgerechnet heute ein paar Haken. Das erste Problem war, dass er nicht wissen könnte, ob die beiden Boten heute in Bodelsberg übernachten würden. Das würde sein Vorhaben zunichte machen. Sollten sie beide weiterfahren, dann dürften sie das wie üblich zusammen tun. Das wäre das nächste Problem, denn er müsste dann alle beide erschießen. Das wäre aber riskant und könnte leicht schiefgehen. Falls also beide Boten kurz hintereinander heimführen, müsste er die Sache für heute fallenlassen.

Mit etwas Glück wird aber nur der Guggemos heute noch nach Hause fahren, murmelte Otto vor sich hin. Wie könnte er jedoch bei den heutigen miserablen Sichtverhältnissen sicher sein, ob das einzelne Fuhrwerk auch das des Guggemos und nicht das des Maurus wäre? Er kratzte sich am Kopf, denn hier lag der größte Haken an der Sache. »Verfluacht no amol!«, fluchte Otto in sich hinein. Er konnte es sich wirklich nicht leisten, ins Wirtshaus oder in dessen Nähe zurückzureiten und auszuspähen, welcher der beiden sich noch allein auf den Heimweg machte. Es gab zu viele Lichter und Leute bei der Wirtschaft. Die Gefahr war zu groß, dass jemand ihn dabei beobachtete. Es würde ihm folglich nichts anderes übrigbleiben, als am Waldrand neben der Straße versteckt auf das hoffentlich einzelne Fuhrwerk des Guggemos zu warten und es als solches zu identifizieren. Das schien aber das allergrößte Problem zu sein, gestand Otto sich ein. Selbst, wenn der heute wirklich noch allein dort vorbeiführe, würden die miserablen Sichtverhältnisse es enorm erschweren, den Guggemos positiv zu erkennen. Es regnete noch immer heftig und ließ nur manchmal etwas nach. Sollte sich diese Wetterlage nicht plötzlich verbessern, würde er in der Dunkelheit sehr schwer erkennen können, wer an ihm vorbeirollte. Selbst, wenn der Regen etwas nachließe, könnten Dunst- und Nebelschwaden seine Sicht einschränken.

Wie, zum Teufel, könnte er den Guggemos unter solchen Umständen sicher identifizieren, fragte Otto sich verzweifelt und goss einen Kübel Milch in einen silbernen Zylinder. Beide Boten waren von ähnlicher Statur und trugen bei solcher Witterung lange Regenmäntel, wobei sie sich deren Kapuzen tief ins Gesicht zogen. Er würde also das Gesicht des Fuhrmanns kaum sehen und die beiden leicht verwechseln können. Auch andere Anhaltspunkte wären nicht sicher. Die Fuhrleute hatten nur ein oder zwei Lampen vorn am Wagen angebracht, was ihnen bescheidenes Licht gab. Er würde diese Lichter heute erst kurz vor der Vorbeifahrt des Fuhrwerks und den verhüllten Fuhrmann selber nur für einen kurzen Augenblick sehen können. Das Fuhrwerk würde während der paar Augenblicke nicht deutlich genug zu sehen sein, um es klar als das Botengefährt des Guggemos auszumachen. Beide Kemptener Boten von Görisried benützten Einspänner und sehr ähnliche Planwagen.

Otto stieß einen lauten Fluch aus. Wenn sein Geld nur nicht so knapp wäre, schimpfte er in sich hinein, dann wäre er auch nicht unter solchem Zeitdruck und könnte auf eine andere Gelegenheit warten. Es half nichts, beschloss er mit einem Kopfschütteln, er würde heute Abend zumindest im Versteck warten und dann seine Entscheidung treffen müssen. Sollte er den Guggemos nicht sicher genug erkennen können, würde er sein Vorhaben entweder verschieben oder ein gewisses Risiko eingehen. Diese Entscheidung konnte er nur an Ort und Stelle treffen.

Es war nun fast sechs Uhr abends und allerhöchste Zeit, ins Versteck bei der Straße zu schleichen. Otto zündete ein paar Lampen an, ergriff sein geladenes Schrotgewehr und ritt in die Dunkelheit. Er hatte einen Sack und einen gelöcherten Strumpf in seinen Satteltaschen. Es goss noch immer in Strömen, als er nach etwa 20 Minuten an der Stelle ankam, wo die Straße in den Wald führte. Otto band sein Pferd ein gutes Stück davon entfernt an. Es würde ruhig bleiben, denn er hatte es vorher gut versorgt. Er selber kauerte sich nun zwischen die Büsche am Rand der Straße und zog den Regenmantel über sich. Es blieb ihm nichts anderes übrig, als zu warten.

Um etwa dreiviertel acht Uhr hörte er das leise Rattern eines von Bodelsberg aus kommenden Fuhrwerks. Otto streckte den Kopf vorsichtig durch die Zweige. »Verfluacht!«, dachte er sich. »I siech nix gnaus. Hätt i bloß a bissle weaniger Bier gsoffe! Des Zuig hilft mr jetzt glei gar it!« Er hatte nur ein paar Augenblicke Zeit, um das Fuhrwerk durch den starken Regen zu beobachten. Trotz größter Anstrengung konnte er es jedoch nicht sicher als das des Guggemos identifizieren.

Die Chance, dass der Guggemos soeben vorbeifuhr, stand etwa 50 zu 50, überlegte sich Otto. Der Maurus Anton könnte es genauso gut sein, und jemand anders käme so gut wie nicht in Frage. Vielleicht könnte er noch vor seinem Schuss eine positive Identifizierung machen, redete Otto sich ein und sprang auf. Er eilte zu seinem Pferd und ritt mit Hilfe einer schwachen Lampe entlang der geplanten Strecke zum »Grund«. Wenigstens war das Fuhrwerk allein, sinnierte er unterwegs.

Unweit vom »Grund« band er sein Ross an, ergriff alles Nötige aus den Satteltaschen und eilte zu den Büschen neben der Straße. Noch war alles ruhig, er schien etwas vor dem Fuhrwerk hier angekommen zu sein. Er machte sein Gewehr schussfertig, zog den gelöcherten Strumpf über den Kopf, klemmte den leeren Sack an die Seite und wartete. Was sollte er tun, falls er auch hier keine positive Identifizierung des Guggemos erlangen könnte, fragte er sich nun kurz vor der möglichen Tat.

»Abr,«, brummelte er schließlich vor sich hin. »dr Deifl holt mi eh, i riskiers und schiaß heit!«

Nach knapp zehn Minuten hörte er dann das leise Geräusch eines sich nähernden Fuhrwerks. Otto stand zwischen den Büschen auf und legte sein Gewehr in Richtung Straßenmitte an. Es regnete gerade nicht, war jedoch neblig. Ein schwaches Licht erschien, das Pferd war beinahe auf seiner Höhe. Noch einen Moment, sagte Otto zu sich. Nach ein paar Sekunden konnte er den Fuhrmann sehen, der mit tief ins Gesicht gezogener Kapuze auf dem Bock saß. Otto fixierte seine Augen auf ihn, konnte den Mann jedoch nicht als den Guggemos identifizieren. Einen Augenblick später drückte er ab.

...

Xaver öffnete die Augen. Seine Pfeife war während seiner Versunkenheit ausgegangen. Er klopfte die verbrannten Tabakreste aus und stand auf. Es war Zeit für eine Tasse Hagebuttentee und einen Happen. Nachdem er sich im Aufenthaltsraum einen Tee aufgegossen hatte, kehrte er in sein Zimmer zurück. Während er das heiße Getränk und ein Wurstbrot genoss, dachte er über jene Mutmaßung und seine mögliche Version dazu nach. Ja, so sinnierte er, ein Raubmord wäre selbst nach fast 56 Jahren noch möglich und würde es auch immer bleiben. Freilich hätte es sich in Wirklichkeit anders als in seiner Fantasie zugetragen, so war sich Xaver bewusst. Auch die Person und die Umstände des Täters wären andere gewesen. Jedoch war er sich einigermaßen sicher, dass er die wesentlichen Elemente bezüglich jener Mutmaßung erfaßt hatte, nämlich gewisse persönliche Umstände und Motive des Täters, einen geplanten Anschlag und eine mögliche Verwechslung des Opfers mit dem Guggemos.

Was könnte aus dem möglichen Raubmörder geworden sein, fragte er sich. Schwer zu sagen, überlegte er. Zumindest hatte derjenige damals nicht viel erbeutet, das war eine Tatsache. Warum hatte derselbe nicht wieder zugeschlagen? Es war Xaver diesbezüglich nichts bekannt. Wahrscheinlich wäre es nach der Tat wirklich zu riskant für ihn gewesen und er hatte weitere Anschlagspläne aufgegeben. Möglicherweise war derjenige danach irgendwie heruntergekommen, vielleicht verunglückt oder gestorben. Er hätte sich so etwas in dieser Art bei seinem fiktiven Täter Otto vorstellen können, dachte Xaver.

Die bisherige Mutmaßung eines geplanten Raubmordes mit Verwechslung dürfte eher der Wirklichkeit entsprechen als ein zielloser Anschlag auf irgendein einzelnes Fuhrwerk, beschloss Xaver. Schließlich konnte man auch nie ganz sicher wissen, ob nur eine Einzelperson oder mehrere Räuber, vielleicht sogar eine Bande, irgendwie an jener Untat beteiligt gewesen war.

Die Sonne sandte ihre warmen Strahlen an Xavers Schreibtisch. Er überlegte sich, dass die damalige Mutmaßung wahrscheinlich für immer die einzig plausible geblieben wäre, wenn nicht vor kurzer Zeit, nämlich am 21. März dieses Jahres, eine bis zu diesem Zeitpunkt vollkommen unbekannte und nie erwogene Mutmaßung urplötzlich als Ergebnis eines bestimmten Vorfalls in Görisried aufgetaucht wäre.

Xaver hatte auch schon bald davon gehört. Leider hatte er bis zum gestrigen Sonntag wegen seiner leitenden Position noch keine Zeit gehabt, nach Görisried zu fahren, obwohl er brennend daran interessiert war. Im Zuge der neuen Entwicklung wollte er sich nun vor seinem baldigen Ruhestand nochmals eingehendst mit diesem alten Fall beschäftigen.

Gestern früh war er endlich mit einem Freund, der ebenfalls von Görisried war, in seinen Heimatort gefahren. Die Fahrt dorthin und wieder zurück war flott und angenehm gewesen, denn sein Freund besaß ein Automobil. Er konnte sich so eines leisten, weil er ein gut gehendes Geschäft in Kempten hatte. Für die meisten Leute einschließlich seiner selbst war ein Automobil noch unerschwinglich. Xaver hatte diese Fahrt durch die nun grünenden, voller gelben Löwenzahn stehenden Wiesen und den Kemptener Wald sehr genossen. Sowohl auf dem Hin- als auch auf dem Rückweg hatten sie kurz an Antons Marterl angehalten und ein Vaterunser für seine Seele gebetet.

In Görisried waren sie beide zur Kirche gegangen, hatten danach auf dem Kirchplatz mit vielen bekannten Leuten gesprochen und waren auch noch zum Frühschoppen in die Wirtschaft gegangen. Danach hatten sie beide die Neuigkeit im Kreis ihrer Verwandten durchgekaut. Hier daheim hatten sie sich nun ausgiebig über die neue Mutmaßung bezüglich des damaligen Mordes informieren können.

Xaver lehnte sich in seinem Stuhl zurück. Er dachte tief über den Vorfall vom 21. März und die darauf gebaute neue Mutmaßung nach. Das alles verdiente zumindest sorgfältige Erwägung, so spürte er, und zündete seine Pfeife an. Hier gab es einige Elemente, die auf eine ganz andere Möglichkeit als die bisherige des bloßen Raubmordes mit der Beute als Motiv hindeuteten. Ja, so erkannte Xaver, hier stand die Person des Opfers im Mittelpunkt eines bestimmten Motivs, wobei die Beraubung möglicherweise nur eine Nebenerscheinung gewesen sein könnte.

Er konzentrierte sich nun auf die wesentlichen Elemente der neuen Mutmaßung und behielt diese als Gerüst für seine mögliche Geschichte im Hinterkopf. Er schloss wiederum die Augen, rückte seinen Stuhl weiter in die angenehme Sonne, zog genussvoll an seiner Pfeife und fing an, eine solche Geschichte in seinem Gehirn ablaufen zu lassen.

…

Johann Baptist Kraus atmete tief ein und hielt den Atem an. Sein Gewehr war sicher auf einem Ast aufgelegt, seine Backe an den hölzernen Schaft gedrückt und sein rechtes Auge auf das Visier konzentriert. Der Zeigefinger seiner rechten Hand war am Drücker, ganz langsam bewegte er diesen nun zum Abdruckpunkt. Es war frühe Morgendämmerung, aber hier im tiefen Wald herrschte noch vorwiegend Dunkelheit. Auf der kleinen Lichtung vor ihm jedoch war es etwas heller als hinter den Bäumen, von wo er zielte. Das Auge des Durchschnittsmenschen hätte dort vielleicht nur einen Schatten erkennen können, aber Johann hatte ganz außergewöhnlich scharfe Augen und konnte selbst im Dunkeln noch viel sehen. Deshalb war es ihm möglich, den Rehbock klar auszumachen, der sich vor ein paar Minuten hier auf der Lichtung gezeigt hatte und an dem frischen Gras weidete. Noch bevor er ihn gesehen hatte, war er durch ein leises Geräusch auf das Wild aufmerksam gemacht worden. Er war nämlich von Gott nicht nur mit Augen wie denen eines Adlers gesegnet, sondern sein Gehör war ebenfalls ungewöhnlich gut.

Zudem war er mit starken Nerven ausgestattet, war kräftig, flink und hatte eine ruhige, sichere Hand. Gegen einen Jäger mit solchen Fähigkeiten hatte der ahnungslose Rehbock an diesem frühen Morgen kaum eine Chance.

Johann wartete geduldig, bis das Tier den Kopf hob, um das Gras ruhig zu käuen. Das war der sicherste Augenblick für einen Blattschuss. Noch einen Moment nur würde es so still käuend stehen. Johann drückte ab, der Rehbock fiel zu Boden.

Nun musste alles sehr schnell gehen. Der Schuss war gefeuert und konnte natürlich in einigem Umkreis gehört werden. Von großem Vorteil war jedoch der dichte Wald, der den Schall sehr eindämmte. Trotzdem, falls einer der Jäger sich in der einigermaßen näheren Umgebung befinden sollte, dann würde er den Schuss auch hören können. Flink wie ein Wiesel eilte Johann auf die Lichtung hinaus zur Stelle, wo der Rehbock gefallen war. Dort beugte er sich nieder und versicherte sich, dass er das Wild treffsicher erlegt hatte, was auch der Fall war. Sein Schuss hatte den Bock auf der Stelle getötet. Nun drückte Johann schnell ein dickes, wollenes Tuch auf die Wunde, brachte einen kräftigen Stoffstreifen eng darüber an und band ihn auf dem Rücken fest. Er durfte nur so wenig Blut wie möglich hier zurücklassen und damit verhindern, dass ein Jäger einer Blutspur nachsetzen könnte. Dann packte er seine Beute bei den Hinterläufen und schwang sie auf die linke Schulter, drehte sich und lehnte sich etwas nach vorne, angelte einen der Vorderläufe und zog den toten Bock hinter seinen Nacken und auf die rechte Schulter. So konnte er ihn am schnellsten zu seinem Pferd transportieren, das er etwa 50 Meter entfernt an einen Baumstamm gebunden hatte. Dort angelangt, hob er das Wild an und legte es über den Rücken seines Pferdes unmittelbar vor den Sattel. Es gab keine Zeit, es irgendwie festzubinden. »Nix wia weg vo do!«, war das Einzige, was durch Johanns Kopf ging. Er schwang sich schnell sein Gewehr über die Schulter, band das Pferd los und sprang in den Sattel.

Keine Minute zu früh, denn er war noch keine 100 Meter geritten, da hörte er einen lauten Ruf: »Bleib stande, du nixnutziger Wildschütz, du! Sonscht drschiaß i di!« Johann stutzte, jedoch nur für einen Augenblick. Er erkannte die Stimme und wusste, dass der Jäger Franz Lechleitner diese Forderung ausgerufen hatte. Johann wusste gut, dass dieser ihn ganz bestimmt nicht hatte erkennen können, es war noch viel zu dunkel im Wald. Ja, der Ausruf und die Drohung zu schießen waren ein reiner Einschüchterungsversuch in der Hoffnung, dass der Wildschütz sich vor Angst ergeben würde. »Schiaß, so lang d'wit, Franz, mi kriagsch du it!«, dachte sich Johann und trieb sein Pferd an. Er war sich seines Vorteils in dieser Lage bewusst, denn der Jäger könnte höchstens auf Verdacht in den Wald schießen. Tatsächlich krachte auch schon ein Schuss und Johann hörte, wie die Kugel mindestens 30 Meter von ihm in einen Baumstamm prallte.

Anstatt vor Schreck oder Angst zu erstarren, lachte Johann in sich hinein. »Bleder Siach! Hättsch dr dia Kugel spare kenne, ha, ha!« Er war vom Krieg her gehärtet und ganz andere Sachen gewöhnt. Da war so eine Begegnung mit dem Jäger wie ein Katz-und-Maus-Spiel, das er ganz im Unterbewusstsein sogar suchte, weil es ihm einen Nervenkitzel gab. Der Franz Lechleitner und auch der andere Jäger, der Joseph Schorer, waren schon etwa um die 50 Jahre alt und bei Weitem nicht so flink wie er. Auch der Förster Vinzenz Lehner war ihm nicht gewachsen. Das schien diese drei und besonders den Franz schier zum Wahnsinn zu treiben. Sie konnten den Wildschütz ganz einfach nicht erwischen. Schon eine geraume Zeit war diese Sache nun im Gange.

Gleich nach dem Schuss des Jägers bellte ein Hund. Johann hatte schon gewusst, dass die Jäger immer auch mit einem Jagdhund unterwegs waren. Diesen würde Franz nun auf seine Spur ansetzen, es war also noch nicht vorbei. Hier kamen nun neben seinen ungewöhnlich scharfen Sinnen auch seine exzellenten Kenntnisse dieses Waldes als entscheidender Vorteil dazu. Außer ihm gab es nur noch einen Menschen, der sich genauso gut hier auskannte wie er, nämlich sein Bruder Sebastian Kraus. Sie waren Kinder des Waldes und hatten schon ganz jung vorwiegend im Wald gespielt. Ihr kleiner elterlicher Hof lag ein Stück außerhalb von Görisried ganz in der Nähe des Kemptener Waldes und war eines der relativ neuen Anwesen, die nach dem verheerenden Feuer in Görisried außerhalb des Dorfes gebaut worden waren. Damals, im Jahre 1823, hatte nämlich ein wahrscheinlich absichtlich gelegtes Feuer die Hälfte der eng zusammenliegenden Häuser im Ort vernichtet. Danach war dieselbe dichte Bebauung nicht mehr erlaubt worden, und einige Familien hatten sich auf den umliegenden Fluren niedergelassen.

Der Wald hatte sie dann als Buben noch mehr gelockt. Ihre Erkundungskreise hatten sich immer mehr ausgeweitet, jedoch nie hatten sie sich verlaufen. Sie hatten gelernt, sich sicher im Wald zu bewegen, alle Arten von Merkmalen zu erkennen und auch wiederzuerkennen. Das konnten bestimmte Bäume sein, die etwas mehr Moos am Stamm hatten. Es konnten auch Rinnsale, Bäche, bestimmte Büsche, Lichtungen, höheres und tieferes Gelände sein. Sie hatten sogar die Lokalitäten von Fuchshöhlen oder sonstigen Strukturen registriert, die von den Tieren des Waldes gemacht wurden.

Als sie etwas älter geworden waren, war es dann mit Pferden auf Entdeckungsritte gegangen. Überall im Kemptener Wald waren sie unterwegs gewesen und hatten viele interessante Plätze wie die keltische Kultstätte des Dengelsteins oder die Burgruine Wolkenberg erkundet. Diese beiden waren ihre Lieblingsorte gewesen. Der Dengelstein, ein wuchtiger Findling, den einer der Gletscher der Eiszeiten von den Bergen hierher getragen hatte, war wie ein Paradies für sie gewesen. Da hatten sie herumklettern oder Katz und Maus miteinander spielen können. Auf der Burgruine Wolkenberg hatten sie sich dagegen in die Rollen der alten Burgritter und der Angreifer versetzt und sich sowohl am Hang als auch in den halbverfallenen Gemäuern heftige »Gefechte« geliefert. Ja, in diesem Wald kannten sie sich aus wie in ihrer Hosentasche, sogar nachts oder bei Nebel. Selbst diejenigen, die viel im Wald unterwegs waren wie die Jäger, besaßen bei Weitem nicht die gleiche Beziehung dazu wie die beiden Brüder. Sie waren seit ihrer Kindheit nicht nur Besucher im Wald gewesen, sondern mit Leib und Seele mit dieser natürlichen Umgebung verwachsen und selbst ein Teil davon geworden. Kein Wunder, dass Johann den Jägern hier in seiner Welt haushoch überlegen war.

Johann drückte seine Stiefel hart gegen den Bauch des Pferdes, schüttelte die Zügel und gab dem Tier einen halblauten Aufruf zum Trab. Hier kam ihm nun ein weiterer Vorteil gegenüber jeglichen Verfolgern zugute, nämlich sein langjähriges, sehr enges Verhältnis zu seinem Pferd. Er hatte es schon vor dem Krieg als Fohlen erworben und leidenschaftlich gehegt und gepflegt. So gut verstanden sich die beiden, dass es nur der kleinsten Aufforderung Johanns bedurfte, um es genau das tun zu lassen, was er von ihm wollte. Liebevoll hatte Johann den jungen Hengst Cäsar genannt, denn schon damals hatte er etwas

Majestätisches an ihm gesehen. Mit Cäsar waren er, sein Bruder und dessen Pferd Wotan immer viel unterwegs gewesen, in Wald und Feld. Somit waren sie gleichermaßen mit ihren Rossen vertraut und exzellente Reiter geworden.

Ihre Fähigkeiten waren schließlich auch beim Militär geschätzt worden, und sie waren beide zusammen zur gleichen Einheit der Königlich Bayerischen Kavallerie zum Wehrdienst einberufen worden. Das war in den Jahren 1866 bis 1869 gewesen. Beide hatten die Erlaubnis bekommen, ihre eigenen Pferde zu halten. Schließlich hatten sie auch beide 1870 gegen Frankreich einrücken müssen, wiederum mit ihren eigenen Pferden. Ihre enge Beziehung zu ihnen war dort draußen dann mit allen Wassern gewaschen und vor allem in den Gefechten wie mit Feuer geschmiedet worden. Gar oft hatte sich ihre enorme Abgestimmtheit als lebensrettend erwiesen.

Cäsar verspürte die Ernsthaftigkeit dieser Situation deshalb sogleich, denn er konnte jegliche Stimmung seines Herrn mit seinen Sinnen erkennen. Er fing sofort zu traben an und reagierte auf jeden Druck, jede Aktion der Zügel und jeden Laut von Johann. Dieser benützte seine scharfen Augen, um sein Pferd entlang einer ihm gut bekannten Route zu lenken. Dabei galt es, trotz der Eile keinen Fehler zu machen und das Pferd nicht straucheln zu lassen. Hoch konzentriert hielt Johann deshalb auch genügend Ausschau nach vorne. Er lenkte Cäsar geschickt um Bäume, Büsche, gefallene Stämme, Äste und umherliegende Steine.

Außerdem lauschte er intensiv auf alle Geräusche um sich und vor allem hinter sich. Denn er konnte es sich nicht leisten, Franz zu unterschätzen. Dieser war ebenso beritten und hatte einen guttrainierten Jagdhund zur Hilfe. Obwohl er recht schnell etwas Abstand gewonnen hatte, war Franz dank der Sinne seines Hundes bestimmt hart auf seinen Fersen. Er musste nun all seine Geländekenntnisse und seine Erfahrung beim Militär zielbewusst einsetzen. Deshalb trabte er in Richtung des nächsten Baches, wo er auch schon nach ein paar Minuten angelangte. Dieser Wasserlauf war recht angeschwollen, denn gestern am späten Nachmittag war ein heftiges Gewitter mit wolkenbruchartigem Regen niedergegangen. Das war nun sehr zu Johanns Vorteil. Er lenkte Cäsar in den Bach und ritt etwa 100 Meter stromabwärts, jedoch nicht zu tief im Wasser. Auf diese Weise kam er schnell voran, und der Geruch seines Pferdes würde im fließenden Wasser verschwinden. Ebenso würde aufgewaschener Schlamm vom Eintrittspunkt wegfließen. Ginge er stromaufwärts, dann könnte es sein, dass Franz eine solche Schlammspur viel leichter verfolgen könnte. Der Hund des Jägers würde auf jeden Fall am Bach vorerst seine Spur verlieren. Selbst, wenn Franz den Bach überquerte, stromabwärts am Ufer entlang suchte und seine Spur wiederfände, dann hätte Johann zumindest wertvolle Zeit gewonnen. Nach genannter Strecke im Bach lenkte er Cäsar dann wieder in den Wald, jedoch nicht auf der gegenüberliegenden Seite. Er nahm an, dass Franz auf der anderen Seite suchen würde, und konnte ihn mit seinem unerwarteten Bleiben auf der gleichen Bachseite noch weiter verwirren. Er trabte nun ein paar Hundert Meter in der Nähe des Baches weiter stromabwärts, ritt dann wieder ins Wasser, wiederholte das vorige Manöver und verließ dann den Bach, dieses Mal aber auf der anderen Seite.

Er hatte ein Ziel, nämlich eine Stelle an der Straße von Görisried nach Bodelsberg. Normalerweise ritt er immer auf dem nächsten Weg von seinem Jagdplatz dorthin. Heute morgen musste er aber zwangsweise Umwege mit Bögen und Haken machen. Gleich nach seinem Austritt vom Wasser hielt er einen Moment an, um zu lauschen. Dank seines fantastischen Gehörs konnte er leises Rascheln und das Hecheln des Hundes hören. Aufgrund seiner Erfahrung im Wald schätzte er die Entfernung auf etwa 250 Meter. Es hatte also soweit geklappt, der Abstand hatte sich vergrößert. Seine Verfolger waren mit Wahrscheinlichkeit verwirrt und auf der Suche nach seiner Spur. Johann drückte seine Absätze in Cäsars Weichen und trabte weiter.

Zur Sicherheit wollte er sein Täuschungsmanöver noch an zwei weiteren Bächen wiederholen. Schon bald gelangte er zum nächsten Wasserlauf, ritt dieses Mal etwa 200 Meter stromabwärts und setzte seinen Ritt auf der gegenüberliegenden Seite fort. Es war wichtig, immer etwas Unvorhergesehenes zu machen, nämlich manchmal etwas anderes und manchmal auch das gleiche nacheinander, damit Franz nie ahnen könnte, was er wohl als Nächstes gemacht hätte.

Johann hielt wieder an, lauschte konzentriert und atmete auf. Nichts mehr war zu hören. Er hatte Franz mitsamt seinem Hund abgeschüttelt. Nun konnte er sich endlich in die gewünschte Richtung zur Straße weiterbewegen. Auf dem Weg dorthin kannte er nochmals einen kleinen Bach, wo er wieder etwa 200 Meter stromabwärts im Wasser ritt und dann dem Wasserlauf auf der anderen Seite ein Stück in der gleichen Richtung folgte. Daraufhin ließ er Cäsar wieder 100 Meter im Wasser waten, ritt dann ein paar Hundert Meter auf der entgegengesetzten Seite weiter und verließ schließlich den Bach nach einem letzten Gang im Wasser auf der anderen Seite. Das war nun mehr als genug, aber sicher war sicher, beschloss er.

Tatsächlich war nichts mehr von Franz und seinem Hund zu hören oder zu sehen. Es war zwar nicht allzu viel Zeit vergangen, seit Johann das Wild erlegt hatte, aber seine Umwege hatten ihn doch etwa 20 Minuten gekostet. Alles war noch im Halbdunkel des Waldes geschehen. Nun aber wurde es langsam auch hier heller, und bald würden schon die ersten Sonnenstrahlen durch die Äste und Zweige dringen. Es war noch sehr früh am Morgen, etwas nach fünf Uhr. Die kurzen Nächte des Hochsommers waren besonders günstig für Johann, denn er konnte früh auf die Jagd und danach noch rechtzeitig um sieben Uhr zur Arbeit gehen. Noch dazu war dieser August des Jahres 1872 schwülheiß und gewittrig. Alles war feucht, die Luft in der Frühe dämpfig und der Wald ein undurchsichtiges Labyrinth. Auch heute, am 14. August, herrschten diese idealen Bedingungen und Gegebenheiten für ihn zum Wildern.

Johann ritt nun zügig und bestimmt auf sein Ziel an der Straße zu. Alles im Wald wuchs und gedieh prächtig, Pflanzen und Tiere. Die vielen Wasserläufe sprudelten mit frischem Nass, wobei diejenigen im östlichen Teil des Kemptener Waldes ihren Weg zur Wertach nahmen. Auf der westlichen Seite dieser kleinen Wasserscheide floss das Wasser schließlich in die Iller.

Er liebte den Wald um diese Tageszeit ganz besonders. Noch herrschte eine wunderbare Ruhe, die Vögel waren noch weitgehend still. Jedoch mit jeder Minute erwachte nun das Leben im Wald. Hier fing ein Vogel an zu zwitschern, dort kletterte ein Eichhörnchen einen Baumstamm hinauf, und gelegentlich eilte ein Fuchs durch das Gebüsch. Auch weideten Rehe an vielen Plätzen, der Wildbestand war sehr gesund. Noch hing Dunst in Schwaden umher, die im Sog der nun aufgehenden Sonne immer mehr hochstiegen. Es sah wieder nach einem sehr heißen und schwülen Tag aus, wahrscheinlich würden am Nachmittag erneut heftige Gewitter niedergehen. Die Wetterlage war schon seit gut zwei Wochen richtig subtropisch und wahrhaft paradiesisch für die Pflanzenwelt.

Endlich gelangte Johann an sein Ziel, ein verstecktes Plätzchen inmitten dichten Gebüsches. Diese Stelle im Unterholz war nur etwa 50 Meter von der Straße entfernt, jedoch so intensiv bewachsen, dass sie ein großartiges Versteck bildete. Die letzte Strecke dorthin hatte Johann sein treues Pferd Cäsar entlang eines sehr engen, überwachsenen Pfades am Zügel geführt, hatte die Äste und Zweige vorsichtig gebogen, um den Durchgang zu ermöglichen, und hatte besonders am Eintritt in dieses Gebüsch sämtliche Spuren sorgfältig verwischt. Das versteckte Plätzchen selber war ein kleiner Fleck, wo er die Büsche im Umkreis von ein paar Metern soweit niedergemacht hatte, dass er sich dort bewegen konnte.

Zuerst hob er nun den toten Rehbock von Cäsars Rücken und legte ihn auf den Boden. Dann ging er zu Cäsar hin, der sichtlich erleichtert war, dass er endlich eine Pause bekam. Tatsächlich hatte er sich wie immer mit aller Kraft für seinen Herrn eingesetzt. Nun blies er die Luft freudig durch die Nüstern und bewegte den Kopf hin und her. Er wusste, dass Johann ihm sehr dankbar sein würde. Dieser strich nun mit den Händen über seinen Kopf und wisperte ihm dabei liebevolle Worte der Anerkennung ins Ohr. Cäsar schien ihn auch zu verstehen, denn er spitzte die Ohren, wieherte ganz leise und schob seinen Kopf gegen Johanns Hände, wobei seine Augen voller Freude auf seinen menschlichen Freund blickten. Es dürfte wohl kaum ein engeres Verhältnis zwischen Mensch und Tier geben als ihre über Jahre geformte Beziehung, überlegte sich Johann. Er holte nun ein Tuch aus einer Satteltasche und trocknete das vor Schweiß triefende Pferd. Im Moment bräuchte Cäsar noch nicht zu trinken, denn er hatte ihn kurz vorher noch an einem Bach getränkt. Johann hatte aber eine besondere Belohnung für ihn mitgebracht, nämlich einen Beutel voll mit seinem Lieblingsfraß von vermischtem Hafer und Zucker

Während Cäsar sich heißhungrig über diese Delikatesse hermachte, begann Johann den Rehbock transportfähig zu machen. Er packte ihn bei den Hinterläufen, hob diese an und band sie mit einem kurzen Strick am niederen Ast einer Fichte fest. Dann schnitt er mit seinem Messer den Hals des Tieres auf, um zumindest das meiste Blut auslaufen zu lassen. Noch war der Bock etwas warm, und das Blut lief heftig. Auch von der Schusswunde floss noch Blut, als er das getränkte Tuch entfernte. Johann arbeitete flink wie ein Wiesel. Nun beugte er sich unter die nahen Büsche, schob die Zweige zur Seite und entfernte etwas verdörrtes Daas am Boden. Der Deckel einer eisernen Truhe, die er dort eingegraben hatte, kam zum Vorschein. Er öffnete den Deckel und entnahm einen von mehreren Säcken, die groß genug waren, um ein Wild aufzunehmen. Als Nächstes griff er in die Truhe und holte eine kleine Tasche hervor, in der sich gutes Nähzeug befand. Flugs kehrte er samt allem zum Rehbock zurück, presste noch so viel Blut wie möglich aus dem leblosen Körper und band ihn dann los. Normalerweise ließ er ein totes Wild etwas länger hängen und versicherte sich, dass alles Blut herausgelaufen war. Heute aber war er in Eile. Es müsste so gehen, dachte er. Er stülpte den Sack über das Tier, hob das offene Ende des Sackes an und nähte ihn mit sicheren Stichen zu. Ohne eine Sekunde zu verschwenden, schwang er sich diesen auf seine Schulter und drang durch die Büsche in Richtung Straße vor.

Etwa zehn Meter davor lag ein Findling. Dieser war viel kleiner als der Dengelstein und eigentlich nur ein etwas größerer Steinbrocken. Auch hier war dichte Vegetation, und wer nichts davon wusste, konnte auch nichts von diesem sehen oder ahnen. Der Stein war teilweise im Erdboden versunken und hatte einen natürlichen Überhang, der eine Art Aushöhlung bildete. Dort legte Johann nun den Sack mit dem Wild ab. Es war ein guter und trockener Platz für eine kurze Zeit, denn lange konnte das tote Tier natürlich nicht hier herumliegen, besonders nicht in dieser heißen Witterung. Johann legte ein paar bereits abgebrochene Äste auf den Sack und beschwerte das Ganze mit einigen schweren Steinen. Das verhinderte, dass irgendwelches Getier an den Sack oder sogar an das Wild geriete.

Fast alles war nun geschehen, nur etwas ganz Wichtiges blieb zu tun. Johann legte die kurze Strecke zur Straße zurück, wobei er vorsichtig und leise durch das dichte Gebüsch vordrang. Er versteckte sich hinter dem letzten Busch und lauschte. Niemand war auf der Straße unterwegs, die Luft war rein. Es war ein einigermaßen gerader Abschnitt, wo man in beide Richtungen blicken und jeglichen Verkehr von etwa je 200 Metern Entfernung um die Kurven kommen sehen konnte. Überall war dichter Hochwald, und man konnte hier recht sicher sein, nicht plötzlich überrascht zu werden.

Johann machte sich nun daran, einen ziemlich runden Stein mit etwa 20 Zentimetern Durchmesser hinter dem letzten Busch an dessen Vorderseite zu rollen. Vom Bock eines Fuhrwerkes könnte man ihn gerade noch unter den Zweigen erkennen, wenn man danach Ausschau hielt. Niemand würde jedoch die geringste Notiz von einem bestimmten Stein nehmen, denn es lagen genug umher. Dieser aber war ein Zeichen für Johanns Mithelfer, den Kemptener Boten Anton Maurus. Der schaute beim Vorbeifahren immer nach diesem Zeichen aus. War der Stein weg, dann fuhr er weiter. Er konnte ja nie genau wissen, ob der Johann ein Wild erlegt hatte, denn dieser arbeitete bei günstigen Gelegenheiten und deshalb in unregelmäßigen Abständen. Wenn Johann nun vorhatte, am nächsten Morgen zu jagen, dann musste er abends noch nach Görisried gehen, dort entweder Geschäfte erledigen oder das Wirtshaus besuchen und unauffällig an Antons Haus vorbeischauen. Da konnte er dann Antons Fuhrwerk stehen sehen und musste nach dessen Zeichen Ausblick halten, nämlich einen am Bock angebundenen Strick. War ein solcher dort, dann würde Anton am nächsten Morgen nach Kempten fahren, ansonsten nicht. Es war wiederum ein äußerst unauffälliges Zeichen, denn es waren immer allerlei Stricke an einigen Stellen des Fuhrwerks angebunden. Anton fuhr normalerweise immer am Montag, Mittwoch und Freitag nach Kempten, aber manchmal kam eben etwas dazwischen, und das Zeichen am Bock war deshalb unbedingt nötig. War das Fuhrwerk gar nicht da, dann war Anton über Nacht in Kempten oder sonstwo entlang der Strecke geblieben, was allerdings nur manchmal vorkam. Die beiden hatten sich auf diese Weise abstimmen müssen, weil sie jeden öffentlichen Kontakt miteinander vermeiden wollten, um keinerlei Verdacht auf sich zu lenken. Ihre Verständigung war enorm wichtig, denn ein erlegtes Wild musste schnell in die Stadt befördert werden, besonders im Sommer. Wenn nun ein Wild im Versteck läge, dann müsste Anton sehr vorsichtig sein und schauen, dass niemand auf der Straße unterwegs wäre. Manchmal müsste er eben so tun, als ob er etwas auf dem Fuhrwerk besser verstauen oder anbinden würde, wenn doch gerade noch jemand vorbeikäme.

Ja, sie hatten alles bis ins Feinste ausgeklügelt, auch das Geld. Anton behielt seinen vereinbarten Teil des Profits, der sich nach der Größe und dem Alter des Wildes richtete. Ihre heimlichen Abkäufer in Kempten bezahlten immer

Bargeld und fragten nicht nach, woher das Wild käme. Anton legte Johanns Geld vom letzten Verkauf immer dann in eine versteckte eiserne Kassette ganz hinten in der Aushöhlung des Findlings, wenn er das nächste Wild mitnahm. Das hatte zwar den Nachteil, dass Johann immer um seinen Profit für ein Wild zurückläge und Anton das Geld eine Zeit lang mit sich tragen müsste. Der Vorteil überwog jedoch, dass Anton nämlich auf seinem Rückweg keinen zusätzlichen Halt an der bestimmten Straßenstelle machen müsste, nur, um das Geld zu verstecken. Das, so waren sie sich einig, würde das Risiko auf etwaigen Verdacht erhöhen, gerade, wenn jemand wirklich mitbekommen sollte, dass Anton auf dem Hin- und Rückweg gern dort anhielt. Es war ja schon riskant genug für ihn auf der Hinfahrt. Deshalb war es auch notwendig, das Versteck regelmäßig zu wechseln. Sie hatten seit dem Frühjahr schon zwei andere gehabt, und bald würde es auch Zeit werden, das jetzige wieder zu wechseln.

Johann holte vom Versteck nun noch die Kassette hervor und entnahm das Geld für das letzte Wild. Anton war bis jetzt immer verlässlich und korrekt gewesen, er hatte immer das richtige Geld hinterlassen. Etwas Vertrauen war natürlich dennoch notwendig, denn Johann konnte nur einigermaßen schätzen, wie viel jedes Wild nun einbringen würde. Er hatte jedoch Erfahrung dabei und kannte den Schwarzmarktwert für Rehe, Rehböcke und Hirsche recht genau. Er besaß eine Art innere Waage und konnte das Gewicht der Beute auf seinen Schultern bis auf wenige Kilogramm genau schätzen. Das hatte er auch oft geübt. Immer wieder hatte er Gewichte im groben Rahmen des gejagten Wildes geschätzt und dann mit der Waage verglichen. Er wusste deshalb auch dieses Mal den ungefähren Wert des Rehs, das er vor sieben Tagen erlegt hatte. Anton hatte auch die richtige Summe Geld für ihn hier versteckt, er war zufrieden. Die heutige Beute, der junge Rehbock, würde mit Sicherheit noch etwas mehr einbringen.

Nun war es aber höchste Zeit, wieder nach Hause zu reiten. Der nächste Weg war entlang der Straße, aber das war zu riskant. Einer der Jäger könnte ihn dort stellen, absuchen und Spuren an ihm oder Cäsar finden. Sie hatten ihm zwar bisher nichts nachweisen und absolut gar nichts Handfestes gegen ihn vorbringen können, aber sie hatten ihn dauernd im Visier. Ihr Verdacht beruhte hauptsächlich darauf, dass sie jeden anderen längst erwischt hätten, der nicht so flink war und sich überall im Wald so gut auskannte. Hier hatten nur die Gebrüder Kraus solche Fähigkeiten und waren für ihre Verwachsenheit mit dem Wald weitum bekannt. Sebastian kam jedoch wegen seiner Kriegsverletzung nicht direkt in Frage. Da blieb nur der Johann übrig, der gesund und ein sehr guter Schütze war. Johann hatte das von Anfang an erwartet und in Kauf genommen. Auch die Leute munkelten, dass er wohl ein heimlicher Wildschütze sei.

Für ihn galt es eben, so schlau vorzugehen, dass man ihm nichts nachweisen konnte. Deshalb lenkte er Cäsar als Nächstes entlang einer gut bekannten Strecke zu einer Stelle, wo der Wald bis in die Nähe der Wertach reichte. Etwas davor war er besonders vorsichtig, lauschte und hielt Ausschau. Es könnte ja sein, dass jemand dort am Fluss war, vielleicht sogar ein Jäger.

Etwa 30 Meter vor dem Waldrand lag eine andere mit Erde und Zweigen bedeckte eiserne Truhe im Boden vergraben. Er öffnete sie, verbarg sein Gewehr, die mitgenommene Munition und das Geld in diesem trockenen Versteck. Eilig schloss und bedeckte er die Truhe wieder und sprang in den Sattel. Nichts, rein gar nichts könnte er nach einer Jagd sofort mit nach Hause nehmen, es war viel zu riskant. Erst bei günstiger Gelegenheit schlich sich entweder er oder Sebastian dorthin und holte das Geld. Das Jagdgewehr blieb und musste immer wieder dort geölt und gepflegt werden. Auch die Munition musste heimlich mit dorthin gebracht werden.

Die Luft war rein, und Johann galoppierte zur Wertach. Am Ufer stieg er ab, wusch und schrubbte Cäsar mit einer Bürste, um jegliche Spuren, vor allem Blut, zu entfernen. Dann wusch er sich und seine Kleidung und ritt daraufhin schnurstracks ins Wasser, bis Cäsars Körper vollständig untertauchte und nur sein Kopf und Hals herausragten. Das mochte Cäsar ganz besonders gern, der Hengst tummelte sich freudig in dem kühlen Nass. Es war eine wahre Wohltat für ihn nach all dem hektischen Laufen. Johann lenkte ihn flussabwärts und suchte nach einer Weile seichteres Wasser am Rande des Ufers, ritt dort ein gutes Stück entlang und verließ die Wertach schließlich an einer einsamen Stelle. Hier war immer der Anfang und das Ende seiner frühmorgendlichen Jagd, ein unscheinbarer Platz an diesem Gewässer und eine Stelle, von der man seine Spuren nicht verfolgen könnte. Johann folgte nun einem schmalen Pfad, der nach nur drei Minuten Ritt in einen breiteren Weg mündete.

Es waren gute 15 Minuten von hier zu seinem Haus, wenn er gemächlich ritt. Heute aber hatte er länger als normal gebraucht und wollte etwas Zeit aufholen. Er gab Cäsar die Fersen und trieb ihn in einen heftigen Galopp. Das vom kühlen Wasser erfrischte Ross reagierte kraftvoll und bewies, dass es auch an Geschwindigkeit auf offener Strecke den meisten Pferden überlegen war. Nur etwa sechs Minuten dauerte deshalb dieser Galopp, und Pferd mit Reiter preschten kurz vor sechs Uhr morgens im Hof des heimatlichen Anwesens ein. Dort zügelte Johann seinen Cäsar jäh und sprang aus dem Sattel. Er sah ein fremdes Pferd an einen Pfosten gebunden, blickte zur Haustür und sah seinen Bruder Sebastian und den Franz Lechleitner dort stehen.

»Guate Morge, Franz. Wie kommt des, dass du eis so friah scho bsuachsch?«, begrüßte ihn Johann freundlich.

Franz Lechleitner schien jedoch von Johanns Freundlichkeit nicht angetan zu sein. Er blickte mit finsterer Miene auf ihn, sein Gesichtsausdruck strahlte Verärgerung aus. Er erwiderte Johanns Gruß nicht, ging zu ihm hin und fragte mit barscher Stimme: »Wo kommsch so friah am Morge her? Warsch beim Wildre?«

Johann lächelte nur, er war auf so was von Franz gefasst und gar nicht überrascht. Schon längst hatte er seine Antworten und sein Verhalten gegenüber ihm geplant, wenn der ihn mal hier aushorchen sollte. Ganz ruhig sagte er deshalb: »Zerscht amol, Franz, ghert des zum Astand, dass ma d'Leit griaßt, grad, wenn ma zu oim ans Haus na kommt. Kommsch do her zu mir, bisch reacht zwider und uguat und wirfsch mir no vor, i sei a Wildschütz? Wie kommsch jetz auf so an Schmarre?«

Johanns Ruhe schien Franz nur noch mehr aufzubringen, sein Gesicht wurde rot vor innerem Zorn, seine Lippen bebten. Er trat ganz nah zu Johann hin, starrte ihm in die Augen und zischte: »Du machsch mr nix vor! Kosch sage was'd wit, i verwisch di scho no. Also, sag wo'd herkommsch!«

Johann hielt den Blick des Jägers für eine Weile, seine Augen bohrten sich tief in die seinen. So nahe beieinander waren ihre Köpfe, sie konnten den Atem des anderen auf ihrer Haut spüren. Schließlich brach Johann das gespannte Schweigen.

»Eigentlich gohts di an Dreck a, was i in meiner freie Zeit dua. Aber weil i heit raecht guat aufglegt bi, sag i dir, wo i war. Mit meim Cäsar war i an dr Wertach. Jeder woiß, wie guat i auf'n schau«

Er streichelte sein Ross liebevoll über die Mähne und fuhr fort: »I bi a Friahaufsteher und nehm d'Cäsar ab und zu gern amol zum Akiahle. Grad wenns Wetter so heiß isch wie jetzt. S'Ross isch aber allad ganz narrisch aufs Wasser. Wurscht, ob's heiß oder kalt isch. Es hot halt a hitzigs Bluat, woisch!«

Franz wurde während Johanns Erklärung eher noch aufgeregter, die Wut staute sich zusehends in ihm an. Das war vor allem deshalb so, weil er ganz genau wusste, dass er Johann nichts nachweisen konnte. Solange er ihn nicht bei der Tat erwischte oder irgendeinen handfesten Beweis in Form eines gewissen Stückes hatte, das er auf Johann beziehen konnte, hatte er keine Chance gegen ihn. Er selber wusste recht sicher, dass Johann der Wildschütz war und auch heute morgen das Wild erlegt hatte, aber er war der Gerissenheit Johanns nicht gewachsen. Seine Unterlegenheit trieb ihn immer mehr schier zum Wahnsinn. Für heute konnte er nicht mehr tun, als Johann und Cäsar nach eventuellen Spuren abzusuchen, denn irgenwann würde selbst Johann mal einen Fehler machen.

»Loss di mol aluage, du Haderlump!«, fauchte er Johann an. Er trat etwas zurück, betrachtete Johann von Kopf bis Fuß und ging um ihn herum. Keine Spur von Blut oder Haaren war zu finden, Johanns Kleidung war sauber und bis zu seinen Oberschenkeln hoch noch nass von der Wertach. Ohne ein Wort zu sagen, ging Franz schnell zu Cäsar hin und schaute auch ihn an, wiederum erfolglos.

»Mach amol die Satteltäsch auf und zeig mr, was du do dinn hosch, du Läfass!«, befahl Franz nun. Johann schien sich immer mehr an dieser Episode zu amüsieren. Mit grinsendem Gesicht öffnete er die Satteltaschen, holte den Beutel hervor, der den Hafer und Zucker für Cäsar enthalten hatte, und schob ihn Franz unter die Nase.

»Do luag, Franz. Des isch alls, was i dinn hob. Kasch seal luage!«, forderte er Franz neckend auf.

Dieser biss auf die Zähne, presste die Lippen zusammen und suchte die Satteltaschen nach etwas Verdächtigem ab. Wiederum absolut gar nichts konnte er finden.

»Ich verwisch di scho irgendwann, du gscherter Lackl! Nocha gohts dir aber schleacht, mei Liabr!«, sprudelte er aus, als er sich wegdrehte, seinen Jagdhund vom Zaun abband und zu seinem Pferd ging. Der Hund hatte schon seit Johanns und Cäsars Ankunft heftig gebellt. Nun riss er an der Leine und zog Franz zu Cäsar hin. In dessen Nähe bellte er ganz fürchterlich, was Cäsar aufscheuchte. Er stieg hoch und versuchte den Hund mit den Vorderläufen zu treten. Johann eilte zu Cäsar hin und hielt ihn bei den Zügeln. Er hatte nun genug von der morgendlichen Störung, hatte auch nicht genug Zeit, sich noch weiter mit Franz abzugeben. Der Ton seiner Stimme war nun verändert, er klang bestimmt und ungeduldig: »Jetzt werds Zeit, dass du mitsamt deim blede Hund verschwindsch! Kommsch do her, bisch recht eklhaft und wirfsch mir an Zuig vor, wo du gar koin Ohaltspunkt it hosch. I ho it amol a Gwehr, wie soll i do wildre?«

Er ließ die Zügel los, eilte zu Franz hin und packte ihn am Kragen: »Wenn zu mir kommsch, kasch nix andres erwarte, als dass i di sofort meh am Krage pack und di zum Deifl jag!«

Er ließ ihn los und schimpfte weiter: »Und sei it so freach, Bürschle, suscht fangsch a Kehrige! Sauf am Abend it so viel Schnaps, dann kommet dir au koine Hirngspinscht! Also, auf gohts, nimm dein Hund und luag, dassd weiterkommsch, suscht muass i nochhealfe!«

Franz brummelte nur vor sich hin, denn er wusste, er würde den Kürzeren ziehen, wenn's zu Handgreiflichkeiten käme. Er rief seinen Hund zur Seite. Beim Weggehen hob er noch den rechten Zeigefinger und sagte: »I weiß, dass du d'Wildschütz bisch, und mei Hund weiß es au. Der hot a guate Näs, hot uibre Spur heit friah verfolgt und uib jetzt glei meh schmecke kenne. Du bisch es!«

Er traute sich nicht mehr, Johann irgendetwas Schlechtes zu heißen, nachdem dessen Laune nun umgeschwenkt hatte. Johann rief ihm nach, als er aus dem Hof ritt: »Doi Hund mog eis halt it, des sait gar nix. Luag bloß, dass er nimmr in Cäsars Nähe kommt. Weisch, der dreht si blitzschnell und dabt'm d'Schädel ei, wenn'r narrisch wird!«

Franz schaute mit vor Ärger hochrotem Kopf auf Johann zurück, als er sein Pferd anspornte. Johann und Sebastian konnten noch ein paar böse Flüche von ihm hören, dann war er fort.

Sobald er außer Sichtweite war, brach Sebastian in schallendes Gelächter aus. Er war gelassen an der Haustür gestanden und hatte das ganze Spektakel beobachtet. Johann ging zu ihm hin und lachte mit ihm, wobei er seinem Bruder herzhaft auf die Schulter klopfte. Sebastian erwiderte diese Geste, sie waren immer schon so eng zueinander gewesen. Nach einer kurzen Weile sagte Sebastian dann: »Hock di do her auf die Bank in d'Sonne, i hob dir ebbs zum Esse und Trinke hergricht. Du brauchsch des, hosch meh a guate Arbeit dau. Muasch ja bald scho furt zur Säge. Hob dir au dei Brotzeit gmacht. Wart grad, i holl se schnell!«

Er stand auf, verschwand kurz im Haus und kam schon gleich wieder zurück: »Do luag, Brot mit Schinke und Käs. Radiesla vom Garte hob i dazu dau und a Fläsche Milch. An Guate, Hans!«

»Dank dr schea, Bäschtl«, erwiderte Johann nickend und machte sich heißhungrig über die Brotzeit her. Sebastian setzte sich neben ihn hin, kratzte sich am Kinn und fragte schließlich: »Sag amol, Hans, was isch denn heit friah passiert, dass dr Franz so aufgregt isch? Hosch ihn ganz schea gärgret, ha, ha! Der isch vor a Viertelstund do a'komme und hot nach dir gfrogt. Hob gseht, du bisch mit Cäsar zum Akiahle gritte. Der Kerle wollt aber um's Verrecke it gange, wollt warte, bis du mehr kommsch.«

»Ja, Bäschtl, heit friah ischs arg knapp her'gange, des war interessant!«, erklärte Johann mit hellen Augen und beugte sich zu seinem Bruder hin.

»Stell dir vor, der alte Suffkopf muass ganz in dr Nähe gwese sei. I war in dr Gegend vom Ochsehof, an der kloine Lichtung, weisch do, wo die zwei Fichtestämm unda zaemad g'wachse sind und…«

»Ja, ja, i weiß, wo«, unterbrach ihn Sebastian.

»Und do war i, ghehrt oder gseache hob i ihn it«, fuhr Johann fort. »Aber kaum war i mitm Reachbock im Sattel, war er au scho do!«

Er nahm einen kräftigen Bissen und einen Schluck Milch, kaute und fuhr fort: »Eigentlich it ganz schleacht für oin, der vom Haufe Schnapssaufe kreizlahm wore isch, ha, ha!«

»Do hosch reacht, deam sei Näs isch so rot wie a Tomate, sogar wenn'r niachtre isch!«, bestätigte Sebastian lachend.

Johann bog sich vor Lachen, sammelte sich und erzählte weiter: »Ha, ha, armer Franz, und dann hot er gschriea, dass i aufgebe sott, der Depp!«

Er schüttelte den Kopf und murmelte: »Do hob i im Traum it dra denkt, kennsch mi ja. D'Franz hot noch auf's Gradewohl in d'dunkle Wald gschosse, seah hot er mi it kenne….«

»Und die Kugel isch irgendwo auf halbem Weg zwischen dir und Görisried glandet, odr?«, polterte Sebastian lachend dazwischen.

»So ischs gewese, Bäschtl«, nickte Johann und hielt sich den Bauch, als er einen Lachanfall bekam. Er fing sich bald wieder und setzte fort: »Hob ihn dann aghängt, weisch ja, wie. Ja, vor dem Franz brauch'mr koi Angscht it hobe, es isch a luschtigs Katz-und-Maus-Spiel mitnam. Au die andre zwoi, dr Schorer Sepp und dr Lehner Vinzenz, verwischet mi it. I glaub, die probierets au gar nimmr, weil se wisset, dass es nix bringt.«

Sebastian nickte zustimmend und fügte dazu: »Weischd scho, Hans, dr Franz isch halt in seim Stolz verletzt. Der hot si so in die Sach neigsteigred und wirds au mehr probiere. Des soll'r. Bloß kas sei, dass es'n amol umnimmt, weil er doch z'viel Schnaps sauft und si z'arg aufregt.«

Johann lächelte vor sich hin und meinte: »Des wär mir Wurscht, nocha gäbs oin weniger vo deane!«

Sebastian schmunzelte und klopfte Hans auf die Schulter: »Ja, Hans, mir wär des au recht! Im Moment luagats it so aus, als ob die Jäger Verstärkung kriaget oder dass dr Franz agleast wird, weil er nix mehr taugt. Also, es luagt guat aus für eis!«

»Ja, ja, mir händ die Sach soweit im Griff, Bäschtl«, erwiderte Johann zufrieden. Dann blitzten seine Augen auf. Er gab Sebastian einen etwas derben Stoß in die Rippen und sagte freudig: »Mei, an scheane junge Bock hobn i gschosse. Der bringt an Batze Geld!«

Sebastian gab seinem Bruder einen ähnlichen Stoß zurück, wobei er begeistert feststellte: »Guat, Hans! Ja, bis zum Winter sott mr gnua Geld zemad hobe, und du brauchsch dann nimmr naus zum Wildre. Dann mach mr, was mir vorhand, verbessret d'Hof, kaufet no a paar Fealdr und meh Kiah.«

»Es lauft wirkle guat. Jetzt häng mr eis no richtig nei, gell Bäschtl!«, spornte Johann seinen Bruder an. »I schiaß des Wild, schaff so an halbe Tag fürs Sägwerk und streck des Holz naus. Muass ja untertags ebbs dua, sonsch fällts auf.«

»Ja, freilig«, nickte Sebastian. »Und i mach so weiter wie allad, dua, was i ka do am Hof, im Stall und mit dem Rächemache.«

»I hilf dir ja nomesdags. Heit komm i au glei nachm Mittag hoim. Mir miasset die Räche für d'Deiserbaure unbedingt no die Wuch fetig bringe. Er braucht se dringend, d'Hoibat isch voll im Gang.«

»Luag, mir zwoi haltet zämad wie Pech und Schwefel, des isch schee. Isch scho wichtig, dass ma aufanand vertraue kennet. Da hond mir scho ebbes Bsondres, Hans!«, sagte Sebastian mit freudigem Gesicht.

Johann nickte und fügte dazu: »Ja, so ebbes wie eis zwoi findscht weit und breit it. Drum kemmr au so ebbs wie des Wildre mache, weil koiner d'ander falle losst. Wie gsait, die Jäger sind koi Problem an dr Sach, bloaß…«

Er hielt inne und dachte nach. Sebastian lehnte sich gespannt nach vorn. Johann nahm einen großen Biss vom Schinkenbrot, trank einen Schluck Milch und kaute. Dann schluckte er und sprach seine Gedanken aus: »Bloß oi Sach macht mir Sorge an der G'schicht. Dr Maurus Anton isch vielleicht it stark gnua, hot d'Nerv it für die Sach. Weisch ja seal, er isch bloaß wegs seiner Not und ugern do mit eigstiege. Wenns irgendwie z'heiß wird, noch kennts sei, dassr umfallt und si und sei Elli schützt.«

Sebastian konnte in der Stimme des Bruders erkennen, dass er dem Anton Maurus nicht recht traute. Er versuchte, ihn zu beruhigen: »Im Moment isch do, glaub i, koi Gfahr mitm. Koiner hot a Ahnung, dass er Wild für eis nach Kempten schafft. Solang alls guat lauft, brauchet mir eis it sorge.«

»Du hosch scho reacht, Bäschtl«, gab Johann zu. »Trotzdem, i hob halt a Aug uffm und luag, ob'r Angscht kriagt. Er isch halt eiser oinzig Schwachpunkt an der Sach! Dr Guggemos wär wahrscheinlich dr bessre gwese, aber der hot koi selagg Not und hätt it mitgmacht.«

»Stimmt, Hans«, erwiderte Sebastian. »Aber's hilft alls nix. Mir händ jetzt den Anton und miasset halt mit ihm vorsichtig sei. Mir merket des schon, wenn er kalte Fiaß' kriagt.«

Johann schmierte sich etwas mehr Senf aufs Brot und beschloss: »Ja, ja, i leg eh bald meh an Zettel in die Kassette und sag'm, dass mir des Versteck händ ändre miasse. Wenn mir ihn dann im Stadel dreffat, kriag mer scho mit, wie er zemadhält. Der ka si schleacht verstelle, weisch ja.«

»Guat! So mach mers. Horch her, Hans! I richt dir die zwei Ross fürs Holzstrecke vollends her. Die sind scho gfuttret und tränkt. D'Cäsar verwöhn i au gloi. Jetzt iss und trink no fescht, ruh di no a halbe Stund aus. Die Flasche Bier hol i erscht um dreiviertel Siebne vom Keller, dann bleibt se bis zur Brotzeit no kiahl«, sagte Sebastian, als er aufstand.

»Dank dr reacht schea, Bäschtl!«, erkannte Johann die Fürsorglichkeit des Bruders lächelnd an.

»I luag glei no zum Vater, er war geschtern nimmr so guat beinand. Er isch glaub no im Bett«, erwähnte Sebastian beim Weggehen.

Johann sah ihm nach, wie er mit seinem Stock zum Rossstall ging. Sein linkes Bein war steif, eine Kugel hatte ihm im Krieg die Kniescheibe zerschmettert. Eine zweite Kugel war am gleichen Tag in seine Brustseite eingedrungen, und er wäre ohne Johanns enorme Hilfeleistung wohl daran verblutet. Sebastian verdankte seinem Bruder das Leben und schätzte das jeden Tag seines Daseins. Johann wusste, dass sein Bruder genau das Gleiche für ihn getan hätte. Sie hielten eben engstens zusammen.

Nun hatte er endlich ein bisschen Ruhezeit vor der Arbeit fürs Sägewerk. Diese war jedoch körperlich nicht allzu anfordernd, weil seine zwei Rosse die Hauptarbeit übernahmen. Er musste Ketten an den Stämmen befestigen und die Rosse entlang einer Trasse durch den Wald zum Sägewerk führen. Schon seit dem vorigen Jahr hatte er diese Arbeit, und es war kein Problem für ihn gewesen, sie zu bekommen. Er war als guter Arbeiter bekannt, und seine Verbundenheit mit dem Wald sowie seine Fähigkeit, mit Pferden umzugehen, galten als einzigartig. Er hatte jedoch diese Arbeit nur unter der Bedingung angenommen, dass er nach Möglichkeit etwa mittags oder am frühen Nachmittag nach Hause gehen konnte. Es war sehr wichtig für ihn, dass er daheim in der Landwirtschaft und beim Rechenmachen mithelfen könnte. Der gebrechliche Vater und der kriegsbeschädigte Bruder würden ganz gewiss nicht alles allein verkraften. Nächstes Jahr wollte er dann ganz daheim wirtschaften und auch weiterhin etwas Rechen fertigen. Womöglich würden sie das kleine Nebengeschäft ihres Vaters wieder aufnehmen, nämlich das Bäcker- und Krämergeschäft im Dorf wieder übernehmen, das wegen des Krieges und des Zustandes ihres Vaters vorübergehend an jemand anderen verpachtet worden war.

Er lehnte sich auf der Bank zurück und blickte über das Gelände. Eine der Katzen hatte es sich auf seinem Schoß bequem gemacht und schnurrte. Was für einen herrlichen Ausblick sie hier hatten! Nicht weit entfernt lag Görisried, umgeben von grünen Wiesen. Im Süden und Osten schweifte Johanns Blick über die Hügel, Täler, Wiesen und Wälder des seenreichen Ostallgäus zu den Bergen. Die Sonne stand noch niedrig am östlichen Horizont, jedoch die Alpen badeten bereits in hellem Sonnenschein. Während das Vorland vor allem in den Niederungen mehr oder weniger dunstig aussah, waren die Berge so früh am Morgen noch klar. Im Süden lagen die waldigen Berge der Wertacher und Nesselwanger Gegend wie die Reuterwanne, der Edelsberg und die Alpspitze. Weiter östlich davon standen die Pfrontener Berge, wobei besonders der imposante Aggenstein hinter dem Breitenberg auffiel. Dahinter waren die hohen Tannheimer Gipfel nicht zu übersehen, vor allem die drei Zacken der Roten Flüh, des Gimpels und der Kellenspitze. Östlich davon lag das Gebiet, wo das Lechtal die Berge verließ und sich nach Norden hin im hügeligen Alpenvorland fortsetzte. Das war das Gebiet von Füssen und Reutte in Tirol. Klar stand der Säuling hervor, an dessen Fuß das Königsschloss Hohenschwangau unweit des Alpsees lag. Auf einer Höhe oberhalb dieses Schlosses, gegenüber der Pöllachschlucht, war nun König Ludwigs II. neues Traumschloss namens Neuschwanstein im Bau. Ein schönes Plätzchen hatte er sich ausgesucht, da bestand kein Zweifel diesbezüglich in Johanns Gedanken. Die Ammergauer Alpen mit dem Tegelberg im Vordergrund setzten das Alpenpanorama weiter nach Osten fort. Dahinter ragte ein riesiges Massiv empor, die Zugspitze, der höchste Berg Deutschlands in den oberbayerischen Alpen.

Nur noch etwa eine halbe Stunde würden die Berge so klar zu beobachten sein, denn die Sonne gewann rapide an Kraft und saugte die Feuchtigkeit in die Atmosphäre hoch, wo sich schnell Quellwolken bildeten. Die Berge verschwanden dabei im Dunst, und besonders dort bildeten sich schnell Gewitterwolken. Auch heute würden bestimmt wieder heftige Gewitter in den Bergen und dem Vorland niedergehen, da war sich Johann sicher. Am liebsten wäre er noch eine Weile auf der Bank gesessen und hätte die Schönheit dieses noch kühlen, frischen Morgens weiterhin genossen.

Er fühlte sich nun aber wieder richtig entspannt, stand auf und ging über den Hof, wo Sebastian zwei Rosse angebunden hatte und nun gerade Cäsar fütterte.

»Weisch was, Bäschtl! Heit Obad gammr no zum Wessererwirt ins Dorf!«, schlug er seinem Bruder vor. »Mir händs heit streng gnua und greislig heiß werds au! Da laufet a paar Bier guat na. Mir esset au ebbs und klopfet a paar Runde Schofkopf. Was moisch?«

»Ja, des dea'mr, Hans«, stimmte Sebastian begeistert zu. »Machs it so streng heit im Holz! Dei Brotzeit und des kiahle Bier sind do in dr Satteltäsch.«

»Dank dr schea, Bäschtl. Pfiati drweil!«, verabschiedete sich Johann, stieg auf eines der Rosse, nahm die Zügel des anderen in eine Hand und ritt los.

»Gern g'scheah. Pfiati, Hans!«, erwiderte Sebastian und kümmerte sich wieder um Cäsar.

Schon sehr früh am gleichen Tag stand Anton Maurus auf und mähte eine Stunde lang. Seine Frau Cezilie und die Kinder würden während des Tages heuen. Das Wetter war schön, und die Kinder hatten Schulferien. Ohne den Rückhalt seiner Familie wäre es viel, viel schwieriger für ihn, ja wahrscheinlich sogar unmöglich, auch noch Botenfahrten nach Kempten zu machen. Nach dem Mähen versorgte er sein Pferd Maja und aß und trank noch etwas. Er hatte sein Fuhrwerk schon am Vorabend mit der Briefpost, den Paketen und ein paar anderen Waren und Gegenständen beladen, die er nach Kempten bringen musste. Als Postmann und Gemeindebote für Görisried nahm er oft reparaturbedürftiges Gerät von Bauern und Handwerksleuten mit in die Stadt. Ab und zu kamen auch gewisse Erzeugnisse von Görisriedern dazu, die Abnehmer dafür in Kempten hatten. Er erhielt auch regelmäßig Aufträge von Leuten, etwas für sie in die Stadt oder von dort zu bringen. Butter und Käse nahm er fast nie und nur dann mit nach Kempten, falls sein Freund Hans Guggemos nicht alles mitnehmen konnte und er noch etwas Platz hatte. Er wollte sein Fuhrwerk ohnehin nicht mit schweren Käselaiben überladen und sein Pferd zu sehr strapazieren. Der Guggemos und er selber hatten für ihre ähnliche Arbeit ziemlich gleiche einspännige Fuhrwerke mit Planen, um die Waren vor dem Wetter zu schützen. Antons heutige Ladung war glücklicherweise nicht zu umfangreich und schwer, jedoch es war wichtig, die Hitze des Tages weitgehend zu vermeiden und schon vormittags nach Kempten zu kommen.

Kurz vor sechs Uhr morgens verließ er seinen Hof, fuhr durch den Ort und bog in die Straße nach Bodelsberg ein. Die Frische des Morgens machte die Fahrt für ihn und sein Ross sehr angenehm. Der Tau und die Feuchtigkeit in der Luft waren noch am Boden und in dessen Nähe konzentriert, aber mit zunehmender Wärme würde das alles verdunsten. Schon bald nach Verlassen des Ortes führte der Weg in den geschlossenen Wald, der entlang dieser Straße bis kurz vor Bodelsberg reichte. Dort war es noch dunkler und kühler als auf dem offenen Land, etwas gespenstig sogar. Die Äste und Zweige erschienen halb verschwommen, noch war nichts so richtig erkennbar. Einzelne Sonnenstrahlen fanden ihren Weg durch dieses Labyrinth der Bäume und Büsche, brachen sich an Tausenden von Tropfen und verwandelten sie in glitzernde Perlen im Spektrum des Regenbogens. Dunst hing in Schwaden umher, stellenweise noch zu dicht und undurchdringlich für die schwache Sonne.

Anton saß auf seinem Bock, in Gedanken versunken. Nur noch ein paar Hundert Meter, und er müsste nach Johanns Zeichen Ausschau halten. Ob er wohl heute früh etwas erlegt hatte, fragte er sich. Es war leicht möglich, die Bedingungen waren ideal dafür. Er blickte immer wieder hinter sich, um zu sehen, ob jemand zu ihm aufholte. Er war am Waldrand allein gewesen, aber manche Fuhrwerke reisten schneller als er, und Reiter könnten jeden Moment auftauchen. Es war deshalb auch äußerst wichtig zu lauschen. Etwa 50 Meter von der genannten Stelle entfernt hielt er deshalb an und spitzte die Ohren. Es schien günstig auszusehen. Im Moment war es still, nur eine Krähe schrie. Doch als er gerade wieder anfahren wollte, hörte er das schwache Rattern eines Fuhrwerks hinter sich. Er beschloss deshalb, noch zu warten, das schnellere Fuhrwerk um die Kurve kommen zu lassen und dann erst ganz langsam anzufahren. Schon zwei Minuten später erschien dieses Fuhrwerk dann in der Biegung der Straße, und er setzte sein eigenes langsam in Fahrt. Nach 20 Metern im Schneckentempo lenkte er dann schon zur rechten Seite der Straße, um dem anderen Reisenden Raum zum Überholen zu verschaffen. Dieser fuhr vorbei und winkte

Anton zu. Er erwiderte diese Geste, denn er kannte den Mann recht gut. Er war ein Görisrieder Bauernknecht, der offensichtlich auch schon sehr früh unterwegs war, um seine Geschäfte zu erledigen. Wahrscheinlich musste er etwas Wichtiges beschaffen, was für die Heuernte notwendig war, denn er war in großer Eile und deshalb so schnell, weil er zwei Pferde vorgespannt hatte. Im Nu war er vorbei und gleich danach um die nächste Kurve und außer Sicht.

Nun galt es, geschwind zu handeln. Anton trieb sein Pferd die letzten Meter kräftig an, sah den Stein unter dem Busch und hielt scharf rechts an, mit der Seite des Fuhrwerks halb in den Büschen. Wiederum pausierte er für einen Moment, hielt in beide Richtungen der Straße Ausschau und lauschte konzentriert. Nichts war zu sehen oder zu hören, die Luft war rein. Anton sprang vom Bock, drang durchs Gebüsch zum Versteck vor, entfernte die Äste und Steine und zog den Sack mit dem erlegten Wild heraus. Dann griff er in seine Tasche und holte einen Umschlag hervor, der Johanns Teil des Geldes vom Verkauf des letzten Wildes enthielt. Flugs griff er nach der Kassette, gab den Umschlag dort hinein und legte sie wieder an ihren Platz ganz hinten in der Aushöhlung. Somit würde Johann dann sein Geld für das vor fünf Tagen erlegte Wild bekommen, wenn er die nächste Beute dort versteckte. Bis jetzt hatte das System wie am Schnürchen geklappt. Anton schob die Äste und Steine noch schnell in die Aushöhlung, packte den Sack und schwang ihn über seine Schulter. Schwer war er, dachte er bei sich, das würde ein gutes Geld einbringen. Hinter dem letzten Busch hielt er inne, lauschte nochmals intensiv, bog die Zweige zur Seite und streckte seinen Kopf zur Straße hinaus. Nichts war zu sehen. Mit ein paar Schritten war er an der Vorderseite des Fuhrwerks, zog mit einer Hand die hier nicht festgebundene Plane etwas zurück und hob den Sack auf die Ladefläche. Dann kletterte er selber auf den Wagen. Vorne zog er den Stapel leerer Säcke etwas zur Seite, beförderte den Sack mit dem Wild dorthin und bedeckte ihn wieder mit den leeren Säcken. Niemand schaute jemals da nach, es war ein gutes Versteck. Jegliche Aufmerksamkeit richtete sich nur auf die Waren auf dem Fuhrwerk. Anton sprang wieder ab, rollte noch schnell den Stein hinter den Busch und kletterte wieder auf den Bock. Gut war's wieder gegangen, dachte er bei sich, als er sein Pferd antrieb und wieder unauffällig und wie gewöhnlich die Straße entlangrollte.

Der Abschnitt bis nach Bodelsberg zog sich bei seinem Tempo schon etwas hin. Anton liebte den Wald jedoch sehr, besonders an so schönen Sommermorgen. Nun wurde es zusehends heller, und die Sonne drang immer mehr durch. Anton fühlte ihre Wärme, hörte das Zwitschern der Vögel, beobachtete das eine oder andere Getier, das unter die Bäume und Büsche eilte, als er sich ihm näherte. Ganz und gar entspannend war die Stimmung hier, eine wunderbare Ruhe lag in der Natur. Alles zeigte sich ausgeglichen, Tier- und Pflanzenwelt lebten miteinander in delikater Balance. Anton spürte, dass er irgendwie auch ein Teil dieses Ganzen war, lehnte sich zurück und saugte alles in sich auf.

So ganz richtig entspannen konnte er sich jedoch nicht, etwas in seinem Inneren ließ das nicht zu. Er versank wieder in Gedanken, wobei ein ungutes Gefühl dauernd an ihm nagte. Er fühlte sich nicht so recht wohl bei dieser Sache, auf die er sich eingelassen hatte, sinnierte er. Sein Leben lang war er rechtschaffen und redlich gewesen. Er war am 12. Juni 1826 in Görisried selber, genauer im unteren Dorf im Haus Nummer 28 geboren und aufgewachsen. Er hatte später in das Anwesen Nr. 47 bei der Oberen Mühle eingeheiratet. Seine Frau Cezilie war eine geborene Zeller und ursprünglich von Stein bei Betzigau. Der Hof hatte etwa 14 Tagwerk, zehn Kühe und war wegen dieser Größe als Soldnerhof eingestuft. Es war nicht genug, um eine Familie zu ernähren, er musste auch noch etwas anderes tun. Sein guter, ehrlicher Ruf hatte ihm zu dieser Stelle als Kemptener Bote im Postdienst verholfen. Denn dazu musste man eine saubere Weste vorweisen können und als ehrsam gelten. Es war eine Stelle, in der Vertrauen auf ihn gesetzt wurde. Die Post hatte schon seit geraumer Zeit ihren Bedienstetenkreis im Zuge eines verbesserten Postnetzes vergrößert. Auch in Görisried war Bedarf nach neuem Personal entstanden. Postfuhrwerke transportierten zwar alle Sendungen auf den Hauptstrecken, aber auf Nebenstrecken wie von und nach Görisried wurden Boten mit einspännigen Fuhrwerken eingesetzt.

Anton fragte sich, ob der Guggemos heute wegen der Hitze vielleicht schon eine Weile vor ihm losgefahren wäre. Wahrscheinlich war es so. Sie trafen sich ja meistens irgendwo auf dem Weg nach Kempten oder auf dem Heimweg und besonders oft im Bodelsberger »Adler«, wo sie gern noch eine letzte Pause machten. Meistens ergab es sich, dass sie dann miteinander von

Bodelsberg nach Görisried durch den Wald fuhren. Das war für sie beide beruhigend, denn oft war es schon dunkel und sie waren die letzten Reisenden auf dieser Strecke. Es konnte ja schon ab und zu vorkommen, dass etwas am Wagen brach, und dann war es gut, dort draußen nicht allein zu sein.

Jahrelang hatte er seine Aufgaben peinlich genau und gewissenhaft erfüllt, überlegte sich Anton wiederum. Er hatte seine Botendienste immer verläßlich ausgeübt und jegliches Geld prompt und korrekt abgeliefert. Er stand in der ganzen Görisrieder Gemeinschaft in sehr gutem Ruf, so wie schon seine Vorfahren es getan hatten. Hier lag nun die Hauptursache seiner Gewissensbisse, denn er war eben dazu erzogen worden, rechtschaffen und redlich durchs Leben zu gehen und vor allem auch auf den guten Ruf der Familie zu achten. Dieser hatte sich über viele Generationen hinweg aufgebaut und Anton war deshalb sehr stolz auf seine Herkunft. Schon sein Großvater Johann Martin hatte ihm viel darüber erzählt, denn dieser hatte sich leidenschaftlich daran interessiert. Demnach war es gut möglich, dass seine Ahnen alteingesessene Allgäuer gewesen waren, denn der Familienname war schon im 16. Jahrhundert in der Dietmanns-, Probst- und Untrasrieder Gegend aufgetaucht. Sowohl sein Großvater als auch sein Urgroßvater Johann Georg waren in Untrasried gebürtig gewesen. Ebenso gut wäre es möglich, dass ihre Vorfahren nach dem Ende des fürchterlichen Dreißigjährigen Kriegs ins Allgäu gekommen waren. Große Teile des Landes waren damals verödet und verwaist gewesen, einschließlich des Allgäus. Der Großvater hatte ihm davon erzählt, wie der damalige Fürstabt Roman Giel von Gielsberg im Zuge der Neubesiedlung ihrer Heimat Bauern aus Tirol, Vorarlberg und der Schweiz angeworben hätte. Unter den Neuankömmlingen wären auch einfache ‚Maurus' Bauersleute gewesen, die wahrscheinlich aus der Schweiz oder vielleicht aus Südtirol stammten. Sie hatten sich hier vermutlich eine bessere Zukunft erhofft und lebten nun vor allem im Unter-, Ober- und Ostallgäu. Der Großvater hatte gemeint, dass die genaue Herkunft ihrer Linie aber nicht so wichtig wäre wie deren durchwegs guter Ruf. Voller Stolz hatte er deshalb oft von einem ihrer Vorfahren erzählt, der wegen seiner Verlässlichkeit und seines Pflichtbewusstseins noch im 17. Jahrhundert vom Kemptener Fürstabt dazu ausgewählt und beauftragt worden wäre, in der Schweiz neue Siedler anzuwerben und auch Vieh zu beschaffen. Dieser sollte ihm ein gutes Vorbild sein, so hatte ihn der Großvater schon als Kind belehrt. Oft hatte er auch davon erzählt, wie er die Liebe seines Lebens in Maria Sontheim aus Wildberg gefunden und schließlich hierher eingeheiratet hatte. Er hatte dabei gern betont, dass er mit seiner Frau den guten Ruf ihres Familiennamens hier in Görisried traditionsgemäß weiter aufgebaut hätte. Ja, sehr viel hatte Anton von ihm gelernt und hatte auch seinen Lebensgeschichten immer gebannt zugehört, ganz besonders seinen Erlebnissen während der Anwesenheit von Napoleons Truppen im Land.

Anton kratzte sich am Kopf und rückte unruhig auf dem Sitz hin und her. Auch seine Eltern Johann Evangelist und Anna Maria hatten den guten Ruf der Familie hier in Görisried aufrechterhalten. Sie hatten ihm ebenfalls eingetrichtert, sich trotz ihrer niederen Stellung als einfache Bauersleute immer an den rechten Weg zu halten. Sie verwiesen darauf, dass die Familie auf diese Weise seit jeher auch immer magere Zeiten überstanden und sich mit allerlei Nebenerwerben über Wasser gehalten hatte, oft mit Schneiderarbeiten.

Es war wirklich kein Wunder, dass ihn das Gewissen so arg drückte, dachte sich Anton. Er wollte ja zutiefst ein würdiges Mitglied dieser rechtschaffenen Familie sein und war es ja bis vor Kurzem auch in jeder Hinsicht gewesen. Schon rein äußerlich gehörte er gewiss zu den Seinen und war ein typischer Vertreter des Maurus-Schlages. Er war nur mittelgroß, stämmig, kräftig und etwas untersetzt, hatte schwarzes Haar, wie sein Vater und Großvater und bestimmt auch dessen Vorfahren es gehabt hatten. Ja, er machte der ursprünglichen Bedeutung seines Namens alle Ehre. Dieser ging auf den Heiligen Maurus und Nachfolger des Heiligen Benedikts im 6. Jahrhundert zurück, wobei Maurus vom Lateinischen kam und »der Dunkle« bedeutete. Dieser Name war zuerst nur als Vorname üblich gewesen und hatte sich erst später in einen Familiennamen entwickelt. Voller Stolz trug Anton auch seinen gepflegten Schnurrbart, wie es bei den männlichen Mitgliedern seiner Familie seit jeher traditionsgemäß war. Er besaß sein Arbeitsgewand für die Bauernarbeit und einen feinen Anzug und Hut für den Sonntag oder sonstige festliche Ereignisse. Wie immer trug er heute jedoch seine Botenkleidung, eine saubere lange Hose mit Trägern, ein weißes Hemd, einen breitkrempigen Hut und feste Schuhe. Selbst an so schönen Tagen wie heute hatte er auch stets zusätzliche Kleidung dabei, nämlich eine wollene Weste, eine warme Jacke und einen ledernen Regenmantel mit Kragen zum Hochkrempeln.

Anton schreckte auf, denn ein paar Rehe sprangen vor seinem Fuhrwerk über die Straße. Gut war der Wildbestand, dachte er und fühlte sich etwas beruhigt. Denn sein Inneres war nicht friedlich, dieses ungute Gefühl setzte ihm schon zu.

Was hatte er nur getan, fragte er sich und wischte sich den Schweiß von der Stirn, der sich so früh am Morgen dort hauptsächlich aufgrund seiner Gewissensbisse bildete. Wie hatte er sich auf so was wie eine Helferrolle für einen Wilderer einlassen können? Machte er hier einen gewaltigen Fehler? Setzte er die Ehre und Existenz seiner Familie aufs Spiel? Immer wieder hörte er die Stimmen seines Großvaters und seiner Eltern, dass seine Familie und Vorfahren zwar immer recht ärmlich gewesen, aber stets auf dem rechten Weg geblieben waren und trotz ihrer niederen Stellung in der Gesellschaft mit Stolz auf ihre Ehre geachtet hatten. Sein guter Ruf und seine Ehre waren eben auch für ihn alles.

Unruhig rückte er auf dem Bock hin und her. Seine Gedanken schweiften zurück zum letzten Februar, als diese ganze Geschichte begonnen hatte. Er wollte alles nochmals genau wiedererleben, wollte genau erfassen, was ihn damals bewegt oder besser gesagt getrieben hatte. Das eintönige Rattern der Wagenräder versetzte ihn in eine meditative Stimmung, wobei er sich genau an jedes Detail von damals erinnern konnte.

Es war ein verschneiter Tag Ende Februar 1872 gewesen, als er beschlossen hatte, am Abend noch eine Weile zum Wessererwirt zu gehen. Er war zwar kein regelmäßiger Wirtshausgänger, nicht so wie manche, die fast jeden Abend dort anzutreffen waren und ihr Geld vertranken. Nein, das magere Einkommen von seiner kleinen Landwirtschaft und dem Botendienst reichte für seine Familie schier nicht aus. Aber heute Abend hatte er wieder einmal etwas Ausgang gebraucht, etwas Zeit, sich mit den Leuten zu unterhalten und nebenbei ein oder zwei Bier zu trinken.

Heute hatte er nicht in die Stadt fahren können, weil es so heftig geschneit hatte, dass die Straße nach Bodelsberg vorläufig geschlossen werden musste. Wenn's bald wieder aufhören würde zu schneien, dann würde man mit dem Schneeräumen wieder nachkommen. Es sah aber zumindest jetzt noch nicht danach aus. Zurzeit gab es kein Durchkommen, nicht einmal mit einem Schlitten. Das war höhere Gewalt, und Post und Waren müssten eben warten.

Komischerweise war der Winter jedoch bis jetzt insgesamt recht mild gewesen, sinnierte Anton auf seinem Weg ins Wirtshaus. Vor Weihnachten hatte es etwas geschneit. Nach den Feiertagen hatte es wieder allen Schnee weggeregnet, und im Januar und Februar war nur eine dünne Schneedecke gelegen. Die Nächte waren frostig gewesen, aber vor allem im Januar waren die Tage hier im hochgelegenen Allgäu sonnig und sogar einigermaßen warm gewesen. Das war etwas, worum die Allgäuer im Herbst und Winter von den Unterländern und den Bodensee-Anliegern beneidet wurden, denn dort lag oft Dauernebel. Gestern nun war das Wetter umgeschlagen und es hatte geschneit und geschneit. Viele im Dorf und auf den Bauernhöfen waren tagsüber damit beschäftigt gewesen, wenigstens die wichtigsten Wege und Plätze freizuschaufeln. Auch er hatte die letzten zwei Tage damit verbracht.

Die Gaststube war etwa zur Hälfte mit Männern gefüllt. Einige hatten etwas gegessen, andere Bier getrunken, Zigarren oder Pfeifen geraucht, wieder andere Schafkopf gespielt. Der Wirt hatte gut eingeheizt, der große Kachelofen hatte kräftig Wärme ausgeströmt und die Ofenbänke selber und die Tische in seiner Nähe waren begehrt und bereits voll besetzt gewesen. Er hatte sich deshalb einen Tisch in einer Ecke der Stube ausgesucht und eine Maß Bier bestellt. Am gleichen Tisch waren schon zwei Knechte vom Holzerbauern gesessen, die sich munter unterhalten hatten. Sie hatten es gern gesehen, als er sich zu ihnen gesellt und am Gespräch beteiligt hatte.

Das Tagesgespräch waren natürlich das Wetter und die hiesige Lage gewesen, denn Görisried und Umgebung waren eingeschneit und abgeschnitten, was schon ab und zu vorkam. In solchen Notlagen hieß es wie immer, als Gemeinschaft zusammenzuhalten und auf die Essensvorräte zurückzugreifen. Manche bedürften vielleicht etwas Hilfe, gerade diejenigen, die recht verarmt waren und sich keinen Vorrat hatten anlegen können. Die drei hatten sich diesbezüglich sechs Personen vorstellen können und beschlossen, dass morgen jeder von ihnen bei zwei solchen vorbeischauen würde, um sie zu fragen, ob sie genug Essen hätten. Dann würden sie denen in Not etwas über die Runden helfen. Freilich müssten sie das nicht tun, aber sie fühlten sich als Christen dazu aufgefordert zu helfen, wenn sie konnten. Anton hatte zwar immer sehr damit zu tun, seine Familie zu versorgen, aber er hatte immer etwas Vorrat auf der Seite und konnte in der Regel ein wenig entbehren, ohne seine eigenen Leute in Hungersgefahr zu bringen.

Die beiden Knechte hatten sich dann auf den Heimweg gemacht. Sie waren müde gewesen und hatten morgen wieder früh in den Stall gemusst. Er war noch eine Weile allein sitzengeblieben, seine Maß war noch halb voll gewesen. Es war mittlerweile weit ruhiger in der Gaststube geworden, etwa die Hälfte der Leute war schon heimgegangen. Neben ihm waren nun zwei leere Tische gewesen, und am nächsten hatten die Gebrüder Kraus gesessen. Diese hatten immer wieder verstohlen zu ihm herübergeschaut und waren schon bald aufgestanden und zu ihm hingegangen, als er schließlich allein dagesessen war.

»Griaß di, Anton! Wie gohts dir?«, hatte ihn Johann gefragt.

»Ach, s'goht scho, dank dr sche, Johann«, hatte er geantwortet und dabei aufgeblickt.

»Machts dir ebbs aus, wenn mir zwoi eis a bissle zu dir hocket oder bisch du liabr alloi?«, war darauf Sebastians Frage gekommen.

»Na, i hob gern a Gseallschaft. Hocket uib ruhig na zu mir!«, hatte er mit einem Lächeln gesagt.

Die zwei Kraus-Brüder hatten sich darauf gegenüber von ihm an den Tisch gesetzt, ihre mitgebrachten Maßkrüge hingestellt und sich zurückgelehnt. Johann hatte ihn währenddessen betrachtet und in leicht besorgtem Ton bemerkt: »Luagsch a bissle bedrückt aus, Anton. Hosch Sorga?«

»Mei, s'isch halt a Kreiz, weisch! An Sauhaufe Arbeit hob i dagei, dagaus, und viel springt it raus drbei. Dr Hof alloi reicht it, und des bissle Lohn, des i als Bote kriag, hält eis grad so vom Hungertuach a. Zum Leabe isch es z'wenig und zum Stearbe z'viel, weischd scho. Hob jetzt halt sechs Kind und mei Weib isch scho meh in andre Umständ!«, hatte er geantwortet und den Kopf geschüttelt.

»Hoi, des isch mir ganz nui«, hatte Johann erwidert. »Hosch a guats Weib mit der Cezilie, die isch dichtig und a guate Muattr.«

»Ja, Gott sei Dank hob i mei Cezilie. I wisst it, wie i ohne se zreacht käm. Drum brauch i eigentlich it klage«, hatte er fortgesetzt, nachdem er einen kräftigen Schluck Bier getrunken hatte. »Es geit grad gnua, die fascht gar nix hond, machmal kaum gnua z'Esse und in alte Hütte wohnet!«

»Mir hand do vorher die Näm vo selagg vo deim Tisch aus ghert«, hatte Sebastian darauf in fragendem Ton gesagt.

»Dir hond guate Ohre«, hatte er etwas überrascht geantwortet. »Ja, hob grad mit den zwoi Knecht vom Holzerbaure gschwätzt, und mir wellet morn bei a paar vo deane arme Hund nachm Reachte luage. I sag ja, ganz so schleacht händs mir it. Weanigschtens bin i soweit gsund und mei Familie au, außer dr kloi Sophie.«

Er hatte sich seine Pfeife angesteckt und geseufzt: »Ach, s'goht scho so, bloaß ischs halt a furchtbare Blogarei. Aber s' kennt weit schlimmer sei, woisch!«

Johann und Sebastian hatten interessiert zugehört und immer wieder genickt. Ein paar Sekunden lang hatte Stille geherrscht, alle drei hatten nachgedacht. Dann hatte Johann das Thema wieder aufgegriffen: »Ja, Anton, i verstond di guat, glaubs'mr! Eis gohts au it viel bessr, mir hond au eisren Kampf. Luag, eisr Hof isch au it greaßer als dr dei und reicht au it aus. Dr Bäschtl ka halt wegs seim Knie it naus zum Schaffe, ka aber zum Glück des meischte dahoim dua. I helf'm nach meinr Arbeit bei dr Säg und au beim Rächenmache und…«

»Wie goht des eigentlich?«, hatte er unterbrochen. »Kommt do mehr rei als beim Bache, dir hand des doch scho kurz vor'em Krieag nebebei gmacht? Hanslbeck hot ma uib gheiße.«

»Des Bache hand mir vorerscht aufgea«, hatte ihm Sebastian erklärt. »Weisch, dr Vater hot des gmachet und mir zwoi händ als junge Kerle vor'em Kriag au viel mitgholfe. Aber noch händ mir beide weg miasse. Da war bloaß no d'Anni, eisre Schweschter, dahoim, und m'Vater isch es zviel gwore. Des Backgschäft isch seitdem verpachtet, weisch ja!«

»Ja, freilig hot dr Jakob des alles nimmr alloi packt«, hatte er zugestimmt. »Uibre Mutter isch ja scho bei dr Geburt vo dr Anni gstorbe, i ka mi guat erinnre. Uiber Vater hats streng ghet, i weiß gar nimmr, wie er d'Hof und des Gschäft überhaupt so guat in Schuss ghalte hot. D'Anni hot ja au no noch Oberthingau weggheirat.«

»Ja, Hut ab vor eisrem Vater«, hatte Johann bemerkt, während Sebastian zustimmend genickt hatte. »Zruck zu deiner Frog. Des Rächemache bringt au koin Haufe ei, weil die Baure ganz oifach it viel zahlen wellet. Weisch ja, wie die sind. Die schauet scho aufs Geld und kriaget nie gnua. Wenns z'viel koscht, noch machet se die Räche seal am Hof.«

Anton hatte diese Antwort erwartet und bestätigend erwidert: »Des hob i mir scho denkt, i kenn mi scho aus!«

Sebastian hatte dann noch weiter erklärt: »Vielleicht packet mir des Bache nägscht Johr mehr o, weil do mehr verdient isch. Mir sind ja grad ersch vom Kriag hoim komme und wolltet it gloi mehr ofange. Heier muass es halt no mitm Rächenmoche und m' Holzsträcke umgange.«

»Dir Junggsell kommet scho durch. Wenigschtens hand dir koi Weib und koi Kind zum versorge, so wie i«, hatte er geseufzt. »Dir hand halt no uibren Vater. Des isch a guater Kerle. Wie gohts'm, dem Jakob?«

»Mei, so leidig, dank dr schea, Anton«, hatte Johann erwidert. »Isch halt alt und gebrechlich, aber hot an guate Humor! Ko si no recht guat um si seal kümmre und hilft sogar no a bissle mit, wenn er ko.«

»Richt'm an scheane Gruß vo mir aus, gell!«, hatte er gebeten und einen Schluck von seiner Maß genommen.

»Des dua mr, Anton. Da gfreit er si«, hatte Sebastian versprochen.

»Weisch, dir hands wirklich it so schlecht!«, war er fortgefahren, während er sich den Schaum vom Mund gewischt hatte. »Luaget, mir hand sechs Kind, ois isch reacht kränklich und wer weiß, ob se überlebt, die Sophie. Zwoi Kind sind eis gstorbe, ois als Säugling und des andre als Kloikind. Des war schlimm, bsonders fürs Weib.«

»Des duat eis leid, Anton. Hoffentlich wird d'Sophie mehr gsund!«, hatte Johann einfühlsam für sie beide gesprochen.

»Dank schea, des hoffet mir o«, hatte er geantwortet und gleich darauf weitererzählt: »Mei, die Cezilie hot alle Händ voll zum dua mit'dr Kind. Sie muass au koche, putze, wasche und kommt it ausm Haus, bloaß wenn se ebbs im Dorf bsorge muass. Dazu muass se no alloi in d'Stall, wenn i nach Kempten fahr und im Sommer muass se au no hoibe. Dr Franz und der Johann miasset da vor und nach dr Schul mithealfe, seesch gungs überhaupt it. Wenigschtens sind grad alle Kind dahoim und die miasset alle übrall fescht mithealfe trotz ihre Feria.«

Johann und Sebastian hatten ihm zugenickt. Sie hatten offensichtlich gutes Verständnis für sein Bedürfnis, sich seine Sorgen von der Seele zu reden. Er hatte es gern gehabt, dass sie ihm zugehört hatten und hatte geklagt: »Und trotz der ganzen Dauerschufterei hand mir grad s'Neadigscht zum Leabe. Eiser älteschter Bua, dr Franz, braucht mehr Schuah, aber mir bringet s'Geld dafür schier it zemad!«

Anton steuerte sein Fuhrwerk zur rechten Seite und hielt einen Augenblick an, um seine Pfeife zu stopfen und anzuzünden. Dabei kam ihm klar zu Bewusstsein, dass die Brüder ihn damals ganz gezielt bearbeitet hatten. Sie waren nicht gleich mit der Tür ins Haus gefallen, sondern hatten sich zunächst scheinbar ehrlich an seiner schwierigen Lage interessiert. Heute war ihm klar, dass sie seine Not eher ganz kalkuliert angesprochen hatten, um ihn für ihr wirkliches Anliegen vorzubereiten. Die Gebrüder waren dann in ihrer Vermutung bestätigt worden, dass seine Familie am Kämpfen und immer am Rande der Not war. Seine Sorgen hatten ihn damals auch wirklich schier erdrückt, und die Kraus-Brüder hatten ihn genau an diesem Schwachpunkt erwischt und darauf angesprochen. Es bestand kaum ein Zweifel, dass sie ihn wohl schon seit einiger Zeit im Auge gehabt hatten, so überlegte er sich.

Als er wieder anfuhr, erinnerte er sich an den weiteren Verlauf dieses Gespräches, das sich so bedeutungsvoll für ihn herausstellen sollte.

Johann hatte sich vorgelehnt, sodass seine Augen in der Nähe der seinen gewesen waren. Er hatte ihm mit verständnisvoller Miene in die Augen geblickt und bestimmt gesagt: »Weisch, Anton, s'muass it so sei! Mir kennet dir healfe, wenn'd willsch. Mir hand do a Idee. Horch se dir mal ruhig o! Bloaß muasch eis verspreche, dasst koim ebbs sehsch, gleich, obs di interessiert oder it!«

Er hatte zuerst überrascht und gespannt auf Johann und Sebastian geschaut. Dann hatte er wieder einen Schluck Bier getrunken, sich eine Zigarre angezündet, den Rauch tief in seine Lungen eingesogen und überlegt. Tief im Bauch hatte er gespürt, dass da nichts Gutes im Anzug war. Aber eine andere Stimme der Verzweiflung hatte ihn aufgefordert, sich diese vielversprechende Idee zumindest anzuhören. Es hatte eine Weile gedauert, während derer ein mächtiger Kampf in seinem Inneren abgelaufen war. Johann und Sebastian hatten ihm diese Zeit gelassen, sich zurückgelehnt und von ihren Maßkrügen getrunken. Schließlich hatte er mit leiser, neugieriger Stimme geantwortet: »Also guat, i bhalts für mi, i versprichs! Was hand dir denn im Sinn?«

Johann hatte sich vorgebeugt und geflüstert: »Luag, Anton. du weisch doch, wie guat mir zwei eis im Wald auskennet. Mir sind do groaß gwore und immer no gern do. Ja, und do isch eis im letschte Monat aufgfalle, dass es heier an Haufe Wild geit und vor allem an Überschuss an junge Reachböck.«

Johann hatte einen Augenblick innegehalten und ihn genau betrachtet. Schon nach diesen paar Sätzen war Anton damals klar geworden, wohin die Unterredung laufen würde. Er hatte mit den Augen gerollt, aber nichts gesagt. Johann war dann fortgefahren: »Luag, Anton, der milde Winter hot viel gholfe, dass mehr Wild als seesch überlebt hot. Die Schneestieba im Moment sind koi Gfahr mehr, s'goht vom Winter naus. Es rengnet gwiis bald mehr s'meischte weg. Es däd d'Natur koin Schade moche, wenns a paar Reachböck weaniger gäb. Weisch scho, was i moi, odr?«

Er hatte dann entsetzt zuerst auf Johann, dann auf Sebastian geblickt und kein Wort herausgebracht. Seine Augen waren nun erstarrt, seine Lippen hatten gezittert. Dann hatte er den Kopf geschüttelt und gesagt: »Noi, auf selagg krumme Sache lass i mi it ei! Suchet uib an andre! I lass nix auf mei Ehr und Gwisse komme!«

Die beiden Brüder hatten offensichtlich nichts anderes von ihm erwartet und waren deshalb auch ganz ruhig geblieben. Johann hatte genickt und mit verständnisvoller Miene gesprochen: »Mir hand des vo dir erwartet, du bisch a guater Kerle! Du brausch ja au nix moche, was'd it willd. Mir hand dir nur a Gelegeheit obiete welle, wo du doi Oikomme soweit aufbessre kenntesch, dass es dir und doiner Familie weit besser gange däd. Willsch mi vielleicht mol oheare, Anton, dann koschs dir ja no überlege! Mir gebet dir zwei Wucha Bedenkzeit.«

Er war unruhig auf seinem Stuhl hin- und hergerückt. Etwas in seinem Inneren hatte ihm deutlich gesagt, er sollte den beiden auf der Stelle klarmachen, dass sie nicht mit ihm rechnen könnten. Aber diese verfluchte andere Stimme der Verzweiflung hatte ihn wiederum aufgefordert, sich die ganze Sache erst mal anzuhören und dann eine Entscheidung zu treffen. Hätte er nicht so einen Haufen Sorgen gehabt, wäre die Antwort leicht gewesen, sie wäre nein gelautet. Aber letztendlich hatte er auch eine Verantwortung gegenüber seiner Familie, und er hatte dieses kleine Wort einfach nicht herausgebracht. Einige Minuten lang hatte die eine innere Stimme fürchterlich gegen die andere gekämpft. Er hatte den Kopf gesenkt gehalten, sich ab und zu den Schweiß von der Stirn gewischt. Sein Konflikt war heftig gewesen und die beiden Brüder hatten seine enorme Anspannung ganz bestimmt erkennen können. Schließlich hatte er geschluckt, den Kopf angehoben und geseufzt: »I sott ja eigentlich auf und fort! Aber s'goht mir halt it so guat und i hear mir uibre Idee amol o. Aber ois ko i uib glei sage: Wenns zgfährlich isch, noch steig i gwiis it mit oi. Und d'Depp spiel i fei au it für uib, mei Liabr!«

»Horch Anton, mir sind ganz fair, wirscht scho seache!«, hatte ihn Johann sogleich beruhigt. »Du bisch a guater Kerle, Anton, aber eigentlich viel z'guat! Bleib, wie du bisch und kümmre di um doi Familie. Kosch au so manchem armen Hund a bissle ebbs z'Esse gea. Du bisch tief chrischtlich, und mir zwoi sind des o. Jetzt frog i di aber: Moisch du wirklich, dass eisre Gsellschaft greacht isch?«

Er hatte kurz überlegt, den Kopf geschüttelt und verärgert gesagt: »Greacht! An Pfeifedeckel isch die greacht! Die paar Groaße werdet allad reicher, und s'Volk schafft für Hungerlöhne und wird allad ärmer! I sag ja nix gege selagg, die mit Schaffe zu was kommet. Aber die Groaße beutet eisre Arbeitskraft aus, und mir kommet seal bloß grad so dur!«

»Gnau richtig«, hatte Johann zugestimmt. »Es isch doch allad no so wie seit jeher. Mir sind zwar koine Leibeigene mehr, aber trotz dr Revolution in Frankreich isch vo dr erhoffte Freiheit, dr Gleichheit und dr Brüderlichkeit immer no nix zum seache!«

Johanns Gesicht hatte sich gerötet, und sowohl Anton als auch Sebastian hatten den Zorn in seinen Augen erkennen können. Dann hatte Johann einen hastigen Schluck Bier getrunken und mit fuchtelnden Händen weitergesprochen: »Bei eis in Bayern hockt dr Keanig und die Adlige ganz obe. Die leabet in Saus und Braus. Und dann hand mir bei eis die große Baure. Die sind doch so wie die Großindustrielle woanders. Die beutet eis greislig aus und mochet si koi schleachtes Gwisse druss. Wenn mir it für die schaffet, dann hungret mir!«

Johann hatte dann innegehalten und ihn betrachtet. Er hatte offensichtlich genau gewusst, wie er ihn am besten auf seine Seite bringen könnte, und er hatte ihm bestimmt auch gleich darauf den Anschein geboten, dass es ihm gelingen würde. Johann's Zorn war auf ihn selber übergesprungen, und auch sein Gesicht hatte sich immer mehr vor Zorn gerötet. Johann's Worte hatten einen inneren Nerv getroffen, hatten etwas wachgerufen, was sich in seinem Unterbewusstsein aufgestaut hatte. Er hatte daraufhin so richtig Dampf abgelassen und geschimpft. Er konnte sich noch heute morgen hier auf dem Bock seines Fuhrwerks gut daran erinnern: »Ja, ja, des sind so richtige Lumpe, des ganz Pack! Au dr Staat seal! Für des, was die wellet, isch allad Geld do. Wer weiß, wie viel dr Ludwig für sei Schlösser seal vo dr Staatskasse nimmt. Des Militär frisst au an Haufe Geld. Aber wenns um Gelder für d'Leit im Land goht, dann isch nix do! Luag bloß amol eisre Stroße o! Und für moin Botedienscht kriag i so an magre Lohn, dass es kaum wert isch, des z'moche. Aber i brauch's halt, von dem bissle Milchgeld kennet mir it leabe.«

Er war während seines Schimpfens zusehends aufgebracht geworden und hatte wie Johann viel mit den Händen gefuchtelt. Dann hatte er kräftig von seiner Maß Bier getrunken und zugehört, was Johann dazu gemeint hatte: »Luag, do hosch du d'Nagel auf`n Kopf troffe! So, wies isch, ischs ugreacht! Weisch, Anton, dr Sebastian und i sind im Krieag weit rumkomme und hand au viel gscheide Leit troffe. Vo deane wisset mir allerhand. Bei eis im Dorf kriagt ma it alls so reacht mit. Mir hand do von am gwisse Karl Marx und dem Kommunismus ghert. Der stellt si a Syschtem vor, in dem alle gleich sei sollet. So ebbs hob i bisher no nie gheart.«

»Des mecht i zersch seache, bevor i glob, dass des funktioniert!«, hatte sich Sebastian, der sich an diesem Abend bisher weitgehend still verhalten hatte, an dieser Stelle lachend eingemischt. »Weisch, des klingt guat, aber in eisre Welt druckt si doch allad ebbar mit d'Ellenboge noch obe und will ebbs Besseres sei! A Paradies geit es oifach it!«

Johann und er waren still geworden, sie hatten über Sebastians Meinung nachgedacht. Das Gespräch hatte sich zu einer recht tiefen politischen und sozialkritischen Diskussion entwickelt, wie man sie oft und in verschiedenen Kreisen allerorts hören konnte. Wenn das einfache Volk auch nicht die Bildung der führenden Klasse besaß, so verstand es doch die soziale Situation auf seine Weise genauestens. Er hatte sich am Kinn gekratzt, genickt und bestätigend gesagt: »Ja, hosch recht, Sebastian! Es isch wohl so auf dr Welt, dass es nie a wirkliche Grechtigkeit gea werd. Da orientier i mi nach wie vor an moim Globe. Die wahre Grechtigkeit geits bloaß mit eisrem Herrgott nach'm Doad.«

»Des glob i o, Anton!«, hatte Johann mit einem Nicken gemeint. »Und drum bin i au it so zimperlich, wenns um Gsetz vo d'Menschen goht. Gottes Gsetz sind ausschlaggebend. Es isch halt leider so, dass es bei eis so wie überall Gsetz für die Groaße und andre für die Kloine geit. Luag, die Groaße ganget auf`d‘Jagd, wanns deane passt, mochet Mordsjagdpartien und schiaßet, was se wennt. Gebet gar it Obacht, ob se des natürliche Gleichgwicht störet. Die moinet, d'Wald ghert bloß deane. Und mir kloine Leit dearfet überhaupt nix schiaße. Die spinnet doch!«

Anton nahm ein paar tiefe Züge aus seiner Pfeife. Es war gut, dass er das damalige Gespräch nochmals in Gedanken durchging, so sinnierte er. Die beiden, und besonders Johann, hatten das Gespräch sehr geschickt in die von ihnen gewünschte Richtung gelenkt, ohne dass er sich dessen bewusst gewesen wäre. Zuerst hatten sie auf seine Armut gezielt, dann auf deren Ursache, nämlich die ungerechte Gesellschaft. Wie war es weitergegangen, überlegte er und nahm den Faden wieder auf.

Johann hatte innegehalten und ihm Zeit zum Nachdenken gelassen. Das Gespräch hatte eine starke Wirkung auf ihn gehabt. Die Gebrüder Kraus hatten es ihm ganz gewiss ansehen können und waren deshalb offensichtlich auf dem besten Weg gewesen, ihn weichzumachen. Johann hatte an seiner Zigarre gezogen, den Rauch in die Höhe geblasen und fortgesetzt: »Weisch Anton, muasch mi scho reacht verstau. Es goht ja it ohne Gsetz, do wär seesch dr Deifl los und jeder däd moche, was‘r wott. D'Leit dädet si gegeseitig zdoadschlage. Ganz friahner in dr Stoinzeit hots halt weaniger Leit gea und viel Urwald. Do hot a jeder jage kenne. Heit gohts nimm, dass alle schiaßet, was se wennd. Aber es goht au it, dass bloaß a paar schiaßet, was se wennd und andre gar it jage derfet. Des brauch ma eis it gfalle lau, bsonders it, wenns grad an Haufe Wild geit!«

Johann hatte mit der Faust auf den Tisch gehaut, um seinem Zorn Luft zu machen, und fortgesetzt: »D'Groaße mochet die Gsetz so, wies eane passt, unds Volk werd für jeden kloine Dreck hart bstraft. Mir weret oigsperrt oder sogar aufghängt, wenn mir ab und zu a bissle jaget. So a Sauerei! I moch …«

Anton konnte sich erinnern, wie der bloße Gedanke an die möglichen Folgen seiner Verwicklung in dieser Sache ihn auf der Stelle hatte erbleichen lassen. Er blickte auf, spürte die Ruhe im Wald und beruhigte sich schnell wieder. Jedoch schweifte seine Gedanken sogleich wieder zu jenem Teil des damaligen Gesprächs zurück. Er wusste genau, dass er die gleiche Angst auch an jenem Abend in der Gaststube gespürt hatte und Johann zitternd und bleich im Gesicht unterbrochen hatte.

»Luag! Es isch nix Guats! So was ko i it moche!«, hatte er halblaut bemerkt. Der Kraus Johann hatte aber nicht aufgegeben. Er hatte einen kräftigen Zug von seiner Zigarre genommen, sich geräuspert und ihn mit vielversprechender Miene aufgefordert: »Horch no weiter zua, Anton! Man derf si halt it verwische lau! S'däd dem Gleichgwicht im Wald heier überhaupt it weah, wenn i vo d'Haufe Reachböck a paar schiaße däd. Luag her, Anton, I hob do im Krieag an ganz gscheide Kerle vo München troffe. Der hot mir vo am gwisse Darwin verzählt. Weisch du, wer des isch?«

»Noi, den kenn i it«, hatte er kopfschüttelnd geantwortet. »Der isch it mit mir ind Schual gange.«

»Des glob i gloi, der isch doch a Engländer!«, hatte Johann schmunzelnd bemerkt. »Horch, dr Darwin moint, dass si in dr Natur bloaß die Gsündschte und Stärkschte im Leabe durchsetzet und si deshalb fortpflanze dädet. Luag mol in d'Wald. Die Böck streitet si furchtbar um die Reachkiah, weil sie ihr Erbmaterial inschtinktiv weiterleabe lasse wellet. Solang die Reachkiah zum Trage kommet, isch es wurscht, wie viel Böck do sind.«

»I weiß scho, was du moisch, Johann«, hatte er gesagt und tief durchgeatmet.

»Luag, die Jäger schiaßet heier gwiis au bloaß no Böck. Die Groaße kennet si ihr Gsetz heier no an d'Hut stecke. Dr Wald ghert eis alle, au d'kloine Leit!«, hatte Johann geschimpft.

»Du weisch scho, wer des Wild vo deane Jäger frisst, Anton!«, hatte sich Sebastian hier wieder eingemischt. »Gwiis it du und i oder seesch wer im kloine Volk. Mir kennet eis högschdens mal an gscheide Brate z'Weihnächt, Oschtre und Pfingschte leischte, seesch halt bloaß a Wurscht. Die feine Leit fresset und saufet und mir sind schier am Hungre! D'Jäger schiaßet doch des Wild eigentlich bloaß für die Groaße. Hältsch du des für richtig?«

»Hobs doch scho gseht, dass des it greacht isch. A Sauerei ischs!«, hatte er darauf geantwortet.

»Die Groaße beißet si it, weisch. Des ganze Lumpepack hält zam!«, hatte Sebastian gemeint und noch weiter auf ihn eingearbeitet. »Luag, Anton. Du bräuchtescht dir huir koi schlechts Gwisse moche. Im Gegenteil, mir dädet Gottes Natur bloaß healfe, dass des Gleichgwicht mehr stimmt. Friahner hand die Bäre und Wölf do mitgholfe und s'schwächre Wild gfresse. Jetzt geits koine vo deane wilde Viecher mehr, d' Leit hand den natürlichen Ausgleich versauet!«

»Luag, Anton!«, hatte dann Johann weitererklärt. »Des Wildre wär hiur zwar gege des Gsetz vom Land, aber s'wär it unmoralisch und it gege des Gsetz vo eisrem Herrgott. Der weiß scho, wer die Lumpe sind. Und außerdem kenntet mir damit deane Groaße zeige, dass mir eis it alls gfalle losset und dass se eis it alls nehme kennet. Wennd gscheid bisch, Anton, noch nimmsch die Glegeheit wahr und luagsch au auf di und doi Familie!«

Anton nahm einen Schluck von seiner Trinkflasche, denn es wurde nun selbst hier im Wald schon langsam wärmer. Er konnte im Rückblick recht gut erkennen, wie raffiniert die Gebrüder Kraus allerlei Argumente eingesetzt hatten, um ihn zur Mithilfe zu bewegen. Er sah jetzt auch klar, dass sie ihn im Februar wirklich an seinem schwachen Punkt erwischt hatten. Seine Not war ja der Grund dafür gewesen, dass er sich mit einem Angebot solcher Art überhaupt auseinandergesetzt hatte. Nach Johanns gezieltem Versuch, sein

Gewissen zu beruhigen, hatte er schließlich laut geschnauft und sich einen Ruck gegeben, so erinnerte er sich.

»Also guat, i überlegs mer amol!«, hatte er gesagt. »Aber sealbsch, wenn i's grad huir mit moim Gwisse vereinbare kennt, wie stellelt dir uib des Ganze vor? Was isch, wenn man eis verwischt?«

»Han doch scho geseht, dass man si halt it verwische lasse derf!«, hatte Johann ihn sofort zu beruhigen versucht. »Luag, i erklär dir eisren Plan gnauer, wenn du mitmochsch. Aber ois ko i dir versichre: Mir hand gut planet!«

Johann hatte sich über den Tisch gebeugt und ihm ins Ohr geflüstert: »I däd des Schiaße übernehme, weil i gschwind bi und mi im Wald guat auskenn. Mi verwischt niemand, da pass i scho auf. Die zwoi alte Jäger führ i leicht hinters Liacht. Dr Bäschtl ko it schiaße gange, weisch ja, aber er däd mi dahoim adecke. Du miasstesch bloaß des Wild in an zugnähte Sack vo am Versteck an dr Bodelsberger Stroß auflade und in Kempten aufm Schwarzmarkt verkofe. Miasstesch halt weidle zwoi oder droi Händler auskundschafte.«

»Und was däd da für mi rausspringe?«, hatte er leise gefragt, nun zusehends interessiert.

»Mir hand eis des überlegt, Anton!«, hatte Johann sofort eingehakt, denn er hatte diese Frage natürlich früher oder später erwartet. Er hatte gewispert: »Mir zwoi hand a gwiss Risiko, aber mir kennet des guat oischätze. I muass halt friah in d'Wald, moin Buckel freihalte und die Spure verwische, so guats goht. Du hosch au a Risiko mit dem Auflade, dem Verstecke und dem Verkofe. Des isch au a Arbeit und hot a gwiss Risiko. Du muasch scho guat aufpasse!«

Der Kraus Johann hatte sich für einen Moment zurückgelehnt, einen Schluck Bier getrunken und ihm in die Augen geschaut. Dann hatte er sich wieder vorgebeugt und geflüstert: »Aber mir moinet, dass ma doi Fuhrwerk wohl kaum kontrollieret, und selbsch wenn, dann eander oberflächlich. Doi groaßer Vorteil isch doi guate Stell als Postmann und dei guater Ruaf. Man kennt di scho lang als guaten, zuverlässligen und ehrlichen Kerle. Doi Risiko däd si also wirklich in Grenze halte und du bräuchtescht kaum Angscht hau, dass ma di verwischt. Trotzdem, mir hands eis überlegt und wellet dir a schmackhaftes Ogebot moche.«

Johann hatte an diesem Punkt pausiert und zuerst nochmals zu seinem Bruder rübergeschaut, um sich zu vergewissern, dass dieser nach wie vor dem zustimmte, was sie diesbezüglich offensichtlich schon vorher ausgemacht hatten. Sebastian hatte ihm zugenickt, und er hatte dann leise geflüstert: »Halbe, halbe! Oi Hälfte für eis zwoi und die andre für di!«

Nie würde er vergessen können, wie er darauf reagiert hatte, dachte Anton und schob sich den Hut tiefer über die Stirn, denn die Sonne blendete nun seine Augen. Er hatte den Mund aufgerissen, er hatte das gewiss nicht erwartet. Seine Augen waren schier aus den Höhlen getreten, als er versucht hatte, Johanns Worte zu verdauen. Er war nicht dazu fähig gewesen, auch nur ein einziges Wort herauszubringen.

Die Gebrüder Kraus hatten ihm etwas Zeit gegeben, über ihren Vorschlag nachzudenken. Sie mussten es sich wirklich gut überlegt haben, ihm so viel zu geben, und er war es ihnen offensichtlich wert gewesen, sinnierte Anton mit halbgesenktem Kopf. Er nickte leicht und schmunzelte, denn er konnte erkennen, dass seine gute Position und sein ehrlicher Charakter ihm zumindest in jener Unterhandlung sehr zum Vorteil gewesen waren. Offensichtlich hatten die Brüder Kraus seinen Wert damals genau erkannt.

»Ja, du dädsch die Hälfte vom Geld kriage!«, hatte Johann dann hinzugefügt. »Weischd scho, was so a Wild wert isch, odr? Do kosch lang für dein Botelohn schaffe, bisch des Gleiche hosch. Luag, Anton, s‘ isch es eis wert, di anständig zum beteilige.«

»Und was hand dir mit uibrem Teil vor?«, hatte er gefragt, nachdem er sich etwas gefangen hatte.

Sebastian hatte hier das Wort ergriffen und ihm erklärt: »Mir hand vor, eisren alte Hof dahoim mehr herzrichte. Der hot während eisrer Militär- und Kriegszeit arg g'litte, mir waret z'viel weg. Wollet au a paar Fealder dazukofe und mehr Kiah. Dann kennt mr davo leabe und wäret it so auf die Nebegschäft ogwiese.«

»Und i mecht au mol heire und a Familie hau«, hatte Johann gesagt. »Han au scho a tüchtige Fehl in Aussicht, Wintergersts Vroni vom Dorf. Du kennsch se gwiis. I treff se scho oft nach dr Kirch und sie mocht mir kherig scheane Oge! Aber so, wie dr Hof im Moment beinand isch, ko i no it heire.«

»I bi zfriede, wenn i mitm Johann ebbs aufbaue ko, und bleib als sei reachte Hand am Hof!«, hatte Sebastian ergänzt. »I pack des Heire mit meim steife Haxe ja doch it!«

Die Brüder hatten wirklich über ihre Zukunft nachgedacht und offensichtlich gesehen, dass sie ihre Ziele nicht erreichen würden, wenn sie auf die bisherige Art und Weise weiterarbeiten würden. Das konnte Anton jetzt weit deutlicher erkennen als damals in der Wirtschaft. Es war ein gut geplanter Versuch von ihnen gewesen, die Sache für ihn so schmackhaft wie möglich zu machen. Sie hatten ganz bestimmt auch andere Helfer in Betracht gezogen, sich aber zuerst für ihn entschieden.

Anton hob den Kopf, denn ein Reiter kam ihm entgegen. Er kannte ihn nicht, es war vielleicht jemand von der Stadt, der heute schon früh unterwegs war. Beide Männer zogen ihre Hüte. Das gehörte zum Anstand, ganz besonders auf einsamen Strecken wie dieser. Dann war es wieder ruhig, und Anton fiel in seine Gedanken zurück. Wie war es damals weitergegangen, fragte er sich. Ach ja, der Johann hatte sich wieder über den Tisch gebeugt und ihn weiter ermuntert.

»Luag, Anton!«, hatte er ihm zugeredet. »Mir dädet scho ebarn andre finde, wenn du die Glegenheit it wahrnehme willsch. Mir hand di zersch gfrogt, weil mir auf dei Korrektheit baue kennet. Es wär bloaß für des Johr, so vo April bis ogfähr Ende November, noch reicht's für eis all. Du kosch doi Familie guat versorge und gnua auf'd Seite bringe, so dass du doin Hof o'vergreaßre kennsch. Dann dädet dir viel besser durkomme und du kenntesch den Botendienst aufgea. Und später wär au ebbs für uibr Kind do!«

Er war noch immer ziemlich sprachlos gewesen, hatte so was heute abend gewiss nicht erwartet. Das Ganze hatte ihn wie ein Blitz vom heiteren Himmel getroffen.

»Jetzt moch mr's so, Anton!«, hatte Johann dann die Unterhaltung geschlossen, denn sie hatten getan, was sie konnten, und mussten ihm Bedenkzeit einräumen. »Komm in zwoi Wuche entweder am Dienschtag oder Mittwoch mehr her, oi Tag passt gwiis! Dann moch mer aus, wenn und wo mir eis heimlich treffet, und dann erklär i dir alle Einzelheiten gnau. Also, überlegs dr guat! Wenn du it kommsch, suchet mir eis an andre. Pfiati, Anton!«

Johann war daraufhin sogleich aufgestanden und hatte sein restliches Bier im Stehen getrunken. Sein Bruder Sebastian hatte sich währenddessen ebenfalls bei ihm verabschiedet, und die beiden hatten die Stube verlassen, nachdem sie ihre Zeche bezahlt hatten. Er hatte nur ein leises »Pfiat uib!« herausgebracht und war noch eine Weile versonnen sitzen geblieben. Schließlich hatte auch er sich auf den Weg nach Hause gemacht.

Die beiden hatten ihre Karten damals gut gespielt, überlegte sich Anton. Sie hatten ihm geschickt die lukrative Seite der Sache angeboten, hatten beruhigend auf seine Ängste und sein Gewissen eingewirkt, waren jedoch nicht zu ihm gekrochen, sondern hatten ihm klar zu verstehen gegeben, dass sie ihn letztendlich nicht unbedingt bräuchten.

Anton blickte auf, als ihm ein Fuhrwerk entgegenkam. Es gab normalerweise nicht viel Verkehr auf dieser Nebenstrecke. Aber in letzter Zeit und auch heute morgen war einigermaßen viel los. Er hatte schon bald nach dem Ende des Krieges bemerkt, dass sich zusehends mehr auf allen Straßen und dementsprechend im Land tat. Es ging wirtschaftlich deutlich vorwärts.

Er hob den Hut und grüßte den Vorbeifahrenden mit einem freundlichen »Guate Morge!«. Seine freundliche Geste wurde von dem anderen Mann auch erwidert. Gleich danach war Anton wieder ganz allein, immer noch umgeben von geschlossenem Wald. Die Sonne schien nun kräftig knapp unter den Wipfeln der Bäume durch, sie war trotz ihrer noch recht niedrigen Höhe schon sehr wärmend. Angenehm war es hier nun, wunderschön inmitten der Natur. Die Vögel gaben Anton ein Dauerkonzert, das eine Vielfalt von Zwitschermelodien enthielt und ab und zu vom tieferen Krächzen der Krähen begleitet wurde, als ob diese die Rolle der Bässe in einem großen Orchester einnehmen wollten. Es war nun nicht mehr sehr weit nach Bodelsberg. Die wundersame Harmonie in der Natur verursachte jedoch schnell, dass Anton wieder in Gedanken zurückfiel, während die Räder seines Wagens auf der Straße knirschten.

Er erinnerte sich, wie sich alles nach jenem Abend in der Wirtschaft weiterentwickelt hatte. Zunächst war er noch für ein paar Tage nicht ernsthaft an dem Angebot der Kraus-Brüder interessiert gewesen. Er war noch drei Tage so richtig in Görisried festgesessen. Noch in derselben Nacht, als er mit den Brüdern in der Wirtschaft gewesen war, hatte das Wetter plötzlich umgeschlagen. Wärmere Luft hatte hereingedrückt, und der Schnee war in Schneeregen und schon bald in massiven Regen übergegangen. Johann hatte recht gehabt, die Schneemassen blieben gegen Ende des Winters in der Regel nur selten längere Zeit liegen. Während der folgenden zwei Tage waren sie in fast sintflutartigem Regen in sich zusammengesackt. Schon am Ende des nächsten Tages waren hier und da wieder grüne Flecken in den Wiesen erschienen. Jedoch war die Straße so furchtbar nass, aufgeweicht und auch stellenweise so matschig gewesen, dass sie noch eine Weile nach dem Ende des Regens unbefahrbar geblieben war.

Erst, als sich die Lage nach den extremen Wetterlaunen wieder beruhigt hatte, war sein Gehirn imstande gewesen, sich mehr und mehr mit dem Angebot zu befassen. Zuerst hatte er vor allem noch mit der moralischen Seite dieser Sache zu kämpfen gehabt. Das war die allerschwierigste Hürde für ihn gewesen, denn sein Lebensweg war bis jetzt nie vom Gesetz abgewichen, ob dieses nun gerecht war oder nicht. Sein Inneres hatte es sich jedoch nicht verwehren können, dass sein Zorn gegenüber der Ungerechtigkeit der Gesellschaft immer mehr gewachsen war. Ganz klar hatte er sehen können, dass er nie aus dem Teufelskreis der Armut herauskommen würde, ganz gleich, wie viel er nun arbeitete. Seine und seiner ganzen Familie große Mühe brachte kaum mehr als das Nötigste zum Leben ein, und das war auch so für die große Masse der Bevölkerung. Die Löhne waren ganz einfach zu niedrig, die höhere Klasse nützte die Arbeitskraft der niederen Klasse ungehindert aus, sowohl in der Industrie als auch auf dem Land. Es gab wenig Hoffnung für einfache Leute, ihre von Geburt an gesetzte Stellung zu ändern. Sein staatlicher Botenlohn war mager und trotz etwas Aufbesserung durch private Aufträge immer noch nicht viel, aber er hatte als kleiner Söldner keine andere Wahl.

Schließlich hatte er sich soweit durchgerungen, dass er seine Mithilfe bei dieser Sache angesichts seiner sorgenvollen Umstände einigermaßen mit seinem Gewissen hatte vereinbaren können. Er hatte sich selber versichert, dass er dabei ja nichts Schlechtes gegenüber anderen Menschen unternähme, sondern nur eine Gelegenheit in der Natur ergriffe, ohne dieser dabei zu schaden. Außerdem hatte er sich vorgenommen, mit seiner Beteiligung gegen seine schlechte Bezahlung zu rebellieren und damit für sein Recht auf faire Behandlung in der Gesellschaft aufzustehen. Da es öffentlich nicht möglich wäre, müsste es eben heimlich geschehen. Er hatte beschlossen, das für ihn außergewöhnlich viele Geld gut zu verstecken und nur nach und nach in die Familie und die Landwirtschaft einzuschleusen, damit es nicht auffiele. Nicht einmal seine Frau sollte etwas davon wissen. Die verbesserte Lage daheim würde er mit mehr Sparen aufgrund besserer Aufträge begründen, so hatte er geplant. Eine neue Kuh hier, eine da, und dann ein anderes Feld, vielleicht auch zwei Felder, dann wieder mehr Vieh, so in etwa würde es schon gehen. Aber eines hatte er sich vorgenommen, nämlich ganz bestimmt nicht länger als dieses Jahr mitzumachen. Das wäre schon riskant genug. Ja, das Risiko war auch so ein Punkt für ihn gewesen. Freilich könnte er so wie immer weiterwursteln und dabei für sich und seine Familie herzlich wenig verbessern. Nein, so hatte er dann beschlossen, ohne ein gewisses Risiko einzugehen, würde sich nichts ändern. Wenn jedoch alles gut ginge, dann könnte er nächstes Jahr schon weitgehend von seiner eigenen Landwirtschaft leben und bräuchte nicht mehr raus und für Schundlöhne arbeiten.

Anton dachte nochmals über seine damalige Rechtfertigung nach und fühlte nach wie vor, dass die Ungerechtigkeit der Gesellschaft seine verzweifelte Lage verursacht und ihn in dieses illegale Geschäft getrieben hatte. Dennoch, so ganz hatte er seine Gewissensbisse nie weggebracht, weder damals noch heute. Wenigstens war Ende in Sicht, im November würde alles vorbei sein, so beruhigte er sich. Er versuchte, seine Gedanken auf etwas anderes zu lenken und beobachtete die Vögel, die so unbeschwert ihren Tag zu verbringen schienen. Doch es gelang ihm nicht sehr gut, er fiel wieder ins Sinnieren zurück und erinnerte sich daran, wie sich die Sache entwickelt hatte.

Nach Ablauf der zwei Wochen war er am Mittwochabend wieder in die Wirtschaft gegangen. Er hatte nicht schon am Dienstag auftauchen wollen, denn das hätte vielleicht bei den Gebrüdern Kraus den Eindruck hinterlassen, dass er aus arger Verzweiflung zupackte. Das hätte ihn dann wiederum bei allen zukünftigen Unterhandlungen mehr verwundbar gemacht. Noch hatte er auch nicht seine endgültige Entscheidung getroffen, es kam nun auf das Detail an. Er hatte sich fest vorgenommen, den Plan der Kraus-Brüder zu überdenken und das Risiko für sich gut einzuschätzen. Die Brüder hatten an jenem Mittwoch nur einen anderen heimlichen Treffpunkt mit ihm ausgemacht, einen Heinzenstadel auf einem Feld ein gutes Stück vom Dorf und von Gehöften entfernt.

Dort hatten sie sich dann schon bald bei Dunkelheit getroffen, und Johann hatte ihm alles genau erklärt. Es hatte gut geklungen, und schon nach einer Woche Überlegung hatte er mit den beiden ausgemacht, wann sie das erste Mal ein Wild erlegen und verkaufen würden. Er hatte schon darüber nachgedacht, wie er bis dahin unauffällig zwei bis drei Händler ausfindig machen könnte, die ihm das Wild, ohne nachzufragen, abkaufen würden. Er war ja schon seit langer Zeit überall in der Stadt unterwegs gewesen und hatte alle Arten von Leuten kennengelernt. Somit hatte er keine Sorge gehabt, von den Richtigen die nötige diskrete Information zu bekommen, wenn er etwas Geld springen ließe. So war es dann auch gekommen, er hatte vorsichtig Kontakt mit drei Händlern aufgenommen. Anfang April war es soweit gewesen, er hatte das erste Wild in Kempten verkauft und einen guten Batzen Geld dabei verdient.

Er hatte gewiss nicht leichtfertig oder unvorsichtig mitgemacht, beschloss Anton und spielte dabei mit seinem Schnurrbart. Bis jetzt war auch alles wie geschmiert gelaufen, niemand hatte die geringste Ahnung von seinem illegalen Geschäft. Warum also war er innerlich oft so angespannt und unruhig? Es gibt keine Gefahr, redete er sich ein und versuchte, sich zu entspannen.

Er näherte sich nun Bodelsberg, der Wald kam zu Ende und die Straße führte während des letzten Stücks durch grüne Wiesen. Hier in Bodelsberg machte er immer seine erste kurze Rast, denn hier mündete die Straße in die weit mehr befahrene Hauptstraße von Kempten über Nesselwang und Pfronten nach Füssen und auch nach Tirol. Der Gasthof »Adler« machte hier mittem im Dorf ein gutes Geschäft, denn die allermeisten Fuhrwerke machten hier gerne Station, besonders diejenigen, die gerade die Steigung zwischen Durach und hier zurückgelegt hatten Es gab deshalb im Gaststall auch genügend Plätze, wo die Pferde gefüttert und getränkt werden konnten. Die Wirtschaft selber war ein beliebter Treffpunkt für Ansässige und Reisende, es gab gutes Essen und Trinken sowie Schlafgelegenheiten für solche, die aus irgendwelchen Gründen an einem bestimmten Tag ihr Ziel nicht erreichen konnten.

Auch Anton liebte diese Raststelle und steuerte nun sein Fuhrwerk in den Hof. Zu lange könnte er an heißen Tagen wegen des toten Rehbocks nicht bleiben, die Zeit drängte schon. Aber 15 Minuten müssten ganz einfach drin sein, es war ja auch erst Viertel nach sieben Uhr. Das Pferd brauchte eine Pause, und er konnte einen kühlen Schluck in der Gaststube auch gut ertragen. Der Guggemos fuhr gerade wieder ab, als er bei den Rosstränken anhielt. Anton fühlte sich allgemein recht gut, aber dieses ungute Gefühl lag immer noch in seinem Magen, er konnte es einfach nicht loswerden.

Anton liebte den nächsten Abschnitt seiner Fahrt nach Kempten besonders. Um halb acht Uhr fuhr er nun auf der »Alten Römerstraße« weiter. Von Bodelsberg nach Durach ging es im Allgemeinen stetig bergab, was seinem Pferd das Ziehen großteils abnahm. Er selber genoss vor allem den Blick, der sich ihm hier bot. Oben in Bodelsberg konnte er natürlich am meisten sehen. Das weite, von den Gletschern der Eiszeit geformte Illertal breitete sich vor ihm aus. Es war nun kurz nach halb acht Uhr, und die Sonne badete alles in gleißendem Licht. Der Himmel war noch stahlblau und wolkenlos, die Luft noch recht klar. Die Landschaft präsentierte sich ihm in vielen verschiedenen Tönen von Grün: die Fichtenwälder dunkelgrün, die Laubbäume etwas heller, und beider Mischung bildete ein ineinander fließendes Mosaik. Auch die Wiesen boten ein ähnliches Schauspiel, wenngleich viel mehr im Sinne eines Fleckenteppichs, denn manche waren gemäht und andere trugen saftig grünes Gras. Ja, abgesehen vom Mai, wenn das Allgäu während der Löwenzahnblüte grün und gelb erschien, zeigte es sich mit Ausnahme des Winters in sattem Grün, wo immer man hinschaute. Es war vielerorts dafür bekannt, aber das war noch nicht allzu lange so. Anton konnte sich gut daran erinnern, wie die heimatliche Landschaft in seinen jungen Jahren während des Sommers von blauen Feldern bestimmt gewesen war, denn das Allgäu lebte damals noch vom Flachsanbau. Erst, als Karl Hirnbein den Emmentaler Käse von der Schweiz hierher gebracht hatte, war dieser revolutionäre Wandel in der hiesigen Landwirtschaft geschehen. Es war zu einem wirtschaftlichen Segen für dieses raue Land am Nordrand der Alpen geworden, die Milchwirtschaft war weit besser geeignet als der Flachsanbau. Letzterer hatte das Allgäu in seiner relativen geografischen Randlage nur kärglich ernähren können, und die Leute hatten so manche Not durchlebt. Karl Hirnbein wurde im Volksmund als der Notwender bezeichnet, und das Allgäu stand nun im Ruf, eine der besten Gegenden Deutschlands für Milchprodukte zu sein.

Antons Blick schweifte über die prachtvolle Landschaft, und deren Schönheit lenkte ihn von den Gedanken ab, die ihn auf seiner einsamen Fahrt durch den Wald belastet hatten. Er schaffte es nun, dieses ungute Gefühl wenigstens für eine Weile loszuwerden, und er genoss den Augenblick. Es war schon wichtig, vor allem auch in der Gegenwart zu leben und trotz aller Sorgen des Lebens die schönen und guten Dinge zu erkennen und zu schätzen, so überlegte er sich und lächelte. Wenn er nur immer so froh wie jetzt gerade sein könnte, dachte er sich, während sein Blick über die atemberaubend schöne Landschaft glitt.

In seiner Fahrtrichtung nach Nordwesten lag Kempten im Illertal, dahinter stiegen die Hügel des Mariabergs, des Blenders und des Kürnacher Waldes auf. Weiter nach Süden bildeten der Buchenberg, die Hellengerster Gegend, der Stoffelberg und der Hauchenberg die westliche Flanke des Tals. Danach folgten der Höhenzug der Salmaser und Thaler Höhe, die Nagelfluhkette, das Hörnergebiet und die hohen Berge des Kleinwalsertals, wobei besonders der Hohe Ifen, der Widderstein, der Elfer- und Zwölferkopf herausstanden. Wenn Anton sich ab und zu nach hinten drehte, konnte er die östliche Seite des Illertals bewundern. Der Kohlerberg zog sich von Bodelsberg nach Süden, gefolgt vom Rottachberg, hinter dem der 'Wächter des Allgäus', der Grünten, die dahinterliegenden hohen Berge verdeckte. Auch das bewaldete Wertacher Horn westlich davon schirmte wegen seiner relativen Nähe die meisten Alpengipfel ab.

Die Sonne war angenehm, es war noch nicht zu heiß. Anton lehnte sich genussvoll auf seinem Sitz zurück und rückte seinen Hut so zurecht, dass er seinem Gesicht etwas Schatten gab. Es ging flott voran, diese Straße war besser als die zwischen Bodelsberg und Görisried, wo viele Löcher die Fahrt verlangsamten. Dennoch, so dachte er sich, auch hier könnte der bayerische Staat weit mehr tun, auch hier gab es genügend reparaturbedürftige Stellen. Na ja, er würde sich an diesem schönen Tag nicht darüber aufregen, beschloss er.

Schon bald fuhr er durch Schlechtenberg, dann am Gasthof »Reichsadler« vorbei nach Sulzberg Ried. Dort kam ihm das Postfuhrwerk entgegen, welches die Orte entlang der Hauptstrecke nach Füssen täglich mit Post belieferte. Er winkte dem ihm bekannten Fuhrmann zu, welcher in traditioneller Postillionuniform gekleidet war. Dann ging es weiter in Richtung Durach. Der Weg dorthin war keineswegs langweilig, es herrschte nun reges Leben und Treiben auf der Straße, den Feldwegen und den Feldern. Überall, wo er hinschaute, waren Leute unterwegs oder schon bei der Arbeit. Die einen waren gerade auf dem Weg zu den Feldern, andere waren bereits dort. Hier und dort saßen Gruppen von Männern zusammen im Gras, es waren die Mäher. Sie hatten schon seit früh am Morgen mit ihren Sensen große Flächen Gras geschnitten und machten nun Pause. Jetzt wurden alle verfügbaren Arbeitskräfte gebraucht, von den Bauern und deren Frauen zu den Knechten und Mägden. Auch die Kinder mussten während ihrer Schulferien voll mit ran. Denn nun galt es, das Gras mehrmals am Boden zu streuen und zu wenden, dann schließlich getrocknet wieder in Nudeln zu rechen. Es gab hervorragendes, nahrreiches Heu, wenn man das Gras am gleichen Tag schneiden und trocknen konnte. Ja, die letzten paar Wochen waren geradezu ideal für die Allgäuer Bauern gewesen: heißes Wetter, viel Sonne unter Tags und Gewitterregen am Nachmittag und in den Abend hinein. Diese schwülheiße Witterung ließ das Gras wie verrückt wachsen, es gab viel Futter durch mehrere Schnitte. Es war es wert, sich jetzt voll reinzuhängen, vor allem deshalb, weil es dieses Jahr lange arg schlecht ausgesehen hatte. Das Frühjahr und der Sommer bis Ende Juli waren furchtbar verregnet gewesen. Die alte Bauernregel, dass das Wetter nach 'Siebenschläfer' für sieben Wochen so bliebe wie an diesem Tag, hatte sich heuer wieder mal bewahrheitet. Es war nichts anderes übrig geblieben, als das Gras auf Heinzen und Schwedenreiter zu hängen und auf ein paar gute, sonnige Gelegenheiten zu warten. Diese waren aber weitgehend ausgeblieben und die Bauern schon ganz nervös geworden. Dann aber war schlagartig dieses heiße Wetter eingezogen, man hatte schnell alles Aufgehängte am Boden vollends trocknen und einigermaßen gutes Heu einführen können. Und mit diesem guten Heu war für dieses Jahr wieder alles gewonnen. Ja, es war halt jedes Jahr anders, aber es war schon immer ein Kampf in diesem rauen Land.

Anton kannte aufgrund seiner regelmäßigen Botenfahrten einige Leute, manche etwas besser und andere eher flüchtig. Er winkte ihnen zu und erhielt auch deren Grüße. Die meisten schienen an diesem schönen Morgen gut aufgelegt zu sein, man konnte viel Lachen und Reden hören. Auch Anton fühlte sich nun hier auf dem offenen Land wieder besser. Es war zwar wirklich nicht so, dass er den Wald nicht mochte, nein, er liebte ihn und war auch gern dort. Aber manchmal verleitete ihn die Einsamkeit dort eben dazu, tief zu sinnieren und dabei oft auch gewisse Ängste oder ungute Gefühle aufzustacheln, so, wie es heute früh geschehen war. Er versuchte aber immer, so frohsinnig wie möglich zu sein. Deshalb verschwand dieses schrecklich ungute Gefühl im Magen nun, und er fuhr in freudiger Stimmung durch die grüne Landschaft. Von Natur aus war er eben eher ein geselliger Mensch und fühlte sich unter den Leuten wohl.

Vor Durach bog er von der Straße ab und machte einen Abstecher entlang eines Feldweges zum Ufer des Öschlesees. Die Felder in dieser Gegend waren kürzlich abgeheut worden, er war ganz allein. Er nahm den Umweg hierher gern in Kauf. Am See war nämlich ein Plätzchen, das ihm sehr gut gefiel, es war ruhig und man konnte den ganzen See überblicken. Das Ufer war dicht mit Schilf bewachsen, nur eine schmale Öffnung erlaubte ihm den Zugang zum Wasser. Dort beobachtete er immer gern die zahlreichen Enten und anderen Wasservögel. Ganz besonders beeindruckend waren die Schwäne, von denen es einige gab. In der Regel schwammen sie in Paaren, oft auch mit einer kleinen Schar von Jungen, die nie weit von den Eltern entfernt folgten. Ja, unser König Ludwig gibt zwar zu viel Geld für seine Schlösser aus, aber man muss es ihm schon auch lassen, dass er einen guten Geschmack hat, dachte er sich hier oft. Er liebt die weißen Schwäne in ihrer majestätischen Gestalt und Bewegung, er widmet diesem Vogel so viel in seinen Schlössern und nennt sein neues Schloss sogar Neuschwanstein. Er sitzt und träumt, er hört sich die Opern seines Freundes Richard Wagner inmitten von speziell dafür geschaffenen mystischen, halb melancholischen Umgebungen an. Ja, der Ludwig war schon ein eigenartiger Kauz, sinnierte er.

So schön war es hier, dass Anton im Sommer sowohl auf dem Hin- als auch auf dem Rückweg meistens kurz Rast machte, denn es war auch eine gute Gelegenheit, sein Pferd im See trinken zu lassen. An recht heißen Tagen wie heute holte Anton auch immer ein paar Kübel Wasser und kühlte sein Ross damit ab. Er selber aß gern einen Happen und trank etwas.

Nach etwa zehn Minuten fuhr er dann weiter. Er brauchte hier nicht zu wenden, denn es gab genug Platz, um etwas vorzufahren und einen Bogen zu machen. Dabei kam er wieder an der Stelle vorbei, wo er gestanden hatte. Plötzlich riss er die Augen weit auf, stieß einen schlimmen Fluch aus, sprang vom Bock und eilte dorthin. Ja, es war, wie er vermutet hatte, der Boden war an einer Stelle mit Blut getränkt, nicht allzu viel, aber dennoch genug, um eine kleine, dunkelrote Lache zu bilden.

»Zum Deifl!«, dachte sich Anton, wobei ihm der Schreck im Gesicht stand. »Dr Bock rinnt ja no arg mit Bluat! Dr verflucht Johann hots Bluat it gscheid nauslofe lau. Jetzt hob i d'Dreck! A verdammte Bluatspur, des fehlt mr grad no. Jetzt ko i luage, wie i da ogschore mehr nauskomm. Wart bloaß, Johann, du kriagsch ebbs vo mir zheare!«

Vorbei war es mit dem schönen, entspannenden Morgen. Wenigstens war niemand hier. Anton schob schnell etwas Kies über den Blutfleck, kletterte dann auf's Fuhrwerk und entfernte die Säcke über dem toten Wild. Ja, nun konnte er es sehen, der Sack mit dem toten Rehbock war auf der Unterseite voller Blut. Er hob den Sack an, die ganze Stelle war von Blut getränkt. Die Holzplanken des Fuhrwerks hatten dieses zwar teilweise aufgesaugt, aber genug davon war durch die Ritzen auf den Boden getropft und hatte vielleicht schon bald nach dem Aufladen eine Blutspur auf der Straße hinterlassen. Anton überlegte fieberhaft, was er tun könnte, um den Schaden auf ein Minimum zu begrenzen. Er glaubte, dass es während der Fahrt wahrscheinlich zu langsam getropft hatte, um jemandem aufzufallen. Ein Tropfen hier und da war auf einer Kiesstraße nicht zu bemerken. Aber sobald er gestanden wäre, könnte es eventuell ein Problem geworden sein, wie er hier selber sehen konnte. Verdammt, so fiel ihm gleich ein, er hatte ja beim »Adler« eine Pause gemacht, und da war ganz bestimmt eine Blutlache zurückgeblieben. Es war noch nie vorgekommen, dass seine Fracht Blut verloren hatte, und deshalb hatte er auch beim Anfahren nicht zurückgeschaut. Im Moment konnte er dort nichts tun. Er konnte nicht so weit zurückfahren und es verwischen. Vielleicht war es ja nicht allzu schlimm, und mit etwas Glück würde niemand Verdacht schöpfen. Er beschloss, auf dem Rückweg an der bestimmten Stelle am Wirtshaus nachzuschauen. Außerdem würde er die Ohren offen halten, ob dort jemand etwas bemerkt hätte. Selbst wenn es so wäre, könnte bei der zahlreichen Kundschaft eh so schnell niemand direkt auf ihn schließen. Diese Überlegung beruhigte ihn auch gleich etwas. Dennoch, es galt vorsichtig zu sein.

Sein Hauptproblem war im Moment der blutgetränkte Teil des Wagens. Als erstes warf er den Sack mit dem Rehbock vorläufig vom Fuhrwerk auf den Boden, um mehr Blut auf den Holzplanken zu vermeiden. Diese musste er nun so gut wie möglich zu reinigen versuchen. Er hatte zum Glück vor allem wegen seines Pferdes immer einen Kübel dabei, mit dem er nun mehrmals Wasser vom See schöpfte und das Blut wegspülte. Dann griff er zu einer Bürste und schrubbte wie verrückt, spülte wiederum und wiederholte dieses Manöver ein paarmal. Es sah nicht schlecht aus, dachte er, aber es war nicht sicher, ob man nach dem Austrocknen des Holzes darin noch Flecken erkennen könnte. Im Moment wusste er nicht, wie er solche dann vertuschen sollte. Er müsste sich eben etwas einfallen lassen. Anton krabbelte nun auch mit einem Kübel Wasser unter den Wagen und putzte die blutigen Ritzen aus. Er konnte sehen, dass kein Blut durch das Holz selber gedrungen war. Wer weiß, vielleicht konnte er ja mit dem vielen Wasser verhindern, dass sichtbare Spuren zurückblieben, hoffte er. Er goss noch ein paar Kübel Wasser auf die Stelle und war dann zufrieden, weil dieses sich kaum mehr rötete. Anton schnaufte auf. Er war erschöpft, sein Gewand schweißgetränkt und das Wasser tropfte ihm vom Gesicht. Es war auch schon recht heiß und ungemütlich schwül, die Sonne brannte wie verrückt auf ihn nieder. Eine kurze Verschnaufpause müsste drin sein. Er zog sein Hemd aus, kühlte Kopf und Oberkörper am See ab und trank kräftig.

Danach überlegte er sich, wie er ein weiteres Blutrinnen des Rehbockes verhindern könnte. Er kratzte sich am Kopf, nickte schließlich, packte den Sack und schleifte die blutige Unterseite durch die trockene Erde und den Kies des Weges. Das würde das Blut im Sack etwas aufsaugen und das Gewebe verdichten. Wasser wollte er hier ganz bestimmt nicht benützen, denn das würde eher mehr Blut in verdünnter Form verursachen. Anton kletterte auf den Wagen, warf die Hälfte der sauberen Säcke auf die gewaschene Stelle, sprang ab und warf den Sack mit dem Wild darauf. Schließlich stieg er nochmals auf, bedeckte das Wild mit den restlichen Säcken und versicherte sich, dass man kein Blut mehr sehen konnte. Er ging nochmals zum See, wo er seine Hände, seine Arme und seinen noch freien Oberkörper sorgfältig wusch und sich dabei nochmals gut abkühlte. Was für eine Wohltat, am liebsten wäre er ganz in das kühle Nass gesprungen! Dann verstaute er den Kübel und die Bürste und verscharrte nochmals alle Spuren mit seinem Fuß. Nachdem er auch seine gesamte Kleidung und seine Schuhe gut nach Blutflecken abgesucht hatte, zog er sein Hemd wieder an und fuhr ab. Es gab ja keine Zeit zu verschwenden, sein Tag war mit seinen Botengeschäften voll ausgelastet. Wenigstens war es von hier nicht mehr weit nach Kempten, und dort würde er heute gleich zum nächsten Wildhändler fahren um die Gefahr weiteren Blutrinnens zu begrenzen. Er war zuversichtlich, dass bis dorthin kein weiteres Blut auf die Straße tropfen würde. Anton war heilfroh, dass er das Problem noch vor der Stadt bemerkt und einigermaßen behoben hatte. Wie leicht hätte es sein können, dass er das Blutrinnen überhaupt nicht entdeckt hätte und ahnungslos in die Stadt gefahren wäre! Dort hätte es vielleicht schon passieren können, dass er wegen seiner Blutspur angehalten worden wäre, womöglich sogar von einem Gendarmen.

Obwohl er etwas Zeit verloren hatte, war Anton noch einigermaßen im Rahmen seiner Planung für den heutigen Tag. Ein anderer Feldweg führte von hier direkt nach Durach, sein Umweg hielt sich somit in Grenzen. Es war nun Viertel nach neun, und es wurde immer heißer und schwüler. Von den Bergen war mittlerweile nicht mehr viel zu sehen, sie verschwanden mehr und mehr im Dunst. Der Grünten war aber noch recht deutlich zu erkennen. Anton benützte die Zeit entlang seines letzten Abschnitts, um konzentriert darüber nachzudenken, wie er die trotz allen Waschens wahrscheinlich beim Trocknen erscheinenden Blutflecken im Holz des Wagens entfernen oder verdecken könnte. Das Blut hatte genug Zeit gehabt, sich richtig einzusaugen. Außerdem musste er sich jetzt oder spätestens auf dem Heimweg überlegen, was er zu der wahrscheinlich zurückgelassenen Blutlache in Bodelsberg sagen würde, falls er ernsthaft darauf angesprochen würde. Er nahm nie tote Kälber auf seinem Fuhrwerk mit, das war zu weit nach Kempten. Der Görisrieder Metzger war dafür da, und er konnte sich nicht damit herausreden, dass das Blut von einem Kalb käme. Plötzlich fiel ihm wenigstens etwas bezüglich der Flecken im Holz ein: Farbe! Ja, das wäre glaubhaft, denn er nahm regelmäßig Farbbehälter von der Stadt mit, und einer davon wäre eben undicht gewesen und hätte einen Fleck hinterlassen. Anton atmete auf, er bräuchte also heute nur etwas dunkelrote, blutähnliche Farbe zu kaufen und sie über den Blutfleck laufen zu lassen, bis alles verdeckt wäre. Wenn sich in der Stadt keine Gelegenheit für Letzteres bieten sollte, könnte er es auf dem Rückweg während seiner Pause am See machen. Die Farbe würde heute sehr schnell trocknen.

Anton fuhr durch St. Mang und dann die Straße zur Illerbrücke hinunter. Als er um eine Biegung kam, stockte ihm der Atem, denn dort stand ein Gendarm und machte Kontrollen. »Des hot mir grad no gfehlt!«, schimpfte er in sich hinein. Er fuhr aber ruhig weiter, denn man inspizierte sein Fuhrwerk nur sehr selten und nur oberflächlich. Der Gendarm war ihm außerdem mittlerweile bekannt. Tatsächlich winkte dieser ihn weiter und rief: »Luag zu, dass du doi Poscht wegbringsch, Anton!« Anton winkte dankend und freundlich zurück, als er erleichtert vorbeifuhr. »Ja, moi Poschte hilft mir wirklich bei der Sach, des isch gwiis!«, dachte er sich dabei.

Er lenkte sein Ross nun über die Iller und weiter in Richtung der Burghalde. Die meisten Straßen in Kempten hatten Kopfsteinpflaster. Die vielen Fuhrwerke, Kutschen, Gefährte und beschlagenen Pferde ratterten und polterten recht laut dahin. Viele Menschen waren zu Fuß unterwegs, es herrschte reges

Leben und Treiben in der Allgäumetropole. Die Stadt war seit der Ankunft der Eisenbahn so richtig aufgeblüht, lag sie doch im Herzen dieser aufstrebenden Milchwirtschaftsgegend. Schon die Kelten hatten die günstige Lage direkt an der Iller erkannt und dort gesiedelt, gefolgt von den Römern, die hier mit Cambodunum und an der Mosel mit Trier die wahrscheinlich ältesten Städte Deutschlands gebaut hatten.

Anton bog unterhalb der Burghalde links in die Webergasse ab, fuhr ein Stück und steuerte dann in eine kleine, enge Sackgasse. Er blickte sich um, niemand war hier gerade unterwegs. Am Ende der Gasse stand eine hohe Steinmauer mit einem großen Holztor. Dort angelangt, sprang Anton vom Bock, klopfte dreimal kräftig an das Holz, stieg wieder auf und wartete. Schon nach ein paar Minuten wurde das Tor geöffnet, er fuhr durch und es wurde nach ihm wieder geschlossen. Anton befand sich im recht großen Hinterhof eines alten Gebäudes, das, dem Baustil nach zu schließen, bestimmt schon seit langer Zeit hier stand. Es gab hier auch eine Rosstränke, wo Anton nun sein Pferd anhielt und abstieg. Vom Tor her kam ein mit Hemd und schwarzer Weste, dunkelbraunem Kremphut und schwarzen Stiefeln gekleideter Mann auf ihn zu. Sein Gesicht war von einem schwarzen Vollbart, buschigen Augenbrauen und langen Wimpern gekennzeichnet, und sein üppiger Haarwuchs verdeckte einen Großteil der Haut. Man konnte jedoch nicht übersehen, wie seine dunklen Augen einen etwas furchterregenden Blick ausstrahlten, obgleich sie tief in ihren Höhlen verborgen waren. Auch seine Nase hatte eine gar außergewöhnliche Form. Sie trat zunächst ziemlich normal zwischen den Augen hervor, machte dann aber eine scharfe Biegung nach unten und reichte an ihrem Ende fast bis zum Mund. An einen Geierschnabel erinnerte sie Anton und wahrscheinlich viele andere. Von den Ohren oder der Stirn war fast nichts zu sehen, der Hut war tief über sie gezogen. Alles in allem, man bekam im allerersten Augenblick schon den unfehlbaren Eindruck, dass man es hier mit einem Menschen zu tun hatte, mit dem besser nicht zu spassen wäre. Anton hatte sich mittlerweile an ihn gewöhnt, wäre aber im Frühjahr bei seiner ersten Begegnung mit ihm am liebsten sofort wieder gegangen.

»Griaß di, Anton!«, sprach der Mann ihn mit tiefer, brummliger Stimme an. »Hosch du mehr ebbs für mi?«

»A kerigs Böckle hob i heit, Jakob. Wiegt gwiis gut oi«, antwortete Anton kurz und bündig.

»Luag mer mol. Bring'n grad do her!«, forderte Jakob ihn auf.

Anton kletterte auf's Fuhrwerk unter die Plane, entfernte die leeren Säcke, warf den Sack mit dem Wild auf den Boden und schleppte ihn dann durch eine Tür ins Haus. Er schleifte ihn eine Holzstiege hinunter in einen Kellerraum, der mit ein paar Petroleumlampen einigermaßen gut beleuchtet war. So ziemlich in der Mitte stand ein derb gebauter Holztisch und daneben eine große Waage. Anton warf den Sack zuerst auf den Tisch, holte dann ein Messer aus seiner Tasche und schnitt ihn auf. Jakob beobachtete ihn dabei, inspizierte daraufhin den toten Bock und verzog sein Gesicht zu einem breiten Grinsen.

»Hasch reacht, des isch a Prachtexemplar, jung und kräftig, des geit ebbs Guats!«, meinte Jakob mit einem zufriedenen Lächeln.

Dann verzog er plötzlich sein Gesicht in ernste Falten, denn er bemerkte den blutgetränkten Teil des Sacks. Er stieß einen bösen Fluch aus und zischte: »Dr Bock hot no gronne, luag! Hosch des it gmerkt?« Von seinem vorigen Lächeln war nichts mehr zu sehen. Sein Gesicht verhärtete sich und nahm einen grimmigen Ausdruck an. Er ging schnell auf Anton zu und packte ihn am Kragen. Wütend starrte er ihm direkt in die Augen und fauchte ihn an: »Hosch du a Bluatspur bis hier in d'Hof brocht?«

Anton brachte nur ein »Noi« heraus, wovon Jakob aber nicht überzeugt zu sein schien.

»I weiß it, ob i dir des glob. Du weisch doch, dass mir eis in dem Gschäft koi selagg Fehler erlaube kennet!«, zischte er und griff noch fester zu. »D'Gendarmerie und d'Jäger sind eis auf dr Spur! Was globsch du, was passiert, wenn so a Gendarm Bluattropfe auf dem Pflaschter findt? Da gohts mr an d'Krage, die kommet sofort do her. Also, sag mr ehrlich, ob und wann du des Rinne gmerkt hosch!«

Anton war von Jakobs Tätlichkeit vollkommen überrascht worden. Dieser hatte ihn am Kragen gehabt, bevor er richtig hatte schauen können. Nun versuchte er, seine Sprache wieder zu finden. Jakob meinte es ernst, das konnte er gut spüren. Schließlich brachte er stotternd hervor: »Koi Sorg, Jakob! I hob ...i hob des friah gnua gmerkt. Scho am Öschlesee, Gott sei Dank. Es geit koi Bluatspur aufm Pflaschter in Kempten, also loss mi los!«

Jakob hielt ihn jedoch noch eine Weile fest, blickte tief und prüfend in Antons Augen, um zu sehen, ob er ihm wirklich glauben konnte. Schließlich schien er zufrieden zu sein und ließ Anton los. Er sagte nun in ruhigerem Ton: »I globs dr, Anton, aber i lua mi nochat seal um im Hof und aufm Pflaschter vor moim Tor nach Bluatspure. Sei bloaß froah, Bürschle, dass i heit so guat aufglegt bi. Seesch kennsch jetzt ebbs erlebe, moi Liabr!«

Anton schluckte und dachte bei sich, dass er froh war, den Jakob nicht bei schlechter Laune angetroffen zu haben. Wenn er bei guter Laune schon so grimmig war, dann helfe Gott dem, der ihn in mieser Verfassung antreffen sollte, so schoss es ihm durch den Kopf!

»Jetzt luag mr mol was der Bock wiegt«, sagte Jakob, packte das Wild und legte es auf die Waage. Während er mit den Gewichten hantierte, murmelte er: »Weisch scho seal, dass es nix leit in eisrem Gschäft. Es sind an Haufe Wildschütz do duss in d'Wäldr, weil dr Markt für frischs Wildbret ebbe guat isch. So lang die feine Leit weiter so guat fresset und saufet und so lang se Appetit auf Wild hand, so lang werd do duss au hoimle Wild gschosse.«

Er hielt inne, nahm ein Gewicht von der Waagschale und ersetzte es grinsend mit einem schwereren, wobei er in spöttisch kicherndem Ton hinzufügte: »Dem Staat passt des freilig it, weisch ja seal. Der krieagt vo eis alle oischließlich m'Wirt koi Steure. Weisch scho, Anton, mir kennet halt den legale Markt über d'Jäger durch eisren Schwarzmarkt untergrabe und bessre Preis obiete.«

Anton hörte ihm schweigend zu und hustete ab und zu, denn der Jakob hatte ihm die Luft ganz schön abgedrückt. Jakob nahm keine Notiz davon und hantierte weiterhin mit seinen Gewichten.

»Ja, Anton, d'Jäger und Gendarmen sind drum wie d'Bluathund hinter eis her«, fuhr Jakob belehrend fort. »Die packet jeden, den se in dr Lieferkett verwische kennet, und schmeißet'n ins Gfängnis. Die Wildre seal hänget se vielleicht sogar auf, wenn ses it scho auf dr Stell im Wald verschosse hand. Zwische deane und eis isch wie in am Kriag!«

Er hielt inne, schaute Anton ein paar Minuten ernst an und bezeigte ihm mit erhobenem Finger: »Drum bin i au so beas, wenn so ebbs passiert! Die Gendarme sind aufgfordret, d'Og und Ohre aufzhalte und so ebbs wie a Bluatspur sofort nochzgange. Wenn oine do her fiahrt, noch ischs aus mit mir!«

Anton traute sich nicht, etwas dagegen zu sagen. Er hat ja schon recht, der Jakob, dachte er sich und wischte sich den Schweiß von der Stirn. Er nahm sich aber soweit zusammen, um Jakob eine Frage zu stellen: »Hosch reacht, Jakob, s'duat mr Leid. Wollt di aber froge, wie i jetzt, wos scho passiert isch, den Bluatfleck im Wage wegbring oder verdeck. Hob denkt, vielleicht mit a dunkelroter Farb oder weisch du ebbs Bessres?«

Jakob sah ihn überrascht an, nickte dann und sagte: »Do luag her, so bled bisch du gar it! Ja, so ebbs kommt scho ab und zu vor, bsonders bei uib Ofänger. Dir sind bei dem Gschäft halt no grea hintre d'Ohre. Ja, lass oifach a Farb über alls lofe, so dass es ausluagt, als ob a Farbtopf gronne hot oder umgfalle und ausglofe isch. Wenn wirklich ebbar in deim Wage nochluage sott, noch bindescht'm halt den Vorwand uff!«

Anton nickte bestätigend und fasste sich ein Herz, noch weiter zu fragen: »Du, Jakob, wo kriag i heit schnell no so a Farb her? Kennsch a Gschäft do umanand?«

Jakob unterbrach das Wiegen, griff unter den Tisch und holte einen Farbtopf hervor. Dann sagte er mit einem verschmitzten Lächeln: »Han dir doch gseht, dass i heit ausnahmsweis guat aufglegt bi. Luag, des isch die richtig Farb, kosch a bissle ebbs hau. Aber verschwend nix! I verlang nix vo dir, weil du mir heit so ein feins Böckle brocht hosch.«

»Dank dr recht schea, Jakob. I werds zschätze wisse!«, sprudelte Anton erleichtert heraus und machte sich auch gleich daran, den Deckel zu entfernen. Während Jakob das Wiegen beendete, rührte Anton die Farbe um. Jakob nahm nun einen Zettel und Stift zur Hand, schrieb das Gewicht in Kilogramm auf, multiplizierte es mit dem gängigen Schwarzmarktpreis pro Kilogramm und zählte Anton das Geld auf den Tisch.

»Willsch no amol nochrechne, Anton? I bscheiß di it, glob mr's!«, fragte er dann.

»Schmarre! Des stimmt scho, i globs dr«, wies Anton eilig ab. Er wollte jetzt den Jakob ganz gewiss nicht noch verstimmen und war heilfroh darüber, wie alles ablief. Außerdem hatte er mittlerweile auch etwas Gefühl bei dieser Sache entwickelt und konnte sowohl das Gewicht eines Wildes und auch den ungefähren Preis dafür abschätzen. Ja, das Geld war schon richtig.

Anton zog einen Beutel aus der Tasche, den er nur für dieses Geschäft benützte, verstaute das Geld darin und schob ihn tief in seine Hosentasche. Dann packte er den Farbtopf und ging die Stiege hoch. Jakob folgte ihm und schaute auch gleich im Hof umher, ob er nicht vielleicht doch irgendwelche Blutspuren entdecken könnte. Zufrieden ging er danach zu Anton hin, der nun die Säcke entfernt hatte und dabei war, Farbe auf den fleckigen Boden des Wagens laufen zu lassen. Jakob sah ihm zu und sagte: »Stell grad no d'Topf in die Farb nei! Noch luagts guat aus, weil ma no d'Rand sieht, wo dr Topf gwese isch. Hosch'n halt no weg dau, so lang d'Farb no it drucke gwese isch!«

Anton befolgte diesen Rat gern, schaute sich dann das Ergebnis an und lachte.

»Sauguat, Jakob! Do ko neamad mehr ebbs vom Bluat seache, bloß ausgronnene Farb, ha, ha!«

»Horch, Anton! No was, dass so ebbs nimm passiert«, empfahl ihm Jakob nun. »Am gscheidschte isch, wenn dus jetzt drickne losch. Des dauret heit it lang. Noch schmeiß die saubre Säck druff. Die bluatige gibsch mr gloi, die verbrenn i. S'muass ja it sei, dass ma die findt, wenn du vielleicht kontrolliert wirsch.«

Anton gab ihm die blutigen Säcke mit einem »Dank schea«. Jakob gab ihm noch weiteren Rat: »Luag au glei um a dichte Plone, am beschte aus Leder. Muasch se au oifette. Die legsch noch allad auf d' Bode, mehr a paar Säck druff und noch kosch ruhig jede Sack mit Wild naufschmeiße. I hätt dr gloi am Anfang sagen selle, hob aber denkt, du weisch des. Und doin Wildschütz packsch am Krage und liesch'm die Levite, dass er ja bloaß des Bluat besser auslofe lott, der Säckl!«

Anton nahm Jakobs Ratschläge gern zu Herzen, nickte ihm immer wieder zu und bedankte sich schließlich. Dann kratzte er sich am Kopf, er dachte offensichtlich noch über etwas anderes nach. Jakob beobachtete ihn und fragte: »Druckt di no was, Anton? Spucks ruhig aus!«

»Ja«, bestätigte Anton und blickte in seine Augen. »Weisch, i hob halt heit friah kurz vorm Adler z' Bodelsberg oghalte und i fircht, dass des Wild do scho Bluat gronne hot und dass do a kloine Bluatlache bliebe isch. So a Saich, des ärgret mi scho kerig. I hoff bloaß, dass koi Verdacht auf mi fällt. Wie ko i mi am beschte rausrede, wenn mi ebbar froge sott?«

Jakob zog die Stirn in besorgte Falten, schnaufte hörbar ein paarmal durch und schüttelte den Kopf, als er antwortete: »Ja pfiati Gott! Des isch nix. Wahrscheinlich hots ebbar gseache und hot vielleicht au dem Wirt gseht, dass im Hof a dunkelrots Bluat isch. Ja, und da brauchts it viel Verstand dazu, dass ma des als frisches Bluat von am Wild erkennt oder weanigschtens als a selaggs verdächtigt. Noch werd ma nochdenke, wer heit friah do oghalte hot. Kosch bloaß hoffe, dass viel Verkehr war und an Haufen Fuhrwerk do a Pause gmocht hand.«

Er pausierte, kratzte sich am Kinn und sprach mit einem Kopfschütteln: »Des losst si nimm ändre. Es isch halt passiert, die Kappe isch jetzt scho verschnitte. Sott di ebbar froge, noch muasch halt liage und die bled stelle. Dua so, als wenn du gnau so überrascht bisch wie alle andre. Horch her, Anton, solang ma di it mit am Wild verwischt, kosch alls astreite, selbsch wenns Og auf di falle sott!«

»Zefix, hob mir des scho au so denkt!«, stieß Anton verdrossen aus. »Ja, es bleibt mir nix anders, als aufs Beschte z'hoffe und a'zwarte. Wenns a Nochspiel gea sott, noch streit i auf jeden Fall alls a. Aber vielleicht hob i ja a Glück und komm mit am blaue Og davo.«

»Jetzt luag, dasst weiterkommsch!«, ermahnte ihn Jakob. »Mir hand gnua Zeit ghett. Du muasch di scho an doin Zeitplo halte, sonsch wundert si zletscht oiner, wo du bleibsch. Luag, es muass halt alls unauffällig ablofe!«

Anton nickte, kletterte auf den Bock und nahm die Zügel zur Hand. Während er nun anfuhr, verabschiedete er sich von Jakob: »Also noch, pfiati, Jakob, und dank dr schea!«

»Passt scho. Pfiati, Anton!«, erwiderte Jakob und ging zum Tor voran, öffnete es ein wenig und spähte hinaus. Dann schlüpfte er durch den Spalt auf die Gasse, wo er das Pflaster inspizierte. Nach einer Minute schob er das Tor dann ganz auf und winkte Anton mit zufriedener Miene zu. Er ließ ihn rausfahren, winkte nochmals und schloss das Tor sofort wieder.

Anton war erleichtert und atmete tief ein. Ja, zum Glück war der Jakob gut aufgelegt gewesen, sonst hätte er ihn bestimmt nicht so gut beraten und ihm auch nicht die Farbe gegeben. Es war halt schon ein gefährliches Spiel. Die zwei anderen Händler waren genauso nervös und wären womöglich am Anfang noch viel verärgerter als der Jakob gewesen. Niemand wollte erwischt werden und im Gefängnis landen.

Nach seinem Abstecher fuhr Anton nun den Freudenberg hoch, dann links in die Bahnhofstraße und zum Bahnhofsplatz hinauf. Dort war reges Leben und Treiben, der Platz vor dem Bahnhof war voller Fuhrwerke, Kutschen und anderer Gefährte. Hier war der Hauptumschlagsplatz des Allgäus, von hier wurden die Produkte der Region per Eisenbahn weitum ins Land verfrachtet, und Waren aller Art gelangten im Gegenzug hier an. Unglaublich, so dachte sich Anton, was sich seit seiner Kindheit hier verändert hatte. Vor der Ankunft der Eisenbahn musste alles mühsam auf den Straßen gefahren werden, und verderbliche Produkte überstanden das nicht. Noch früher, zu Zeiten der Fürstäbte von Kempten, wurden Waren viel per Floß auf der Iller nach Ulm geschifft, und die Flößer mussten dann etwa drei Tage zu Fuß nach Kempten zurückgehen. Ja, da war die Eisenbahn nun wirklich eine feine Sache. Er konnte sich sehr gut an das Jahr 1852 erinnern, als sie hier in Kempten in Betrieb genommen worden war. Da war was los gewesen! Er hatte das sogar selbst miterlebt, und viele andere Leute vom Land waren ebenso gekommen. Noch heute dachte Anton oft daran, wie ihm der Mund offen gestanden hatte und seine Augen schier aus den Höhlen gesprungen waren, als er zum ersten Mal eine Dampflokomotive gesehen hatte. Seitdem konnten Butter und Käse weit transportiert werden. Aufgrund ihres Salzgehaltes waren diese Produkte nun auch im Sommer in kühl gehaltenen Waggons für weite Transporte haltbar genug, und im Winter gab es diesbezüglich sowieso kein Problem. Die Eisenbahn hatte die Region zum Markt geöffnet, die alte, relative Abgelegenheit und ihre Nachteile waren großteils Vergangenheit, und auch das arme Allgäu konnte wirtschaftlich aufblühen. Anton empfand Freude darüber, dass seine Heimat nun sowohl durch Hirnbeins landwirtschaftlichen Wandel als auch durch die Dampfeisenbahn aus ihrer chronischen Not herausgehoben wurde. Auf der anderen Seite konnte er aber auch sehen, dass der wirtschaftliche Erlös dieser jüngsten Fortschritte das Volk keineswegs gleichermaßen und in halbwegs gerechter Verteilung auf Leistungsbasis erreicht hatte. Er dachte nach und konnte erkennen, dass die während seiner Kindheit und Jugend armen Leute einschließlich seiner eigenen Familie auch heute noch großteils arm waren und so manche mittlerweile eher noch ärmer geworden waren. Im Gegensatz dazu war eine ziemlich kleine Schicht in der Zeit des industriellen und landwirtschaftlichen Umbruchs zusehends reicher geworden. Wenn er das vor allem in der Stadt sehen konnte, fühlte Anton sich bei seinen derzeitigen Abwegen nicht so schlecht. Hier ließ das ungute Gefühl im Magen, das ihn heuer so oft plagte, in der Regel immer deutlich nach.

Eine Lokomotive pfiff und stieß dicke Dampfwolken aus, sie war am Anfahren. Etliche Leute stiegen die Treppe zu den Bahnsteigen hinauf und hinunter, denn ein Zug war erst vor einer Weile eingefahren. Es war ja immer etwas los auf dem Bahnhofsplatz und in den umgebenden Straßen, aber wenn Züge ein- oder ausfuhren, dann war alles hektisch. Man konnte schier keinen Stellplatz für die Fuhrwerke, Kutschen und Gefährte finden, und gar oft war vor lauter Verkehr kaum ein Durchkommen. Die vielen Fußgänger hatten es besser, sie konnten überall hingehen und ihr Ziel leicht erreichen. Mittlerweile war es nun schon Viertel nach elf Uhr. Die Sonne prallte unbarmherzig auf das Pflaster, und die entstehende Hitze staute sich hier in der Stadt auch schnell in den Straßen, Gassen und zwischen den Gebäuden.

»Zefix! Jetzt bin i wegs dem bluatige Bock a bissle später dra als seesch, und scho bin i in des Gwühl noigrate. Komm ja seesch grad so friah vorbei, no vor d'Ziag. Aber heit isch scho dr Deifl los! Heit kommt bei Gott scho gloi alls zemad!«, fluchte Anton in sich hinein, wischte sich den Schweiß von der Stirn, knöpfte sein Hemd etwas weiter auf und fächelte Luft an seinen Körper.

»Die Hitz, fascht zum Verrecke!«, dachte er bei sich und trieb sein ebenso hitzegeschwächtes Pferd an, weil der Verkehr im Moment wieder etwas besser lief. »I bi heilfroah, wenn i mehr aus dr Stadt nauskomm, des isch ja firchtig do. Aufm Land geits z'mindescht an Wind oder a Liftle.«

Zum Glück war er fast an seinem Hauptziel, nämlich dem Hauptpostamt Kempten. Dieses stand zweckmäßigerweise gleich gegenüber dem Bahnhof auf der westlichen Seite der Bahnhofstraße. Anton steuerte auf den Hinterhof zu, wo alle Postfahrzeuge ein- und ausluden. Dort angekommen, hielt er an seinem gewohnten überdachten, schattigen Platz an, gab seinem Ross Wasser und Futter und machte sich daran, seine mitgebrachte Post – ein paar Briefbeutel und einige Pakete und Päckchen – auf einen Karren abzuladen und ins Gebäude zu ziehen. Er stellte ihn dann an der bestimmten weiterverarbeitenden Stelle ab und ging zum Platz, wo die Post für die Görisrieder Gegend auf ihn wartete. Ein ihm gut bekannter Postarbeiter in diesem Amt kam gerade vorbei, hielt kurz an und sagte: »Ja, griaß di, Anton! Hosch heit verschlofe, dass du so spät dra bisch? Jetzt kosch luage, dass no vor dem Wetter hoim gohscht, seesch wirsch saichnass! Hosch scho gluaget, was si do mehr zemad braut?«

Anton brachte ein Lächeln zustande, obwohl ihm gar nicht danach zumute war, und antwortete: »Mei Vinzenz, du hosch leicht lache! I war scho um viere auf und hob gmähet, sodass moine Leit hoibe kennet. Die Hitz und dr Verkehr hand mi heit aufghalte. I ko moi Ross gwiis it so arg schinde, weisch! Da hosch dus guat und kosch bled daher rede, du Haderlump!«

Mit einem Lachen klopfte er Vinzenz auf die Schulter, der Antons Spass natürlich gut verstand und fest zurücklachte.

»Mei, wenn du wisse dädsch, was i heit scho alls mit'mocht han! Proschst, Mahlzeit!«, dachte sich Anton. Dann wandte er sich wieder seiner Arbeit zu, lud flugs die Postbeutel, die Säcke mit den Zeitungen und Stafetten sowie ein paar Pakete auf einen Karren. Ja, der Vinzenz hatte schon recht bezüglich des Wetters, überlegte er sich. Er wusste nicht, ob er heute noch vor dem Gewitter heimkommen würde. Womöglich würde er vorher nicht einmal bis nach Bodelsberg gelangen. Deshalb beeilte er sich nun umso mehr und arbeitete wie ein Verrückter. Sein Gewand war tropfnass vor Schweiß. Nachdem er alles aufs Fuhrwerk geladen hatte, trieb er sein Pferd an, fuhr aus dem Posthof und entlang der Mozartstraße zur Salzstraße hinüber.

Dort musste er in der Nähe der großen Kreuzung mit der Lindauer Straße bei einem Schmied ein spezialgefertigtes Gerät für den Dorn-Bauern abholen.

Danach hatte er in der Bodmannstraße ein Festtagsgewand zur Ausbesserung abzuliefern. Zum Glück blieb dann nur noch eine weitere Anlaufstelle übrig, nämlich in der Gerberstraße, wobei Anton auf dem Weg dorthin an der prachtvollen St.-Lorenz-Kirche und der Residenz vorbeikam. Alles lief wie am Schnürchen, er musste nirgendwo warten, und auch das letzte Stück, ein Ersatzteil für einen Heuwagen, lag schon für ihn bereit. Anton atmete auf, er hatte es soweit für heute hier in Kempten wieder geschafft, und nun war es Zeit für seine Mittagspause. Trotz aller Widrigkeiten war es gerade erst kurz nach zwölf Uhr mittags, die Kirchenglocken läuteten noch. Anton hatte dank seiner wenigen Botengänge und ihrer guten Abwicklung wieder Zeit aufgeholt. Er blickte zum Himmel und verzog besorgt das Gesicht. Dicke Quellwolken hingen schon überall, wo immer er hinschaute, und manche von ihnen waren bereits ziemlich schwarz. Die schwüle Hitze wurde auch immer unerträglicher.

»Isch des a Kreiz mit dem Wetter huir!«, schimpfte Anton vor sich hin. »Zersch isch es so lang saukalt, dass ma schier oifriert, und noch ischs zmol so heiß wie z'Afrika. Mir Allgair sind doch so a Hitz it gwehnt! Koi Wundr, wenns eis so umanandrhobt und mir schier verrecket.«

Als er nun über den Rathausplatz in der Altstadt zurück zur Iller rollte, wo er gern in der Brauereigaststätte »Zum Bayerischen Hof« etwas zu Mittag aß, überlegte er sich, ob er nur schnell ein paar Happen wie Würste und Brot bestellen oder sich heute mal etwas Besseres leisten sollte. Er beschloss dann, sich fürs Letztere zu entscheiden, denn selbst, wenn er nur kurz hier anhielt, war es keineswegs sicher, dass er noch vor den heutigen Gewittern nach Hause kommen würde. Ganz bestimmt wollte er aber vermeiden, dass er auf offener Straße mitten in ein Unwetter geraten würde, denn das war schon gefährlich, und es kam auch ab und zu vor, dass ein Fuhrwerk vom Blitz getroffen wurde. Für einzelne Gefährte auf weiter Flur war das Risiko diesbezüglich schon erhöht, wobei das viele Eisen an den Rädern und sogar die Hufeisen der Pferde den Blitz noch zusätzlich anzogen.

»Ach, pfeiff druff, i loss mr jetzt Zeit! Heit war sowieso scho dr Deifl los. Es muass jetzt it sei, dass i mi vollends verrenn!«, dachte sich Anton und nahm einen Schluck von seiner Trinkflasche. »Es isch mir heit wurscht, wann i hoimkomm, solang i des Gwitter z'vermeide bring. I bstell mir amol ebbs Bsondres beim Wirt, frisches Wild mit Preißelbeera und Spätzle. Bin doch it bloaß zum Schufte do, heit leischt i mir au amol ebbs. Wer weiß, was morge isch!«

Der Gedanke an eine solche Delikatesse bewirkte, dass ihm das Wasser im Mund zusammenlief. Er dachte nach und beschloss, eine Stunde hier zu bleiben und dann gut daraufzudrücken, um den Adler noch vor den Gewittern zu erreichen. Dort würde er dann geschützt warten, bis sich alles wieder verzogen hatte, und würde eben erst später nach Görisried gelangen, jedoch jetzt im Sommer noch vor Dunkelheit. Außerdem könnte er in diesem Wirtshaus bestimmt etwas davon aufschnappen, ob jemand die kleine Blutlache entdeckt und beim Wirt gemeldet hätte. Zufrieden mit seinem Plan und mit einem Schmunzeln im Gesicht, nicht zuletzt wegen des anstehenden feinen Essens, steuerte er nun in den »Bayrischen Hof« ein. Auch sein Pferd sollte hier eine gute Pause haben, im Schatten fressen und saufen können. Es brauchte gewiss seine ganze Kraft für den Heimweg, ganz besonders für die Steigung zwischen Durach und Bodelsberg, die schon an kühlen Tagen genug Anforderung bot, geschweige denn bei einer solchen Hitze.

Dieser an seiner Vorderseite mit vielen Blumenkästen geschmückte Gasthof war einer der größten in Kempten und für seine gute Küche im ganzen Umkreis bekannt. Deshalb waren auch immer zahlreiche Gäste hier, sowohl zum Mittag- als auch zum Abendessen, außer montags am Ruhetag. Man konnte hier auch komfortable Unterkunft bekommen. Wie man schon im Hof bemerken konnte, kamen vor allem feine Leute gern zum Essen hierher, und heute war keine Ausnahme. Elegante Kutschen, gewöhnlich mit zwei sauberen Pferden bespannt, standen hier abgestellt, während ihre Passagiere bereits in den Gaststuben verweilten.

Vor ein paar Jahren war sogar König Ludwig II. auf seinem Weg zurück nach Hohenschwangau einmal recht unerwartet vorbeigekommen. Noch heute erzählten die Bediensteten oft davon, wie sie an jenem Tag herumgejagt worden waren, um alles noch schnell blitzsauber herzurichten. Der König hatte eine berittene Depesche vorausgeschickt, die um etwa vier Uhr nachmittags hier angekommen war und für ihn und seine Gefolgschaft ein Abendmahl und Unterkunft bestellt hatte. Da war dann die Hölle losgewesen, es hatte schrecklich wenig Zeit gegeben. Irgendwie war dann aber alles noch rechtzeitig bereit gewesen, als der König mit seinem bekannten, eleganten Achtspänner hier im Hof eingefahren war, begleitet von seiner berittenen Eskorte. Am nächsten Morgen war er dann nach einem ausgiebigen Frühstück wieder nach Hause in sein Schloss Hohenschwangau gefahren. Mit viel Stolz rühmten sich der Wirt und sein Personal noch heute damit, dass der König mit allem sehr zufrieden gewesen sei und bei einer anderen Gelegenheit auch wieder hier absteigen würde.

Anton parkte seinen Planwagen etwas abseits von den noblen Gefährten, denn es gab eben bestimmte Plätze für die besseren Leute und andere für die Allgemeinheit. Nachdem er sein Ross versorgt hatte, ging er in den Gasthof und entlang des breiten Ganges zum Gastzimmer, wo sich das arbeitende Volk aufhielt. Dabei konnte man nicht verhindern, dass die einfachen Gäste am noblen Gastzimmer vorbeigingen. Die Tür war gerade auf, als Anton dort vorbeischlenderte. Wie die meisten Leute konnte er es sich auch nicht verwehren, kurz anzuhalten und dort hineinzuspitzeln. Ja, da saßen sie, die wohlhabenden Leute, die meisten wahrscheinlich aus der Stadt selber, alle bestens gekleidet, geschniegelt und gestriegelt. Die Männer trugen schwarze Fracks, weiße Hemden und schwarze Fliegen. Ihre schwarzen Zylinderhüte lagen auf einem Regal über der Garderobe gleich am Eingang zum Zimmer. Sie rauchten ihre Pfeifen, gestopft mit erlesenem Tabak, oder auch feine Zigarren, und unterhielten sich mit den anderen Männern am Tisch. Es war so üblich, dass die Männer sich vorwiegend zueinander gesellten, denn sie konnten bei dieser Gelegenheit so manches besprechen, allerhand diskutieren und nicht zuletzt geschäftliche Angelegenheiten regeln. Das war eben Männersache, die Frauen hatten damit nichts zu tun. Sie waren als Begleitung ihrer Gatten bei gesellschaftlichen Anlässen zwar anwesend, mischten sich aber nicht in deren Angelegenheiten ein. Vielmehr fanden sie ihre Unterhaltung mit den anderen Frauen, unterhielten sich eher über die Gesellschaft und die Neuigkeiten, die sich innerhalb ihrer Klasse so abspielten, als über politische und wirtschaftliche Themen. Gleichzeitig bot sich ihnen bei den recht häufigen Begegnungen in ihrem sozialen Kreis Gelegenheit, ihr prachtvolles Gewand, teuren

Schmuck und ihre allgemeine Aufmachung vom Haar bis zu den Füßen zu präsentieren und zu vergleichen. Heute versuchten sie auch alle, sich so gut wie möglich mit ihren schönen Fächern kühl zu halten.

Für diese noble Gesellschaft musste der Ort der Zusammenkunft schon passen. Weder die Frauen noch die Männer würden sich in einer einfach ausgestatteten Gaststube sehen lassen. Dieser Raum erfüllte die standesgemäßen Voraussetzungen zur Genüge. Der Fußboden war aus gutem Parkett gefertigt, poliert und versiegelt. Entlang des Mittelganges zwischen den Tischen lag ein persischer Teppich mit kunstvollen Mustern. Die Tische waren mit weißen Decken versehen und in der Mitte jedes einzelnen stand eine Vase aus feinstem Meißner Porzellan, worin man frische Blumensträuße gesteckt hatte. Der Duft der Rosen und Nelken gab dem Raum eine delikate Atmosphäre, er trug zur allgemeinen Entspannung und zum Wohlbehagen bei. Verschnörkelungen zierten Tische und Stühle, letztere waren auch mit Sitzpolstern ausgestattet. Sowohl das Geschirr als auch das Besteck war von hoher Qualität, die Gläser von einer bekannten Glasbläserei in Italien importiert. An den strahlend weiß gestrichenen Wänden hingen einige Gemälde in holzgeschnitzten Rahmen und auch zwei besonders imposante Hirschgeweihe. Die Decke erschien in zartem Hellblau, ein geschmackvoller Kontrast zum Weiß der Wände. Der Raum konnte abends von sechs prachtvollen Leuchtern erhellt werden, sie waren vergoldet und gut genug für ein Schloss. Unter Tags strömte jedoch genügend Licht von draußen durch die großen Fenster, an denen geschmackvolle Vorhänge und Gardinen angebracht waren. In der Mitte der Innenwand stand ein großer Kachelofen mit kunstvoll handgemalten und lackierten Kacheln, der den Raum bei Bedarf aufheizte.

Das Essen war bereits serviert, die Leute waren am Speisen und Trinken. Die meisten hatten feines Fleisch, Gemüse und Salat auf dem Teller. Während einige Schweinebraten bevorzugten, so aßen doch sehr viele frisches Wild mit Preißelbeeren, etwas Gemüse, Salat und Spätzle zusammen mit einer delikaten Soße. Anton kam ja öfter hierher und hatte immer schon gewusst, dass gerade Wild bei diesen Leuten sehr begehrt war. Sie konnten es sich im Gegensatz zum gemeinen Volk auch leisten. Ja, so dachte sich Anton, der Jakob hatte schon recht, als er meinte, dass das Wilderergeschäft gut gehe, solange die feinen Leute gern und viel Wild »fresset«. Ein Teil des Bedarfs war durch legales Jagen gedeckt, aber der Schwarzmarkt war natürlich preisgünstiger und hatte deshalb guten Absatz. Ob dieser Wirt auch illegales Wild einschleuste, wusste Anton nicht und konnte es auch nicht wissen. Alle Geschäfte und jeglicher Handel damit waren versteckt, heimlich und gingen entlang undurchsichtiger Wege bis ein solches Wild in irgendeinem hungrigen Bauch verschwand. Wer weiß, so sinnierte Anton, vielleicht landet mein heutiger Bock oder ein Teil von ihm doch glatt noch rechtzeitig hier fürs heutige Abendessen.

Ein paar Leute bemerkten Anton, während er kurz an der Tür stehenblieb. Sie schauten direkt in sein Gesicht, und Anton nickte ihnen zu. Jedoch erwiderten sie seine höfliche Geste nicht, blickten stattdessen weg und zogen ihre Nasen hoch. Anton dachte sich dabei, dass sie eben meinten, sie wären aufgrund ihrer höheren Klasse auch etwas Besseres als die einfachen Leute. So bildeten sie sich das ein, und es war für sie deshalb unangebracht, einen einfachen Dienstboten wie ihn zu grüßen, überlegte er sich und zog dabei seine Augenbrauen hoch. Er spürte in seinem Inneren, dass diese feinen Leute auch nur Menschen wie alle anderen und vor Gott alle gleich waren. Deshalb machte er sich auch nichts daraus, er war solch unhöfliches Benehmen von ihnen gewöhnt und nahm sich vor, beim nächsten Mal ganz einfach grußlos da reinzuschauen. Er hatte wenigstens versucht, sie freundlich zu grüßen, dachte er sich und zuckte mit den Schultern.

Er ging nun in das andere Gastzimmer, wo er unter Leuten seines Standes war. Der Unterschied zum noblen Raum der feinen Leute war unübersehbar und sprang jedem sofort ins Auge. Der Fußboden war aus grob gehobelten Brettern gefertigt, die auch zum Teil verzogen waren und damit eine etwas unebene Fläche bildeten. Es gab etwa ein Dutzend solide, derb gezimmerte Tische ohne Tischdecken und an jedem von ihnen einige feste Stühle. Entlang der Wände befanden sich eingelassene Bänke und Eckbänke, alle ohne Polster oder Kissen. Die Wände selber waren mit Holz vertäfert. An den Fenstern hingen rot-weiß karierte Vorhänge, Gardinen gab es hier nicht. An der Decke standen die tragenden Holzbalken heraus, und der Raum konnte mit ein paar großen Petroleumlampen beleuchtet werden. Die Ausschanktheke war an der Seite, wo eine Tür zur Küche führte, und in der Ecke auf derselben Seite stand ein großer Kachelofen mit festgemachten Bänken. Die ganze Gaststube strahlte eine einfache, rustikale Atmosphäre aus. Schon vom Gang aus konnte man einen anderen Geruch im Vergleich zum feinen Gastzimmer bemerken, nämlich den Rauch von billigen Zigarren und von Pfeifen, die mit ähnlichem Tabak gestopft waren. Der Rauch füllte die gesamte Stube an und hatte sich auch längst in alle Einrichtungsgegenstände im Raum eingebeizt.

Anton trat ein und fand einen Platz bei ein paar anderen Männern in der Ecke. Die Stube war fast voll, und abgesehen von zwei recht feschen, jungen Bedienungen in Dirndln waren hier lauter Männer. Es war ein beliebter Platz für viele Arbeiter hier in der Stadt, man bekam immer ein gutes, preisgünstiges Mittagessen. Die Kleidung der Leute war einfach und je nach Art der Arbeit verschieden. Nur die Kutscher der feinen Leute nebenan trugen weiße Hemden und schwarze Jacken, Hosen und Hüte. Die meisten waren auch schon beim Essen und Trinken. Es stand immer gutes, hausgemachtes Essen auf der Speisekarte, alle Arten von Würsten, Kartoffelsalat, geröstete Kartoffeln, Sauerkraut, geschupfte Nudeln, Käs- und Krautspätzle, Leberkäse, Wurstsalat, Sulz und auch Schweinebraten mit Knödeln. Auch Suppen wurden besonders während der kalten Jahreszeiten gern genossen, heute jedoch wollte niemand etwas Heißes essen. So ziemlich alle Gäste hier tranken Bier, das bei dieser Hitze besonders gut hinunterlief.

Eine der Bedienungen kam sofort zu Anton, um seine Bestellung aufzunehmen. Er kannte sie auch, es war die Resi, die ihn nun fragte: »Griaß di, Anton! Bisch au amol mehr bei eis! Was hättsch denn gern heit?«

»Ja, griaß di, Resi!«, erwiderte Anton freundlich. »Du, sei so guat und bring eis doch zersch a halbe Bier, schea kiahl, weisch ja. Und noch hätt i heit mol ebbs ganz Bsondres, auf des…«

Anton wurde von einem lauten Ausruf unterbrochen. Einer der Männer im Raum rief der Bedienung zu: »Resi, bring mir doch gschwind numml a Halbe! I hob an Saudurscht und des Bier schmeckt so guat!«

Resi drehte sich abrupt um, stemmte beide Hände in die Hüften und schrie den Mann mit verärgerter Miene an: »Ja, so was, was globsch du, wer du bisch? Dir bring i eandert an Kiabel Wasser, du unghobeltr Siach, du! Und den schitt i dir über doin blede Grind! Du siehgsch doch, dass i grad a Bstellung aufnehm. Jetzt kosch grad drum no warte, bis i dir ebbs bring, du frechr Lackel, du! Dir bring i d'Maniere scho bei!«

Schallendes Gelächter brach aus. Der Mann neben dem Ungeduldigen gab ihm einen heftigen Schlag auf den Hinterkopf als Ausdruck dafür, dass er ganz schön dumm sei, die Resi zu verdrießen. Sie war bekannt dafür, sich vom Männervolk hier nichts gefallen zu lassen. Auch mit der anderen Bedienung war nicht zu spaßen. Beide wussten, wie sie sich inmitten von so vielen raubauzigen, durstigen und oft halb oder ganz betrunkenen Kerlen verhalten mussten, um nicht unter die Räder zu geraten und gegen die unausweichlichen Annäherungsversuche aller Art zu bestehen. Gar mancher hatte hier schon eine saftige Watschen eingefangen.

Resi drehte sich genauso abrupt wieder Anton zu, der sich noch vor Lachen bog. Geduldig wartete sie, bis er sich gefangen hatte und weiter bestellte: »Respekt, Resi! Loss di bloß it unterkriage vo sellag Kerle! Ja, heit hätt i firchtig gern numml so a Wild mit allem Drum und Dro, so, wies d'feine Leit do deanet esset.«

Resi riss den Mund ungläubig auf, schaute verdutzt und brachte einen Moment lang kein Wort heraus. Dann schüttelte sie den Kopf und fragte: »Jesus, Maria, Joseph und alle Heilige! Kosch du dir das überhaupt leischte? Weisch du, was des koscht?«

»Freilich weiß i des, Resi. Weisch, heit isch mir des wurscht. I hob scho lang druff gsparet, i mecht halt au so ebbs Guats esse wie die feine Leit. Des Wild hätt i gern so kocht, dass es no halb bluatig isch, so mog i des, bitt schea!«

»Also guat, Anton, i sag'm Koch, er soll dir a bsondrs guats Stückle herrichte und i brings dir au schnell, weil du ja mehr weitr muasch«, sagte Resi mit einem freundlichen Nicken, schrieb alles auf und ging schnurstracks zur Küche.

Anton lehnte sich zufrieden zurück und begann sich mit den anderen Männern am Tisch zu unterhalten. Es gab immer irgendetwas Neues oder irgendwelche Vorfälle in Kempten und der Umgebung. Gern wurde auch über politische Themen gesprochen. Anton liebte diesen Aspekt seiner Botenstelle. Er kam hinaus zu den Leuten und bekam in der Stadt so allerlei mit, weit mehr, als er je im relativ abseits gelegenen Görisried erfahren hätte. So manche interessante Neuigkeit konnte er dann wieder bei sich im Dorf weitererzählen. Die Kemptener Zeitung verbreitete zwar die wichtigen Nachrichten, konnte aber natürlich nicht alles erfassen, was so nebenher ablief und ebenso interessant war. Somit war seine Rolle als Kemptener Bote und zusätzlicher regionaler Informant für seine Gegend in gewisser Hinsicht recht wertvoll und auch geschätzt.

Resi brachte ihm schnell sein kühles Bier, das er nun mit Genuss trank. Nach einer knappen Viertelstunde kam auch schon sein Essen, das ihm sofort das Wasser im Mund zusammenlaufen ließ und von den anderen Gästen mit neidischen Augen betrachtet wurde. Die Resi mochte ihn, wahrscheinlich, weil er immer gut und höflich zu ihr war, und schien dem Koch wirklich eindringlich zugesprochen zu haben, dieses Essen ganz besonders gut zu machen. Auf dem großen Teller vor ihm lag ein deftiges, saftiges Stück Wildbret, mit Preißelbeersoße garniert und umgeben von halbgoldenen Spätzle, die mit einer delikaten Soße übergossen waren. Der Rest des Tellers war mit frischem Salat bedeckt, es war eine gute Mischung aus grünen Salatblättern, geriebenen Gurken, Radieschen und etwas Petersilie als Garnierung. Das Essen war für das Auge wie für den Magen eine Freude. Anton hatte noch nie in seinem Leben so ein feines Mahl gegessen. Er verzehrte alles mit höchstem Genuss und ließ weder einen Krümel noch einen Tropfen der Soße übrig. Dieses Essen war nicht nur der Höhepunkt des Tages, sondern in gewisser Weise auch einer der besten Momente seines Lebens. Ja, was half das ganze Arbeiten und Plagen, wenn man sich nicht wenigstens ab und zu mal etwas leistete, überlegte sich Anton und zog seine Pfeife aus der Tasche. Er wollte sich noch eine Viertelstunde gönnen, das Essen so richtig setzen lassen und nebenbei ein bisschen rauchen und Bier trinken. Er konnte sich eh noch nicht so recht rühren, die kräftige Portion Essen füllte seinen Bauch so sehr an, dass er spannte.

Schließlich rief Anton der Resi, um zu bezahlen, bedankte sich nochmals herzlich bei ihr und verließ den Gastraum. Die feinen Leute waren nun dabei, ihre köstlichen Nachspeisen zu verzehren, bemerkte Anton beim Vorübergehen. Er blickte jedoch nur kurz ins Zimmer und grüßte auch niemanden. Wer weiß, ob diese Leute ihr feines Essen auch wirklich noch zu schätzen wissen, dachte er. Sie hatten so was ja jeden Tag, es war somit auch nichts Besonderes mehr. Ob wohl einem von denen, die heute Wild gegessen haben, das Essen so geschmeckt hat wie mir, sinnierte er. Er glaubte das kaum, beschloss er und ging zufrieden zu den Gastställen. Dort wisperte er ein paar sanfte Worte ins Ohr seines Pferdes, tätschelte es am Hals und band es los. Es war schon wichtig, das Ross gut zu behandeln und zu verpflegen, es auch anerkennend immer wieder aufzumuntern. Anton war froh, dass er heute bei dieser Hitze nicht darauf gedrückt hatte, schnell heimzukommen, und stattdessen sowohl sich selber als auch seinem Ross etwas Ruhe und gute Verpflegung gegönnt hatte. Jetzt waren sie beide für den Rest des Tages in besserer Verfassung. Anton stieg auf den Bock, schüttelte die Zügel und lenkte sein Pferd aus dem Hof und in Richtung St. Mang.

Die Hitze war nun äußerst unangenehm. Anton hatte zwar genug Getränk dabei, kühlte auch ab und zu Gesicht und Nacken mit Wasser, aber sein Körper war dennoch überhitzt. Er hatte auch ein kleines Vordach über seinem Sitz, das ihn vor der Sonne und bei schlechtem Wetter etwas vor Regen schützte, jedoch heute Nachmittag half selbst dieses nicht viel. Außerdem fuhr er nach Südosten, und die langsam niedriger stehende Sonne strahlte immer mehr unter dem Vordach direkt auf ihn. Wenigstens verschwand sie nun des öfteren hinter den dicken Wolken, die sich überall am Himmel aufbauten und mehr und mehr davon verdeckten, ganz besonders am Rande der Berge und in diesen selber. Dort war mittlerweile alles schwarz. Anton konnte auch schon Blitze zucken sehen und das dumpfe Rollen des Donners hören. Er schaute mit besorgtem Blick in seine Fahrtrichtung, weil sich in der Gegend des Wertacher Horns ein recht heftiges Gewitter zusammenzubrauen schien. Wenn es auch ins Vorland vordränge, würde er im Gebiet von Bodelsberg und Oy geradewegs da hineinfahren. Er wollte jedoch nach wie vor versuchen, wenigstens bis zum »Adler« zu kommen, weil er nicht schon in Durach wieder zwangsläufig Aufenthalt machen wollte. Von Durach aus hätte er nach dem Gewitter halt noch recht weit nach Hause und würde erst arg spät dort ankommen. Morgen war zwar Maria Himmelfahrt, aber er müsste dennoch ein wenig mähen und dann unter Tags heuen. Zum Glück war das Ende seiner Heuernte nun in Sicht, seine Familie hatte bereits das meiste Futter gut und trocken auf den Heustock in der Scheune gebracht. Später gäbe es ja wahrscheinlich auch nochmals einen Schnitt, die Omaden.

Anton knöpfte sein Hemd nun vollends auf, spritzte ein bisschen Wasser über seinen heißen Körper und hinter seinen Nacken. Das tat gut. Er fuhr gerade zwischen St. Mang und Durach auf ebener Strecke, konnte aber nicht immer so schnell fahren, wie es ihm normalerweise möglich wäre. Der Grund dafür war, dass zahlreiche vollbeladene Heufuhrwerke den Verkehr und das Vorankommen behinderten. Es war Einführzeit. Draußen auf den Feldern arbeiteten ganze Scharen von Leuten. Einige von ihnen waren kräftig dabei, das Heu auf die Wägen aufzubieten, wo ein oder zwei andere dann die Ladung sicher aufbauten. Wieder andere mussten die Heureste am Boden für die Aufbieter zusammenrechen, bis alles sauber war. Anton wusste nur zu gut, wie anstrengend und hektisch gerade diese letzte Phase war, vor allem, wenn man wegen eines drohenden Gewitters unter Druck geriet. Während er am Vormittag viel Reden und Lachen von den Feldern gehört hatte, war jetzt alle Ablenkung oder Auflockerung dieser Art verstummt. Die Arbeiter hatten keine Zeit mehr dafür, sie mussten konzentriert schaffen.

Wieder einmal steckte er hinter einem hochbeladenen Heuwagen und konnte nicht überholen. Es kamen gerade einige Fahrzeuge in seiner Gegenrichtung. Anton schimpfte in sich hinein. »Zefix!«, murmelte er. »I weiß it, was des isch, aber grad, wenns eim bsonders pressiert, noch goht scho glei gar nix vorwärts! Jetzt muass i hinter dem lahme Heuwage herkriache. So a Saich! Hob ja oft gnua Zeit und noch kennt i mir des au leicht leischte. Aber wies dr Deifl so will, noch wär doch gwiis koi selagg Verkehr wie heit!«

Nach etwa zehn Minuten im Schneckentempo bot sich ihm dann endlich Gelegenheit, an dem Heufuhrwerk vorbeizufahren. Die Straße vor ihm war nun frei, er war auch nicht mehr weit von Durach entfernt. Er trieb sein Pferd an, denn er musste wenigstens dann flott fahren, wenn es gut ging. Er hatte aber schon ziemlich an Zeit verloren und noch die Steigung nach Bodelsberg vor sich. Er brauchte nun schon Glück, dort trocken anzukommen.

Er drückte voran und war schon bald in Durach, wo er kurz anhielt, um sein Pferd zu versorgen. Es gab genügend Pferdetränken und Futterstellen. Leider konnte er seinem überhitzten Ross heute nicht viel Rast gönnen, es tat ihm schon leid. Auch die Pause am Öschlesee musste heute ausfallen, obwohl er sonst immer kurz dorthin an sein geliebtes Plätzchen fuhr. Heute war nicht daran zu denken. Es half nichts, er musste auch von Durach schnell wieder weiter, der Himmel wurde immer dunkler. Wenigstens hatte das nun den Vorteil, dass die Sonne kaum mehr durchkam. Es war deshalb auch erträglicher, obwohl es nach wie vor arg schwül war. Anton wartete, bis sein Pferd kräftig gefressen und gesoffen hatte, und nutzte die Zeit, es mit Kübeln von Wasser abzukühlen. Dann ging es weiter, es war schon drei viertel drei Uhr.

Das Ross zog den Wagen langsam und stetig die Steigung hoch. Anton konnte sich auf es verlassen, er hatte es nun schon seit vielen Jahren. Es kannte die Strecke so gut, es würde sogar ohne ihn heimfinden. Natürlich wusste es auch, wo die nächste Raststelle war. Es nahm deshalb die Anstrengung, dorthin zu gelangen, immer ohne zu Murren auf sich und wurde dafür auch von seinem Herrn belohnt. Trotz der schwülheißen Luft kam Anton dank seines zähen, treuen Pferdes mit fast normaler Geschwindigkeit voran. Vor ihm wurde es jedoch immer schwärzer, die Sonne war nun auch hier vollkommen verschwunden. Wenn er genauer hinschaute, dann erschienen die Wolken an manchen Stellen etwas gelblich, was auf Hagel schließen ließ. Er war besorgt, er könnte sogar in ein fürchterliches Unwetter geraten. Am »Reichsadler« hielt er dennoch kurz an um sein Ross zu tränken. Noch hatte er etwa eine halbe Stunde nach Bodelsberg hinauf, er brauchte etwas Glück.

Anton war müde, lehnte sich zurück und versank in Gedanken. Der heutige Vorfall zwang ihn dazu, seine neue Lage zu überdenken. Bis jetzt hatte es keine Probleme gegeben, und das viele zusätzliche Geld hatte das Leben für alle in seiner Familie wesentlich verbessert. Wie geplant, hatte er zuerst nur etwas mehr Geld eingeschleust, hatte seiner Frau Cezilie mehr Haushaltsgeld gegeben und wichtige Besorgungen gemacht. Somit war nun seit dem Frühjahr immer genug gutes, nahrhaftes Essen auf dem Tisch, und alle Kinder hatten gute Kleidung und feste Schuhe für alle Jahreszeiten. Die verbesserte finanzielle Lage hatte allen gut getan, vor allem den Kindern, sie wuchsen und gediehen prächtig. Auch Sophie, die sehr schwächlich und kränklich gewesen war, ging es inzwischen zusehends besser. Man hatte es sich leisten können, ihr bessere ärztliche Versorgung zu geben. Anton hatte sie ein paarmal mit nach Kempten zu einem guten Arzt genommen, seine Botengeschäfte erledigt und sie dann vor der Rückfahrt wieder dort abgeholt. An den entsprechenden Vorabenden hatte er eben das Strickzeichen für Johann nicht an seinem Wagen angebracht. Sophie war nun weit stabiler, kräftiger und hatte einen guten Humor. Die bessere Medizin vom Doktor schien zu wirken, es sah nun gut für sie aus. Wer weiß, dachte sich Anton, ohne all diese Hilfe wäre sie womöglich dahingesiecht und vielleicht sogar gestorben wie so viele andere schwache Kinder. Antons Frau Cezilie hatte es nun auch etwas leichter, weil sie sich keine Sorgen mehr machen musste, wie sie mit wenig Geld genug Essen auf den Tisch brächte. Und ihre Sorgen um die Kinder, besonders um Sophie, waren überwiegend verschwunden. Es bestand kein Zweifel, so beschloss Anton, dass seine Entscheidung, sich auf dieses illegale Geschäft einzulassen, zumindest die Not seiner Familie beseitigt hatte. Noch dazu hatte er jetzt schon sehr kräftige Geldrücklagen, mehr, als er erwartet hatte. Damit könnte er sich nach den gängigen Preisen schon in diesem Winter um ein neues Feld von etwa fünf bis zehn Tagwerk umsehen und hatte dann sogar noch genug übrig für fünf bis sieben neue Kühe. Das Geld hatte er an einem sicheren, trockenen Platz in einer Blechbüchse vergraben.

Ein paar dicke Regentropfen fielen in Antons Gesicht, dann war für ein paar Minuten wieder kein Niederschlag. Anton blickte besorgt zum Himmel hoch, zog die Stirn in Falten und schüttelte die Zügel. »Zefix«, schimpfte er. »Jetzt ischs it gwiis, ob i no trocke okomm. Auf goht‘s, Maja!« Die Stute gab sich einen Ruck und zog kräftiger, aber sie war müder als an angenehmeren Tagen und fiel schnell wieder in ihren langsameren Rhythmus zurück. Anton musste das wohl oder übel hinnehmen und aufs Beste hoffen. Es würde sehr knapp werden. Zahlreiche Blitze und heftiger, rollender Donner schienen sich im Moment noch etwas südlich von Bodelsberg zu konzentrieren, aber Gewitter konnten sehr schnell ihre Lage verändern. Zumindest schien das Gewitter im Moment noch relativ stabil direkt im Wertacher Raum festzusitzen. Anton beruhigte sich etwas, lehnte sich wieder zurück und grübelte weiter.

Er musste sich wohl oder übel mit der haarigen Situation auseinandersetzen, die sich aufgrund des Blutrinnens leider ergeben hatte. Mit etwas Glück war beim »Adler« nichts davon bemerkt worden, und dann gäbe es eigentlich keinen

Grund, etwas an seiner Beteiligung am Wilderergeschäft zu ändern. Jedoch müsste er auf jeden Fall schnellstens mit den Kraus-Brüdern reden. So was dürfte nie mehr vorkommen, denn das gefährdete sowohl ihn als auch die Gebrüder, ganz abgesehen von den ohnehin dauernd nervösen Händlern. Er erinnerte sich auch gleich an eine Vereinbarung, die sie damals im Heinzenstadel getroffen hatten. Danach würden sie sich bei außergewöhnlichen Vorfällen oder Entwicklungen unbedingt vor dem Erlegen des nächsten Wildes treffen. Für nicht dringende Angelegenheiten reichte es ja, sich mittels Zetteln im Geldversteck zu verständigen. Aber das funktionierte natürlich nicht in dieser Situation, denn Johann würde ahnungslos sein nächstes Wild erlegen und es zum Versteck bringen, selbst, wenn Anton auf der Heimfahrt dort einen Zettel hinterlegt hätte. Für von Anton aus erwünschte außergewöhnliche Treffen im Heinzenstadel würde er deshalb am späten Nachmittag vor einer Botenfahrt zwei Stricke an der vereinbarten Stelle des Fuhrwerks anbinden. Einer der Brüder müsste sowieso dort nachschauen, und sie würden sich am selben Abend im Heinzenstadel treffen. Sollten die Gebrüder ein solches kurzfristiges Treffen wollen, dann würde einer von ihnen eine der Zaunlatten neben der Poststelle, die unten nicht angenagelt war, als Zeichen etwas zur Seite schieben, sodass unten eine kleine Spalte sichtbar wurde. Anton würde an den jeweiligen Nachmittagen danach Ausschau halten, die Latte in solchen Fällen wieder unauffällig geradeschieben und abends zum heimlichen Stelldichein kommen. Alle drei waren damals mit ihrer Lösung sehr zufrieden gewesen und Sebastian hatte lachend bemerkt, dass es eine idiotensichere Sache sei. Anton beschloss nun, morgen Nachmittag besagte zwei Stricke an seinem Bock zu befestigen.

Noch etwa 15 Minuten trennten Anton von der relativen Sicherheit des »Adlers« und seiner Unterstellplätze. Das drohende Gewitter schien aber stetig näher zu kommen. Er war nun allein auf der Straße, die anderen Fuhrwerke hatten ihre Fahrt offensichtlich schon unterbrochen und an verschiedenen Stellen Schutz gesucht. Eigentlich sollte er selber auch nicht mehr draußen sein, sagte Anton zu sich. Aber es war halt nicht mehr weit zur angenehmen Wärme der Gaststube, rechtfertigte er sich gleich darauf und beschloss, weiterzufahren. Während er sein Pferd so gut wie möglich antrieb, sinnierte er wieder über seine jetzige Situation.

Er überlegte, wie er sich in Zukunft gegenüber den Kraus-Brüdern verhalten würde. Er hatte ihnen zwar zugesagt, dieses Jahr bei der Sache mitzumachen, aber auch gewarnt, dass er kein zu großes Risiko eingehen werde. Letztendlich müsse er auf sich und seine Familie achten. Wenn er genau nachdachte, machte ein jeder im Grund das Gleiche, jeder schaute zuerst auf sich selber. Das hatte er gerade heute hautnah miterlebt, als der Wildhändler Jakob so nervös und alarmiert reagiert hatte. Auch die Gebrüder Kraus waren an erster Stelle an sich selber interessiert und gaben letztendlich keinen Pfifferling um ihn. Er war eben ein zweckmäßiger Bote für ihr Geschäft, und sie halfen ihm gewiss nicht nur aus Mitleid über seine persönliche Notlage. All das war Anton zumindest im Unterbewusstsein auch immer klar gewesen, aber er hatte sich eben wegen seiner Sorgen dennoch mit ihnen eingelassen.

Jetzt sah es aber etwas anders aus. Er hatte seine Notlage schon weitgehend behoben und mittels des versteckten Geldes sogar Aussicht auf weitere Verbesserung. Eigentlich kein Grund oder Zwang mehr, so dachte er, sich in eine gefährliche und riskante Lage zu begeben. Folglich wollte er nun seinen Mann stehen und den Kraus-Brüdern erneut klarmachen, dass er aussteigen würde, wenn sich das Risiko erhöhen sollte. Hoffentlich wäre das aber wegen der Blutspur nicht der Fall. Er wollte nach Möglichkeit das Jahr noch ausstehen und nicht aus unnötiger Furcht oder Panik aussteigen. Jedoch würde er ganz gewiss kein erhöhtes Risiko aus Gier auf sich nehmen und wollte sich nicht davon leiten lassen. Er hatte dieses Gefühl immer mehr zu wollen jedoch oft gespürt und sich damit auseinandersetzen müssen. Diese Versuchung war dauernd mit im Spiel und sehr stark gewesen. Es war halt bis jetzt alles gut gelaufen und er hatte viel leichtes Geld verdient. Er hatte erkennen können, dass viele Menschen sich nicht mehr von ihrer Gier lösen konnten, wenn diese einmal Fuß gefasst hätte. Es war auch für ihn ein heftiger innerer Kampf gewesen, sich auf sein ursprüngliches Motiv zu besinnen, nämlich die Not seiner Familie zu lindern. Anton nickte beruhigt, denn er wusste, was er wollte. Er würde nur noch in diesem Geschäft bleiben, weil er es wie geplant zu Ende führen und wie immer zu seinem Wort stehen wollte, jedoch nicht aus Geldgier. Anton war zufrieden, dass er sich zutiefst mit diesem grundlegenden Aspekt auseinandergesetzt hatte, und fühlte sich innerlich auch stark genug, die

Sache entlang dieser Einstellung unter dauernder Ermessung des Risikos durchzustehen.

Als Nächstes musste er deshalb versuchen, die Gefahr infolge der wahrscheinlich zurückgelassenen Blutlache beim »Adler« einzuschätzen. Er würde dort die Ohren spitzen und konzentrierte sich nun trotz des drohenden Gewitters auf etwaige Fragen in diesem Zusammenhang. Niemand könnte ihm diesbezüglich etwas nachweisen, versicherte er sich. Er würde sich ganz einfach nichts anmerken lassen, überrascht wirken und absolut nichts zugeben. Alles Weitere würde er dann je nach Lage und unter Berücksichtigung aller seiner Überlegungen entscheiden.

Anton schreckte auf, als ein Blitz zuckte und gleich danach ein heftiger Donnerschlag krachte. Der Himmel vor ihm war pechschwarz, das Gewitter war in Minutenschnelle vor ihm aufgezogen. Nun setzte auch prasselnder Regen ein. Anton zog geschwind seinen Regenmantel an und zog die Kapuze über seinen Kopf. Das Vordach über seinem Bock hielt zwar den meisten Regen ab, aber dennoch blies ein Teil davon an seinen Sitz. Er überlegte sich, ob er nicht doch noch schnell irgendwo Unterstand suchen sollte, vielleicht unter einem Baum. Jedoch gab er diesen Gedanken sofort wieder auf, denn das wäre auch nicht sicher genug. Nun setzte schlagartig Hagel ein, die erbsengroßen Körner kamen in einem dichten Schwall vom Himmel und verdunkelten alles. Ein paar Sekunden später hüllte ein Blitz in nächster Nähe die Umgebung in grelles, blendendes Licht, gefolgt von einem fürchterlichen Krach und gleichzeitigem laut schnallenden und ohrenbetäubenden Donnerschlag. Dann war wieder alles stockdunkel.

Das Ganze war in Sekundenbruchteilen geschehen. Der Blitz hatte nur etwa hundert Meter von Antons Fuhrwerk in einen Baum links oben auf einer Anhöhe eingeschlagen und diesen gespalten. Anton war für einen Moment vor Schreck erstarrt und mit bleichem Gesicht dagesessen und hatte die Hände samt den Zügeln instinktiv als Schutz über den Kopf gezogen. Es war ein Augenblick gewesen, den man sich nur in der Hölle vorstellen könnte, und Anton hatte so was noch nie erlebt.

Noch schlimmer hatte sein Pferd die Gefahr empfunden. Es hatte sofort gescheut, war wild hochgestiegen und gleich darauf durchgegangen. Anton musste sich schnell wieder fangen und versuchen, das Tier zu zügeln. Maja preschte in panischer Angst die Straße entlang, als ob der Leibhaftige selbst hinter ihr her wäre. Anton zog mit allen Kräften an den Zügeln und rief Maja zu, konnte das aufgescheuchte Ross aber nicht halten. Es blieb ihm nichts anderes übrig, als es laufen zu lassen, sich gut festzuhalten und auf das Beste zu hoffen. Unglaublich, wie viel Kraft das Pferd in seiner Todesangst noch aus sich herausholte. Das Fuhrwerk polterte über die holprige Straße, wobei immer wieder das eine oder andere Rad des Wagens in ein Schlagloch geriet und lautes Knarren und Ächzen bewirkte. Anton stieß ein Gebet zum Himmel und flehte Gott an, dass der Wagen standhielte und zu allem Unglück nicht auch noch ein Rad oder eine Achse bräche. Irgendwie blieb ihm aber wenigstens das erspart, die höllische Fahrt ging nach gut fünf Minuten zu Ende und er erreichte das Wirtshaus, wo die Stute sofort zu den ihr wohlbekannten Unterstandplätzen eilte. Es hagelte immer noch, wobei die Körner eher noch dicker geworden waren und das arme Pferd sehr gepeinigt hatten. Sobald es unter Dach war, schnaubte es mit großer Erleichterung, schüttelte sich kräftig und stapfte noch eine Weile mit den Beinen bis es sich schließlich beruhigte.

Auch Anton brauchte als Allererstes ein paar Minuten Pause, denn er war schweißgebadet und sein Herz schlug wild. Er schüttelte sich, streifte die Hagelkörner aus den Falten seines Mantels und trank einen Schluck aus seiner Flasche. Dann erst stieg er vom Bock, streichelte und ermunterte sein treues Ross, band es bei den Tränken und Futterstellen an und belohnte es mit einer reichlichen Portion Hafer. Triefend nass ging er die paar Meter zur Wirtshaustür, trat in den Gang, hängte seinen Mantel an die Garderobe und ging in die Gaststube.

Es waren einige Gäste hier, mehr als sonst um diese Zeit, und die meisten von ihnen suchten hier Zuflucht vor dem Unwetter. Aller Augen richteten sich auf Anton, als er eintrat und sich sogleich zum Kruzifix in der Ecke wandte. Er nahm den Hut ab, beugte seinen Kopf, betete ein Vaterunser und machte am Ende ein bedeutungsvoll langsames Kreuzzeichen. Der Wirt kam auf ihn zu, wartete, bis Anton wieder aufschaute, und sprach ihn mit besorgter Miene an: »Griaß di Gott, Anton! Mei, do hosch heit hegschte Zeit, dass du neinkommsch. Des Wetter isch ja gotterbärmlich schleacht! Hosch du no ebarn andre duss gseache? Bei so am Wetter ko ja koi Hund duss bleibe und wer weiß, zletscht verschlägt oin no dr Blitz!«

Anton nickte zustimmend, trocknete sich das Gesicht mit einem Hemdsärmel und antwortete: »Ja, Ludwig, hosch reacht. S'wär mir vor a paar Minute fascht seal an d'Krage gange, weisch! Dr Blitz hot a Stück da dunda it weit vo mir in an Boom ghobt, dass d'Fetze gfloge sind. Moi Ross isch durgange, als wenn dr Deifl seal hinterm her gwese wär. Zum Glück hot mei Fuhrwerk zemadghalte. Seesch hätts schleacht ausgluagt.«

Er schnaufte laut und besann sich dann auf Ludwig's Frage: »I war dr Oinzig do duss, Ludwig. I han koin andre gseache.«

Ludwig klopfte ihm auf die Schulter und fragte ihn, was er ihm bringen könne. Anton bat ihn, ihm doch gleich eine Maß Bier zu bringen, er brauche sie nach dem Schreck. Während Ludwig nun das Bier einschenkte, schaute sich Anton in der Stube nach einem Platz um. Sein Blick fiel auf einen Tisch, wo der Guggemos bei ein paar anderen Männern saß. Es gab noch Platz am selben Tisch, und Anton gesellte sich zu den Männern, wobei er sich neben den Guggemos setzte.

»Hock di her zu eis, Anton, und verzehl!«, sprach ihn der Guggemos Hans auch gleich neugierig an. »Bisch du aufghalte wore, dass du heit so spät dra bisch? I bi scho seit a Stund do! Mi bringt au so schnell nix weiter.«

»Ja, Hans, heit war irgendwie dr Hund dinn! Es isch oifach it so richtig gloffe, weisch! Bi zwar gloi nach Ois vo Kempten weggfahre, aber die viele Heuwäge hand mi aufghalte. Noch ischs firchtig knapp hergange. Horch her, Hans, des Gwitter hot si so schnell zemadzoge und i han des a bissle unterschätzt. Und noch ...«

Anton unterbrach, denn Ludwig brachte ihm sein Bier, und er trank die halbe Maß in einem Zug. Danach wischte er sich mit genussvoller Miene den Schaum vom Mund und erzählte Hans und den anderen Männern die Einzelheiten seines haarigen Abenteuers mit dem Unwetter. Hier war er nun sicher. Draußen tobte das Gewitter noch immer, man konnte den Hagel aufs Dach prasseln hören. Einer der Männer wischte eine angelaufene Fensterscheibe frei, und somit konnten sie sehen, dass draußen alles weiß war.

Für die nächste Zeit saßen sie hier fest. Trotzdem herrschte guter Humor, die Männer aßen und tranken, spielten Schafkopf, schnupften, lachten und redeten. Es galt eben, das Beste aus der Situation zu machen. Höhere Gewalt war im Spiel, man musste das eben akzeptieren und alle geplanten Geschäfte mussten warten.

Draußen hatte es nun zwar aufgehört zu hageln, aber es goss immer noch aus Kübeln vom Himmel. Es war mittlerweile schon beinahe halb sechs Uhr. Heute würden alle spät heimkommen. Es half nichts, man musste warten, bis der Regen zumindest etwas nachließe. Selbst dann würde das Fahren wegen der eingeweichten und bestimmt teilweise ausgewaschenen Straßen langsamer sein. Anton hatte sich damit abgefunden, dass er heute wohl nicht vor neun oder zehn Uhr abends heimkommen würde.

Der Wirt hatte gerade einen Moment Zeit und kam zu Anton und Hans an den Tisch. Er sprach die beiden an: »Nebebei, bevor i's vergess. Hot oiner vo uib zwoi heit friah im Hof beim Tränke ebbs Ogwöhnliches gseache?«

Anton und Hans sahen einander an und schüttelten den Kopf. Der Guggemos fragte Ludwig: »Warum frogsch du des? Was isch passiert?«

»Passiert isch nix, Hans, aber do war a ganz dunkelrotr Bluatfleck duss im Kies«, erklärte ihnen Ludwig. »Es luagt so aus, als ob da heit friah ebbar oghalte hot und als ob vom Fuhrwerk Bluat tropft hot. Wahrscheinlich wars des Blut von am Wild. Scheinbar hot da ebbar a erlegts Wild transchportiert, bestimmt nach Kempten.«

»Hoi, so ebbs!«, sagte Anton mit überraschtem Gesichtsausdruck. »Und wann hosch du des gmerkt?«

»I hätts gwiis it so schnell gspannt, weil i ja do herin grad gnua z'Deand han. Bsondrs am Morgc, wenn doch viel Leit aufm Weg sind und bei mir Pause mochet. Ja, so um a Neun rum hot mi oiner druff aufmerksam gmocht. I hans mir dann gloi ogluaget und moi scho, dass des vo am Wild komme sei miasst'.«

»Also vo mir wars gwiis it«, sagte der Guggemos. »I bi heit wegs dr Hitz scho um Siebne rum do gwese und da war koi Bluatfleck. Zmindescht hob i koin gseache. I hob au gar it gluaget, hans Ross tränkt und bi weitr. Bi gar it neikomme, weisch ja, Ludwig!«

»Ja, und i war au it viel spätr dro«, informierte Anton den Ludwig. »Weisch ja, Ludwig, i war kurz in dr Stube dinne! Bin um halb achte mehr weitr und war dann noch achte in Durach. Also, i hob au nix gmerkt. Des muass wohl so zwische halb achte und neune passiert sei!«

Antons schlauer und schnell erstellter Zeitraum für den Vorfall schien Ludwig einzuleuchten.

»Ja, ja, wahrscheinlich wars so«, bestätigte Ludwig nickend. »I frog ja bloaß! I hob scho gwisst, dass dr Fleck it vo uib kommt. Dir hand ja uibre Ladung und uibre Arbeit. I wollt bloaß rausfinde, wann des ogfähr war. Bin halt a bissle wundergeal, weisch!«

Ludwig lachte und setzte fort: »I hob au scho a paar andre gfrogt, die heit morn dur sind und später mehr am Rückweg zu mir neikomme sind. I kenn ja so viel. Aber koiner hot ebbs gwisst oder gseache.«

»Des glob i scho, des isch doch d'allermoischte Leit wurscht«, meinte Hans schmunzelnd. »Aber willsch du des vielleicht dr Gendarmerie oder d'Jäger melde? Die hättet gwiis Intresse dro, weisch ja seal!«

Ludwig schüttelte den Kopf und winkte ab: »Mei, i glob des bringt it viel. Des isch scho z'lang her. Soviel hob i mittlerweile rauskriagt. In oin a halb Stund fahret viel dur, und mindeschtens d'Hälfte hält bloaß zum Rosstränke o, weils deane pressiert. Es geit koi handfescht Ohaltspunkt. Was soll i do mealde? Und außerdem hob i seal au koi Intresse dro, deane ebbs zuzumtrage!«

Anton atmete innerlich auf, denn eine große Last fiel ihm in diesem Moment von der Schulter. Es sah so aus, als ob er Glück hatte und der Fehler keine Nachfolgen haben würde. Er nickte Ludwig zu und sagte: »Ja, do kosch wirklich nix moche, Ludwig! D'Jäger miasset die Wildschütz bei dr Tat verwische, spätr isch schwer. Du, bring mir doch no amol a Halbe, noch muass i weitr! Luag, i glob der Rege losst noch! S'ko sogar sei, dass d'Sonne no amol durdruckt.«

»Mir kosch au no oine bringe, Ludwig!«, sagte der Guggemos und wandte sich gleich darauf zu Anton hin »Jetzt trink mr no a Bier, Anton! Soviel Zeit muas scho sei«, meinte er. »Dann fahret mir mitand hoim. Isch halt allad guat, wenn mirs so richte kenntet, dass mir beinand sind. Ma weiß nie, ob amol ebbs am Fuhrwerk verreckt oder obs im Dreck verhocket oder ob seesch ebbs isch.«

Ludwig brachte ihnen auch gleich ihr Bier, die beiden stießen an und ließen sich das Gebräu aus Hopfen, Malz, Hefe und Wasser schmecken. Eine feine

Sache, so ein Bier, dachte sich Anton, und Gottlob, dass wir hier in Bayern unser Reinheitsgebot haben. Da wissen wir halt, was wir trinken, überlegte er bei sich.

Nach etwa einer Viertelstunde hörte es dann weitgehend auf zu regnen, nur vereinzelte Tropfen fielen noch, und auch der Himmel wurde wieder heller, obwohl es dem Abend zuging. So sehr hatte dieses Unwetter vorher alles verdunkelt. Wie die allermeisten Gäste machten sich Anton und Hans nach Bezahlung ihrer Zeche auf den Weg. Anton streichelte seiner Maja über die Mähne, sie schnaubte erfreut und wieherte. Sie war wieder einigermaßen gut erholt nach der Strapaze, und der Rest der Strecke dürfte nun nicht mehr allzu schwer für sie sein. Der Guggemos fuhr zuerst ab und Anton folgte ihm in kurzem Abstand. Die Straße war sehr nass und stellenweise weich, es gab viele Pfützen. Zum Glück war genug Kies vorhanden und man kam schon durch, wenn man die ganz schlechten Stellen umfuhr, so gut es ging.

Schon bald waren sie im Wald, wo es nun wesentlich dunkler als auf offener Flur war. Alles im Wald triefte vor Nässe. An vielen Stellen hingen Dunstschwaden sowohl in Bodennähe als auch zwischen den Bäumen. Die Luft war frisch und sauber, die Feuchtigkeit angenehm und gesund für die Lungen. Das Unwetter hatte die Vogelwelt verstummen lassen, aber jetzt wurde die Stille ab und zu wieder von Zwitschern und Krächzen unterbrochen. Mit zunehmender Auflockerung der Bewölkung glitzerte auch hin und wieder ein Sonnenstrahl zwischen den Bäumen und Büschen.

Schön und friedlich ist es hier, dachte Anton. Wenigstens ging dieser harte Tag nun in einen entspannenden Abend über. In einer guten Stunde hoffte er zu Hause zu sein und würde sich endlich ausruhen können. Gott sei Dank, so überlegte er erleichtert, morgen wäre ja auch Feiertag. Die beiden Fuhrwerke kamen besser als gedacht voran und waren nun nicht mehr weit von Görisried entfernt. Trotz der nassen, eingeweichten Straße würden sie beide noch vor neun Uhr dort ankommen. Da konnten sie schon zufrieden sein. Anton müsste dann nur noch die Post und die mitgebrachten Gegenstände bei der Poststelle abladen, dann wäre wirklich Feierabend.

Was für ein außerordenlicher Tag es doch gewesen war, sinnierte Anton, eine Mischung aus Angst und Sorge, aber auch ein paar gute Stunden auf der

Fahrt und besonders in den Wirtschaften. Er dachte nach und beschloss, dass Johanns Fehler ihm allerhand Angst eingejagt und Kraft und Zeit gekostet hätte und deshalb maßgeblich dazu beigetragen habe, dass er sogar noch in dieses fürchterliche Unwetter geraten war. Er sah es deshalb als fair an, dass Johann für seine heutigen Wirtshausspesen aufkommen sollte. Er wollte hier nicht zimperlich sein und in diesem Fall nicht so korrekt wie immer handeln. Das würde wohl kaum auffallen, denn so genau könnte niemand das Gewicht eines Wildes schätzen, glaubte er. In dieser Hinsicht wären Johann und auch andere Wildschützen von ihren Transporthelfern abhängig. Wahrscheinlich war seine allgemein bekannte Korrektheit auch ein wesentlicher Grund für die Kraus-Brüder gewesen, ihn als Helfer anzuwerben. Dieselbe Qualität bewirkte außerdem, dass ihn niemand als den Helfer eines Wildschützen ins Auge fasste, wie sich auch heute erwiesen hatte. Die Gebrüder Kraus hatten also wirklich einen guten Fang mit ihm gemacht. Anton wollte sich deshalb in diesem Fall kein schlechtes Gewissen daraus machen, dass er für die heutige Härte etwas mehr für sich beanspruchte. Natürlich könnte er die Kraus-Brüder nicht direkt um diesen Zusatz bitten, denn sie würden sagen, dass auch sie ihr Risiko hätten, vor allem Johann im Wald. Sie würden wohl kaum etwas von ihrer Hälfte abgeben wollen und würden sagen, dass sein Risiko bereits großzügig in seiner Hälfte mit eingeschlossen sei. In gewisser Hinsicht hatten sie schon auch recht, gestand sich Anton ein, aber so ein krasser Fehler von Johann hatte ihm ganz außergewöhliche Schwierigkeiten verursacht, und er wollte deshalb heimlich etwas Ausgleich dafür haben.

Sie rollten nun ins Dorf ein, winkten einander zu und bogen in verschiedene Straßen ein. Anton lud Post und Waren an der Poststelle ab, fuhr heim, versorgte sein treues Pferd und ging ins Haus. Seine Frau umarmte ihn, sie hatte schon Sorge um ihn gehabt, vor allem wegen des Unwetters. Sie war froh, dass er unbeschadet zu Hause war. Anton erzählte ihr und den größeren Kindern Franz und Johann, die noch nicht im Bett waren, seine Geschichte mit dem Unwetter, dem Blitzschlag und dem Durchbrennen von Maja. Nebenzu verzehrte er das Essen, das seine Frau für ihn hergerichtet hatte. Die Familie hatte es geschafft, das heutige Heu gut und trocken in den Tennen zu bringen.

Als Anton schließlich mit seiner Frau Cezilie allein war, sprach sie ihn mit etwas besorgter Stimme an: »Du, Anton, i weiß it so reacht, aber irgendwie bisch du in letschter Zeit it so ganz dr Anton, den i scho lang kenn.«

Anton schaute verdutzt auf sie und fragte: »Wie kommsch du do druff?«

»So ogfähr seit dem Friahjahr bischd oft versonne, nimm luschdig und gsellig«, erklärte Cezilie. »Du bisch so in di seal versunke. Weisch, i kenn di guat, Anton, und du brausch it globe, dass du mir ebbs vorspiele kosch. Also, sag mr, was di druckt!«

»Ach pfiati Gott!«, dachte Anton bei sich, während er ihr zuhörte. »Jetzt hob i so an schwere Dag hinter mir, bi hundsmiad, und jetzt mocht mr moi Weib am End no d'Hell heiß!«

Sie hatte aber schon recht und meinte es nur gut, die Cezilie, gestand er sich gleichzeitig ein und kämpfte innerlich mit sich. Sie waren immer schon eng miteinander verbunden gewesen. Er hatte ihr in seinen zwanziger Jahren den Hof gemacht und sie dann auch geheiratet. Bis jetzt hatte er seine Freuden und Sorgen immer mit ihr geteilt und in ihr einen guten, einfühlsamen Lebenspartner gehabt. Das war auch immer noch der Fall, mit Ausnahme seines Geheimnisses bezüglich des Geschäfts mit den Kraus-Brüdern. Liebend gern hätte er ihr auch alles davon erzählt, aber er konnte es ganz einfach nicht. Er tat es alles für seine Familie, die jedoch nichts davon wissen durfte. Anton wollte diese auf heuer begrenzte Sache ganz einfach selber durchstehen und vor allem seine Frau nicht im Geringsten mit hineinziehen. So arg es ihm auch war, dass er sie belügen musste, es war besser für seine ganze Familie, dass nur er allein da drinsteckte. Er hatte gehofft, dass Cezilie nichts merken würde, aber er war eben kein guter Verstellkünstler und seine Frau auf jegliche Veränderung seiner Selbsts feinfühlig abgestimmt, so wie es nur Frauen von Natur aus sein können. Hier kam nun neben dem Risiko des illegalen Geschäfts und seinem unguten Gefühl im Magen noch ein weiterer heftiger Preis für ihn dazu, nämlich der zumindest zeitweilige Verlust seines ehrlichen Verhältnisses zu seiner Frau.

Mit einem starken innerlichen Schmerzgefühl, das ihm sehr zusetzte, antwortete er Cezilie mit halbgesenktem Kopf: »Mei, weisch, Cezilie, s'isch nix Bsondres! I hans halt huir so arg streng, weisch ja seal. I hob halt mehr zusätzliche Aufträg, und des mocht mi alls reacht miad und au weniger luschdig. Luag, i moch ja alls gearn für eis, s'goht eis ja au a bissle besser, gell!«

Cezilie nickte und ergriff Antons Hand. Dieser spürte sowohl die Wärme ihrer Hand als auch die Wärme, die von Cezilies Herzen kam. Es war furchtbar schwierig für ihn, sein Herz nicht zu öffnen. Cezilie streichelte seine Hand und sagte: »Ja, freilig gohts eis seit a paar Monat scho bessr. Dafür sind mir dir ja au alle dankbar, Anton, bsondrs i. Hob vorher vor lauter Sorg oft schleacht gschlofe, bsondrs wegs dr Sophie.«

Sie legte ihren Arm um seinen Nacken und seufzte. Dann fuhr sie fort: »Jetzt hob i's leichtr, Anton, hob mehr Geld zum Wirtschafte und au mehr Geld fürd Kind. Ohne des gings dr Sophie au it bessr. Aber i hob jetzt Sorg um di, Anton. I weiß it so reacht, aber i spür halt, dass ebbs it passt. Sag mr's halt, Anton, i bitt di! Du kosch mir doch alls sage!«

So sehr er ihr sein Herz ausschütten wollte, Anton brachte es ganz einfach nicht fertig, zumindest nicht heute Abend. Er war todmüde und wollte nicht noch einen weiteren möglichen Konflikt mit seiner Frau. Das Ganze würde ja spätestens Ende dieses Jahres vorbei sein, alles würde sich wieder in normale Bahnen lenken und sein Verhältnis zu Cezilie wieder so gut und ehrlich wie zuvor werden. Er musste es eben durchbeißen und Cezilie alles verschweigen, obwohl er sich recht schlecht dabei fühlte. Deshalb vermied er es auch, Cezilie in die Augen zu schauen, und hielt den Kopf gesenkt, als er antwortete: »Luag, Cezilie, i bi hundsmiad und ko dir au it mehr sage, als was i grad gseht han! I gang jetz ins Bett. Guat Nocht, Cezilie!«

Cezilie konnte sehen, dass sie zumindest heute Abend nichts bei ihm erreichen würde. Manchmal war der Anton schon auch arg stur, und heute war wohl wieder mal so ein Tag. Seufzend zog sie nun ihren Arm zurück und stand ebenfalls auf.

»Weisch, Anton, i kenn di guat, mir kosch nix vormoche«, schloss sie ab. »Du bisch irgendwie it so unbeschwert wia seesch. Du hosch oft scho viel Arbeit ghet und warsch trotzdeam it so versonne. Irgendwie hob i di verlore, Anton! Luag mi halt o!«

Anton blickte auf und Cezilie versuchte, eine mögliche Antwort in seinen Augen zu finden. Sie beteuerte ihm: »I mecht di mehr als d'guate, offene Anton zruckhau, dem i moi Herz gschenkt han! Aber i seh scho, dass mit dir heit nix zmoche isch. Lass mers guat sei für heit! Guat Nocht, Anton! Schlof guat!«

Anton nickte, umarmte sie und ging zu Bett. Vor dem Einschlafen gingen ihm nochmals viele Gedanken durch den Kopf. Es war ganz einfach ein Kreuz, überlegte er sich, ganz gleich, wie er es nun machte. Ohne dieses riskante Geschäft brachte er seine Familie schier nicht durch, und mit diesem kamen Sorgen und Ängste anderer Art. Es hatte eben alles im Leben seinen Preis, philosophierte er. Die Not hatte ihn zermürbt und in etwas Illegales getrieben. Das hatte ihm bisher zwar gutes und 'leichtes' Geld eingebracht und seine Armutsprobleme beseitigt, war aber gleichzeitig mit einem heftigen Preis anderer Art verbunden gewesen. Cezilie hatte schon richtig erkannt, so gab er zu, dass sein früherer Frohsinn seit dem Frühjahr verschwunden war. Anton seufzte, weil er nur zu genau wusste, was dessen Platz eingenommen hatte, nämlich Angst, Gewissensbisse und der Verlust des tiefen Vertrauensverhältnisses zu Cezilie. Das gute Geld war gewiss nicht 'leicht' verdient, auch wenn es auf den ersten Blick den Anschein hatte, so sah er ein. In vieler Hinsicht bereute Anton nun, dass er sich auf diese Sache eingelassen hatte, und verfluchte die Ungerechtigkeit, die ihn aus Not dazu getrieben hatte. Leider war er bereits zu tief in dieses Geschäft verstrickt, um es ohne Weiteres abbrechen zu können. Wenigstens konnte er nun aber das Ende dieses Dilemmas wie ein Licht am Ende eines Tunnels sehen und danach auf ein besseres Leben hoffen. Er biss auf die Zähne, drehte sich um, vertrieb alle Gedanken aus seinem Gehirn und fiel schon bald in einen tiefen Schlaf.

Cezilie räumte noch etwas auf und überlegte sich, wie sie ihren Mann zum Reden bringen könnte. Das, so gestand sie sich ein, war keineswegs sicher. Sie kannte ihren Anton durch und durch, ihr Instinkt alarmierte sie. Irgendetwas stimmte nicht, das konnte sie sicher spüren. Eigentlich sollte sie zufrieden sein, so redete sie sich zu, denn die wirtschaftliche Lage hatte sich zusehends verbessert, sich positiv auf die ganze Familie ausgewirkt und viele ihrer Sorgen beseitigt. Aber sie machte sich nun Sorgen um ihren Mann. Was war geschehen, dass er nun so anders als bisher war, so bedrückt und verschlossen? Sie hatten doch ihr ganzes Eheleben lang alle Angelegenheiten und Probleme zutiefst miteinander besprochen. Davon war seit ein paar Monaten nichts zu bemerken. Sie litt sehr am Verlust des gegenseitigen Vertrauensverhältnisses. Es blieb ihr jedoch nichts anderes übrig, als zu ihrem Anton zu stehen und liebevoll auf ihn einzureden, ihr doch seine Sorgen mitzuteilen. Es war zwar schon Zeit, zu Bett zu gehen, und Cezilie war auch sehr müde. Aber sie beschloss, noch etwas zu beten, und nahm ihren Rosenkranz zur Hand. Alles war ruhig um sie herum, und mit ihrem Beten versank auch sie in tiefe innere Ruhe.

Maria Himmelfahrt verlief wie geplant, etwas Arbeit, aber auch etwas Feiertagsruhe einschließlich des Kirchgangs. Anton stand erst etwa um sechs Uhr auf, mähte eine Stunde und half dann Cezilie und den größeren Kindern vollends im Stall. Nach dem Frühstück ging er mit seiner ganzen Familie in die Kirche, sie war um neun Uhr. Maria Himmelfahrt war immer ein schönes christliches Fest, er liebte diesen Feiertag. Nach der Kirche nahm er sich etwas Zeit, mit den Leuten auf dem Kirchplatz zu reden und zum Familiengrab zu gehen. Er sah auch Johann Kraus, weil dieser immer in der Kirche war, seit er der Vroni den Hof machte. Vorher war er ja recht unregelmäßig zur Messe gekommen. Anton fragte sich deshalb oft, ob der Johann wirklich in seinem Inneren ein Christ war, so, wie er damals im Winter angegeben hatte, oder ob er bloß wegen dem Mädel auftauchte. Das Letztere war eher der Fall, so glaubte er. Der Sebastian kam so gut wie nie.

Nach der Kirche half seine ganze Familie zusammen und streute das geschnittene Gras an. Dann machten sie gemütlich Mittag. Am Nachmittag heuten sie weiter und führten ein relativ kleines Fuder Heu ein. Das war für den Feiertag genug, denn seine Familie schaute immer darauf, dass sie auch etwas Zeit zur Ruhe einräumte.

Am nächsten Tag würde Anton wieder seine Botenfahrt nach Kempten machen und band spätnachmittags schon die zwei Stricke an sein Fuhrwerk als Zeichen für eine sofortige Zusammenkunft am selben Abend. Um etwa neun Uhr sagte er zu seiner Frau, er müsse noch was Geschäftliches für morgen erledigen, und machte sich zu Fuß auf den Weg in Richtung Heinzenstadel. Es war nun schon ziemlich dunkel. Er war allein und niemand bemerkte ihn, als er aus dem Dorf hinausging und auf einen Feldweg einbog. Er trug auch keine

Laterne, kannte den Weg gut. Anton war innerlich geladen und nahm sich vor, seinen Mann zu stehen. Er wollte den Kraus-Brüdern klar zu verstehen geben, dass sie mit ihm nicht »Hanskaschperln« könnten. Sie sollten es spüren, dass er sich in dieser Sache nicht in Gefahr begeben würde. Seine Vorwürfe gegen Johann würden auch besser wirken, wenn er nichts davon sagte, dass er sich gegenüber Ludwig bereits bezüglich der Zeitspanne des Vorfalls geschützt hatte.

Am Heinzenstadel angelangt, warteten Johann und Sebastian schon auf ihn. Letzterer hatte gegen Abend noch Antons Notfallszeichen am Fuhrwerk gesehen, weil sein Bruder morgen früh wieder jagen wollte. Sie verschwanden alle drei hinter einem der Heinzenstöße und setzten sich auf ein paar Brettern nieder, die dort gestapelt waren. Licht wollten und brauchten sie nicht, denn es war nur wichtig, dass sie miteinander reden konnten.

»Griaß di, Anton!«, sagten beide Brüder fast gleichzeitig.

»Was geits Wichtigs, dass du eis zemad ruafsch?«, fügte Johann dazu.

»Ja, griaß uib, Hans und Bäschtl!«, antwortete Anton zunächst freundlich. Dann änderte er den Ton seiner Stimme und sprach mit ernster Miene: »Geschtern isch ebbs schiaf glofe, und drum hob i schnell mit uib rede miasse. Hans, dr Bock geschtern hot no reacht fescht Bluat gronne!«

»Herrgott! So a Mischt! Hots ebbar gmerkt?«, stieß Johann mit unterdrückter Stimme hervor.

»Direkt it, Gott sei Dank! I hans seal it vor'em Öschlesee gmerkt. I bin froah, dass i's überhaupt gseache han, bevor i ind Stadt gfahre bi.«

Anton klang nun recht zornig, lehnte sich zu Johann hin und beschuldigte ihn: »Hans, du hosch des Bluat it gscheid auslofe lau! Des war fei gar nix Gscheids und i bi um a Hoor in Mordsschwierigkeite komme. Des derf nimm vorkomme, mei Lieabr! Seesch ko i für gar nix garantiere, merk dr des!«

»Zefix!«, schimpfte Johann vor sich hin. »Des duat mr Leid, Anton. Weisch, normal hob i mehr Zeit und ko des Wild mit aufgschnittem Hals länger hänge lau!«

Er fluchte vor sich hin und erklärte: »Aber geschtern friah war mir dr Lechleitner Franz ganz knapp auf d'Ferse, i hob grad zdeand kett, den azhänge. Der verwischt mi zwar nie, do isch der z'lagg. Aber der Sauhund hot mi halt Zeit koscht, weil i an Haufe Hake und Umweg hob moche miasse. Wollt it, dass i z'spät auf d'Arbeit komm, des däd bloß auffalle. Drum hob i halt des Bluat so guat wie megle auslofe lau und au kerig druckt. War doch it gnua, zum Deifl!«

»Drum hob i di gloi treffe miasse, dass so ebbs nimm vorkommt. Bis geschtern hosch dus ja allad guat gmocht, Hans«, sagte Anton etwas weniger zornig.

»Das ärgret mi jetzt kerig, weisch«, erklärte Johann und fluchte vor sich hin. »I hätts wisse selle, dass dr Bock no bluatig war. Freilig, jetzt mit Rückblick hätt i mir do mehr Zeit nehme selle. Aber i hob in dr Eil halt denkt, s' wird scho gange.«

»Des sind halt Sache, die vorkomme kennet«, mischte sich Sebastian ein. »Koiner will so ebbs, aber manchmal kommt halt doch d'Hund nei. Ma mocht au Feahlr!«

»Ja, guat, i sig scho, dass dr Hans des gwiis it welle hot«, räumte Anton nun nickend und mit leicht verzeihendem Ton ein. »Ma lernt ja au ebbs aus Feahlr. Hans, du muaschs Wild allad guat auslofe lau, es hilft nix! I hob jetzt scho a dicke, oigfettet Plone auf d'Boden vom Fuhrwerk glegt und druff hob i jetzt vier leere Säck dau, des sott reiche. So wär au geschtern nix passiert! Aber s'isch zspät, des Bluat isch geschtern halt durch d'Sack g'sickret und hot noch dur die Ritze auf d'Stroß drepft!«

»O mei!«, stieß Sebastian aus. »Des isch gfährlich. I glob abr, dass ma des untr dr Fahrt auf dr Kiesstroße wohl kaum gseache hot.«

»Ja, ja, des wär koi Problem it gwese!«, gab Anton zu und setzte mit erhobener Stimme fort: »Bloaß hob i halt a Viertelstund beim »Adler« z'Bodelsberg oghalte und war kurz in dr Wirtschaft. Und do isch no a kloine Bluatlache zruck bliebe. I hob die aber it gseache, i war ahnungslos.«

»Hot ebbar den Bluatfleck bei dr Afahrt gseache?«, fragte Johann besorgt.

»Noi, do war grad koiner im Hof. I hob doch scho gseht, dass koiner bei mir direkt a Blutspur gmerkt hot. Hob noch spätr den ganze Tag ghofft, dass niemand des Bluat überhaupt merkt. Aber leider hots doch ebbar gmerkt und m'Wirt gmeldt. Der hot no allerhand Leit danach gfrogt, au mi und d'Guggemos. Mir hand natürlich nix gseache, isch doch klar!«

Johann räusperte sich und rückte unruhig auf seinem Sitz hin und her. Eine Weile sagte er gar nichts, schien nachzudenken und sprach schließlich in weniger besorgtem Ton: »Wenigschtens bisch du it verwischt wore. I kos mir it vorstelle, wie ma di spätr no mit dr Bluatlach in Verbindung setze kennt. Also, moch dir koine Sorge, sondern bleib in dr Ruah, Anton! Des verrecht schneall.«

Anton schien von Johanns Beruhigungsversuch jedoch nicht ganz überzeugt zu sein und schimpfte: »Des sehsch du so oifach, du mit doim jugendliche Leichtsinn! Dr Wirt weiß, wer geschtern Friah bei'em oghalte und a Weil neigluaget hot, und i war oiner davo. Die Bluatlache hätt si ja sicher it bildet, wenn oiner bloaß kurz zum Rosstränke oghalte hätt. Sollt ebbar in absehbarer Zeit beim Ludwig nochfroge, noch kennt i vielleicht in Verdacht komme.«

»Schmarre!«, meinte Johann verärgert. »Selbscht, wenn du in den Kreis dr Verdächtige komme dädsch, gäbs no koin Anhaltspunkt dafür, dass mr die Sach in doine Schuh schieabe kennt!«

»Seis, wies will, Hans! Wenns trotzdeam schiafganga sott, dann gohts it dir an d'Krage, sondern mir! Weisch scho, Hans, i däd it oiseache, dass i dafür biaße sott, wenn du doch den Hund neighobt hosch, du Pfuschar!«, griff Anton ihn zornig und aufgebracht an.

Noch bevor Johann etwas sagen konnte, mischte sich Sebastian ein. Er konnte sehen, dass die beiden ins Streiten kommen könnten, und goss sofort Wasser auf die Funken: »Herrgott, no amol! Jetzt herad uff dir zwoi! Es isch doch no nix passiert, was oim vo eis direkt gfährlich weare kennt. Jetzt bleib mr amol aufm Bode!«

Anton schien sich etwas zu beruhigen und schwieg für eine kurze Weile. Er dachte über sein gestriges Gespräch mit Ludwig nach und sagte schließlich: »Also guat, loss mers. So wie i d'Ludwig kenn, war er geschtern bloaß recht wundergeal. Wenn da koim wegs dr Bluatlache nochfrogt, dann seht der vo si aus au nix. Des isch dem doch wurscht, und der hot au koi Intresse dro, ebbarn vo soiner Kundschaft nozhänge!«

Die Kraus-Brüder brummelten ihre Zustimmung vor sich hin. Dann schlug Johann vor: »Hearet her, i moi, dass i für zwoi Wucha nix schiaß. Mir wartet a, ob die Sach a Nochspiel hot. In dr Zwischezeit richt i a andres Versteck oi, es isch eh Zeit dazu. In 14 Däg treffet mr eis mehr do, am Donnerschtag Obad. Bis det no spitzet mer eisre Ohre, vor allem au im »Adler«, wenns goht.

I komm nägscht Wuch seal do no, muass eh in d'Stadt. Wenn alls ruhig bleibt, noch mochet mr mehr so weiter wie jetz und passet auf, dass so ebbs nimm passiert!«

»Des klingt guat, des wär mr scho reacht«, stimmte Anton sogleich zu. »I hans eh grad no saumäßig streng, und die ganze Sach geschtern hot mir scho au zuagsetzt. I hob a Familie und kos mir absolut it leischte, dass es mr an d'Krage goht. Wenn die Sach z'heiß werd, muass i naus! Des miasset dir wisse!«

»Des wisset mir, aber im Moment geits koi Problem it!«, versicherte Sebastian ihm nochmals.

Anton nickte, griff in die Tasche, holte einen Beutel mit Geld heraus und gab ihn Sebastian: »Des isch uibre Hälfte vom geschtrige Bock. Isch allad besser, wenn i uib des Geld seal gea ko und s'it ins Versteck leage brauch. Des Geld fürs vorige Wild miasset dir halt no vom Versteck holle.«

Johann und Sebastian nickten und bedankten sich. Die drei Männer verabschiedeten sich, versicherten sich nochmals, dass jeder von ihnen den nächsten Termin hier richtig verstanden hatte, schlichen sich vorsichtig aus dem Stadel und machten sich im Schutz der Dunkelheit auf den Heimweg.

Anton war mit der Unterredung und Johanns Reue zufrieden. Er beschloss, bei den zukünftigen Geschäften wieder das richtige Geld für die Brüder zu hinterlassen. Aber für dieses Mal sah er es immer noch als gerecht an, dass er seine gestrigen Wirtshauskosten von ihrem heutigen Teil abgezogen hatte. Es würde ihnen wohl kaum auffallen, so glaubte er.

Eine Woche später kam Franz Lechleitner morgens früh von der Pirsch ins Forsthaus zurück. Er war seit dem Tag vor Maria Himmelfahrt recht niedergeschlagen und auch sehr in seiner Ehre verletzt gewesen. Die Erniedrigung, die er von Johann Kraus erfahren hatte, setzte ihm sehr zu. Er konnte es nicht ertragen, dass dieser ihm immer einen Schritt voraus, auf alles gefasst und nicht zu erwischen war. In seiner verstimmten, bedrückten Laune griff Franz nun noch mehr als zuvor zur Flasche. Zuvor hatte er meist nur abends getrunken, jetzt trug er immer eine Schnapsflasche in einer Tasche mit sich. Im Forsthaus setzte er sich hin, er war gerade noch allein. Er nahm ein paar kräftige Schluck Schnaps, stellte die Flasche unter den Tisch und lehnte sich zurück.

Nach etwa einer Viertelstunde kam der andere Jäger, der Schorer Joseph. Er ging zu Franz hin, um »Guate Morge« zu sagen und ihn bezüglich der heutigen Pirsch zu fragen. Er hatte heute früh einen Rehbock erlegt, jedoch der Franz kam schon seit einer Woche immer ohne Wild zurück. Als er nun in die Nähe von Franz trat, konnte er den Schnaps in seinem Atem riechen. Er bückte sich geschwind, schaute unter den Tisch, fand die Schnapsflasche und ergriff sie. Ohne ein Wort zu sagen, schritt er sofort zur Haustür und warf sie in hohem Bogen in den Wald, wo sie an einem Baum zerschellte.

Das alles war sehr schnell gegangen. Franz war total davon überrascht worden und hatte in seinem rauschigen Zustand auch nicht schnell genug darauf reagieren können. Erst ein paar Sekunden später handelte er dann, angetrieben von einem gewaltigen Ausbruch von Zorn und Wut, der vom Alkohol noch wesentlich verschärft wurde. Er sprang auf, polterte auf den Joseph zu und holte mit seiner rechten Faust zum Schlag aus. Er war aber zu langsam, der Joseph konnte den Angriff kommen sehen, wich dem Schlag aus und ging sofort zum Gegenangriff über. Sein Haken traf Franz am Kinn, er torkelte und fiel rückwärts schwer auf den Holzboden. Joseph drückte ein Knie auf seine Brust und hielt seine Arme nieder. Franz war geschlagen. Joseph beugte sich ganz nahe zu seinem Gesicht nieder und schrie ihn mit drohender Stimme an: »Gnua jetz, Franz! I loss di ersch lugg, wenn du a Ruah geisch! Du und der verfluacht Schnaps, der bringt di no ins Verderbe!«

Franz war von Josephs Schlag und seinem Fall noch benommen, röchelte nur und brachte kein Wort heraus. Es dauerte eine Weile, bis er sich soweit gefangen hatte, dass er reden konnte: »Ja, ja, i hear scho auf, kosch mers globe! Loss mi lugg!«

Er spuckte aus, wobei ein Zahn mit herausflog. Noch bevor Joseph ihn losließ, konnte man draußen einen Reiter kommen hören. Es war der Förster Vinzenz Lehner, der gleich darauf abstieg und eintrat.

»Ja was isch noch do los?«, rief er erschrocken aus, als er seine beiden Jäger am Boden vorfand.

Joseph ließ Franz los, stand auf und erzählte Vinzenz den Vorfall. Vinzenz hörte sich alles ruhig an, nickte Joseph zu und setzte sich neben Franz an den Tisch.

»Luag mi o, Franz!«, forderte er ihn in ernstem Ton auf. Franz blickte schweigend auf. Vinzenz rückte ganz nahe zu ihm hin und setzte fort: »Weißt, so kos it weitergange, mei Lieabr! Mir goht d'Geduld mit dir aus. Seit huir säufsch du viel z'viel, und jetz bringsch d'verdammte Schnaps au no do her. So kos it weitergange!«

Franz schielte mit verschwommenen Augen auf Vinzenz. Er war von Josephs Schlag immer noch benommen und brachte nur ein Nicken zustande. Vinzenz packte ihn nun bei den Oberarmen und schüttelte ihn: »S'isch halt schad um di, Franz. Luag, mir sind jetz scho seit 16 Johr mitand auf'm Revier und hand bis auf huir allad guat zemad gschaffet! Vor dem Saufe hosch doi Zuig au allad guat gmocht, und drum hob i bis jetzt mehr Geduld mit dir ghet, als i eigentlich hau hett selle.«

Vinzenz ließ ihn los, stand auf und trat mit erzürntem Gesicht zur Seite. Franz konnte erkennen, dass er es ernst meinte. Er versuchte, sich aufzurappeln und schaffte es, halb aufzustehen. Dann torkelte er und fiel wieder um. Vinzenz schüttelte den Kopf und schimpfte: »Schäm di, Franz! Reiß di zemad und hear mit dem Saufe auf! Seesch fliagsch, Birschle! So ko i di it brauche!«

Franz machte einen erneuten Aufstehversuch. Dieses Mal klappte es und er schaffte es, zum Tisch zu gehen und sich auf einen Stuhl zu setzen. Er schnaufte laut und stimmte Vinzenz murmelnd zu: »Hosch reacht, i sott mi schäme. Weiß gar it, was do in mi grote isch. I reiß mi zemad, i versprichs!«

Vinzenz beobachtete ihn eine Weile, setzte sich dann neben ihn und sprach eindringlich: »Du bisch eigentlich a guater Kerle, Franz, aber seit dr Sach mit dem Kraus bisch du nimm dr Seal. Weisch, Franz, so verwisch du den nie! Wenn du so weitersaufsch, noch hosch du gar koi Chance it und er gwinnt. I weiß, dasses grad bsondrs für di um doi Ehr goht. Dr Kraus Johann spielt Katz und Maus mit dir, und du hosch aus Zorn zum Saufen ogfange! Hear sofort auf! Mir kennet den Kerle bloß verwische, wenn mir all zemad haltet und eisre scharfe Sinn bewahret, weisch!«

Vinzenz hielt einen Moment inne um sich zu vergewissern, dass ihn Franz in seinem Zustand auch verstand. Dieser sah seinem Vorgesetzten in die Augen und nickte. Er verstand die Ernsthaftigkeit des Gesprächs trotz seines Zustands gut. Joseph setzte sich nun auch zu ihnen und bemerkte: »Du weisch doch, dass die Wildschütz d'Oberhand bhaltet, wenn mir a Schwäche hand! G'fährlich ischs do duss und wenn du des it packsch, noch hättsch koi Jäger were selle. Koiner vo eis ko es sich leischte, si so runterkomme zlau wie du mit doiner Sauferei, Franz! Du bringsch di seal und zletscht eis alle in Gfahr!«

»Luag her, Franz, i bin au amol in so a Situation grote«, fügte Vinzenz nickend dazu. »I war damals Jäger im oberbayerische Peißenberg. Do bi i amol im Morgegraue im Wald direkt auf an Wildschütz troffe. I han'n vielleicht a halbe Sekund friahner gseache als der mi, des war moi Glück! Kohlrabeschwarz hot der Kerl sei Gsicht oigrieabe ghet und hot sofort soi Gwehr auf mi gricht. Des war a Moment auf Leabe und Doad! Aber i war ebbe a bissle schneller und hob zersch gschosse. Der Kerle war sofort hi.«

Beide Jäger schauten gebannt auf Vinzenz. Er hatte ihnen diese Geschichte noch nie erzählt. Wahrscheinlich wollte er sich nicht daran erinnern, musste diese aber jetzt dazu benützen, um zutiefst auf Franz einzuwirken.

»Franz, du hosch für eis koin Wert it, wenn du it voll druff bisch!«, sprach er nun eindringlich auf ihn ein. »Entweder du hearsch auf dr Stell mit allem Saufe auf, oder i bi dazu zwunge, doi Kündigung wegs alkoholbedingter Unfähigkeit zum verolasse! Was seisch?«

Franz senkte den Kopf und nickte. Er wusste, dass sein Leben am Rande des Scheiterns war, wenn er sich nicht zusammenrisse und dem Alkohol radikal absagte. Es war sein Glück, dass der Vinzenz bisher so geduldig mit ihm gewesen war, und er sah ein, dass ihm nun nichts anderes übrigbliebe, als ihn vor die Wahl zu stellen. Vinzenz konnte sehen, dass er Franz innerlich erreicht und dort den richtigen Nerv getroffen hatte.

»I hear des Saufe sofort auf, kosch Gift druff nemme, Vinzenz!«, beteuerte er schließlich.

Der Förster schaute ihn ein paar Minuten schweigend an, dann beschloss er: »Also guat, i gib dir a letschte Chance! S'werd di saumäßig beitle, wenn du auf an Schlag koin Alkohol mehr trinksch. Du wersch a guats Weil moine, dasses di verreisst. Des muasch durchstande, seesch kommsch it weg davo. Sobald du des Deiflszuig mehr oriahrsch, wersch mehr rückfällig. Du brauchsch an ganz starke Wille. Denk dro, dassd ohne doi Arbeit a armseligs Bettelleabe vor dir hosch. I glob it, dass ebbar an Suffkopf oistellt!«

Es herrschte Totenstille, Vinzenz ließ Franz nachdenken. Schließlich blickte dieser auf, sein rotes Gesicht hatte nun einen Ausdruck von immenser Entschlossenheit an sich. Er sah Vinzenz in die Augen und sagte mit fester Stimme: »I pack des, Vinzenz! Des Deiflszuig mocht mi seesch hi, hosch recht!«

»I healf dir sogar dabei, Franz«, antwortete Vinzenz. »I geb dr drei Wucha Urlob für doi Gwaltkur. Kosch bei eis dahoim in a Kammr bleibe und bei eis mitesse. So ko i a Og auf di bhalte. Des Geld, was du seesch versaufsch, geisch moi'm Weib fürs Esse. Wenns durchstohsch, noch gohts bei dir bald mehr aufwärts, glob mr's!«

»Für mi wärs au besser, wenn du mehr auf Zack wärsch«, fügte Joseph hinzu. »Lieabr hob i's jetzt a bissle strenger und hob di zur Herbschtjagd mehr.«

»Dank dr schea, Vinzenz!«, murmelte Franz anerkennend.

Vinzenz nickte, kratzte sich dann am Kopf und sagte: »Hearet her! Weil mir grad all beinand sind, hammr a Glegeheit, eisre ganz Taktik gegenüber d'Wildrer z'überdenke. In eisrem Revier isch hauptsächlich dr Kraus Johann aktiv. Weisch, die Lumpe hand au dere Jagdbereich und miasset luage, dass sie sich it ins Ghege kommet! Mir miasset noch wie vor im Wald Druck auf den Kraus ausübe und versuche, den grissne Kerl z'schnappe.«

Er wandte sich zu Franz hin, klopfte ihm auf die Schulter und lobte ihn: »Du hättsch'n am Tag vor Maria Himmelfahrt ja beinah verwischt. Es war au guat, dass du gloi danoch bei ihm dahoim warsch, aber die Kraus-Briader decket si halt guat a.«

Er schüttelte den Kopf, stand auf und schritt im Zimmer auf und ab. Nach ein paar Minuten setzte er sich wieder und sagte: »Mir verwischet den Kerle so wahrscheinlich it, mir miasset ebbs ändre! Luag her, a verirrter Vogel fliagt allad gege die gleich Scheib im Raum, obwohl des nutzlos isch! S'fallt'm it ei, woandersch noch am Ausweg z'suache. Mir dearfet it wie so a Vogel sei! Mir miasset halt ebbs andres probiere, wenns bisher it funktioniert hot.«

Er rieb sich das Kinn, während Joseph und Franz gespannt lauschten, was für einen neuen Plan ihr Vorgesetzter nun im Sinn hatte.

»Mir miasset versuache, au indirekt an Druck ausziabe«, setzte Vinzenz fort. »Die Wildschütz brauchet dere Healfar für d'Wildtranschport, weil des für se seal zu rischkant isch. Die meischt sind als hoimliche Wildschütz in Verdacht und miasset si untr Dags dur normale Tätigkeite tarne. Dr Johann goht in d'Säg und mocht Räche. Mir miasset probiere, ob mir soin Transchporthelfer ausfindig mochet oder sogar verwischen kennet. Den kenntet mir dann au unter Druck setze.«

Joseph hatte auch gleich eine Idee dazu und sprach sie aus: »Des Wild muass ja schnell nach Kempte brocht were, bsondrs im Sommer. Dr Johann hot gwiis an dr Bodelsberger Stroß a Versteck, von wos soi Healfar mitnimmt. Die zwoi verständiget si irgendwie kurzfrischtig. I moin, dr Healfar derft wahrscheinlich a Osässiger sei, seesch wär d'Verständigung zschwer.«

»Ja, ja, des ko fascht it andersch sei«, beteiligte sich nun auch Franz am Gespräch. »S'muass ebbar sei, der öfters nach Kempten muass, vielleicht auf regelmäßigr Basis. Da geits zwar scho oinige. Die Baure schicket doch dere Knecht oft nach Kempten. Und dann sind do no die zwoi Bote, dr Guggemos Johann und dr Maurus Anton.«

»I glob, mir kommet dr Sach näher«, sagte Vinzenz. »Es isch aber scho schwear, alle Fuhrwerk zkontrolliere. So viel Zeit hand mir it. D'Gendarme kennet au bloaß Stichprobe an d'Stroße moche. Mir dädet scho irgend an Ohaltspunkt odr a Spur brauche.«

»Des isch scho reacht, Vinzenz!«, stimmte Joseph zu. »Aber wie zum Deitl sottet mir des ogange?«

Der Förster stand wieder auf, denn sein Gehirn arbeitete besser, wenn er sich bewegte. Schließlich nickte er und sagte: »Irgendwann mocht dr Johann oder soine Healfer an Feahler, oder sie hand scho oin gmocht. Do kennt vielleicht a Spur z'finde sei. Mir miasset die Streck vo Görisried nach Kempten gnau auskundschafte und eis bei d'Leit umheare, au in d'Wirtschafte. D'Leit weret eis aber nix sage welle, selbsch wenn se ebbs gmerkt hättet. Des isch dr Hacke. Trotzdeam, s'ko nix schade, wenn d'Leit mitkriaget, dass mir hinter dem ganze Wilderergschäft her sind.«

Joseph und Franz brummelten ihre Zustimmung. Joseph fügte noch dazu: »Mir miasset des probiere, au wenn so a Spur wie a Nadel im Heustock isch!«

Vinzenz dachte nach, dann sprach er entschieden: »Wenigschtens isch heit ebbs bei eisrem Gspräch rauskomme. Jetzt moch mrs so: Franz, du kuriersch di zersch für drei Wucha und i schick di dann bald auf Spuresuach! Joseph, di brauch i drweil im Wald! Jetzt kümmret uib um d'Bock do duss!«

Er wandte sich ab und war am Gehen. Vor seinem Arbeitszimmer drehte er sich nochmals um und wies Franz an: »Franz, dann kosch hoim! Komm z'Obad zu mir und bleib für die nägschte drei Wucha! Während du doi Entzugskur mochsch, kosch drweil scho im Dorf froge, ob ebbarn ebbs aufgfalle isch! Und bleib gegenüber alle Möglichkeite offe und schliaß koin als Healfer aus, bloß weil ma des it vo'em erwartet. I sag d'andre Förster demnägscht vo eisrem Plan. Also, auf goht's!«

Er verschwand in seinem Arbeitszimmer. Joseph und Franz beschäftigten sich sogleich mit dem erlegten Wild.

...

Jemand klopfte an Xavers Tür und unterbrach sein Nachsinnen. Es war ein Kollege, der eine bestimmte Akte benötigte. Xaver half ihm, sie zu finden, und setzte sich wieder hin. »Wo war i?«, fragte er sich. »Mei, no ischs reacht ruhig, aber do braut sich a Sturm zemad.« Noch war etwas Tabak in der Pfeife, und er fiel schnell in seine Geschichte zurück.

...

Ende August schlug das Wetter plötzlich um. Ein Schlechtwettergebiet drückte die schöne, heiße Witterung weg, die etwa einen Monat lang angehalten hatte. Nun kam recht kalte und feuchte Luft ins Allgäu, die Wolken stauten sich am Nordrand der Alpen und die Region versank für fast eine Woche in Dauerregen. In den Bergen sank die Schneegrenze bis etwa 1200 Meter. Die Bauern waren aber zufrieden, sie hatten das ganze Heu gut hereingebracht. Wenn sich das Wetter wieder besserte, würde es auch noch etwas Omaden geben. Für dieses Jahr war die Erntezeit aber weitgehend vorüber, die Heustöcke waren voll.

Auch Anton und seine Familie hatten es geschafft. Sie hatten die heiße Zeit genützt und trotz Antons Botenfahrten ihr ganzes Heu gut in den Tennen gebracht. Für Anton waren die zwei Wochen ohne Wildtransport recht entspannend gewesen. Es gab halt immer ein Risiko an der Sache, und das forderte schon viel Kraft und Nerven. Seine Stimmung hatte sich während dieser Pause auch schnell verbessert, er war wieder unbeschwerter geworden. Cezilie hatte das schnell bemerkt und war fürs Erste wieder beruhigt gewesen. Vielleicht hatte der Anton ja wirklich nur an seiner großen Arbeitslast gelitten, sinnierte sie seitdem oft. Er war auch etwas mehr zu Hause gewesen, denn er hatte es immer geschafft, zeitig von Kempten zurückzukehren. Alles war gut gelaufen, und er war jedes Mal vor drei Uhr nachmittags schon zurück in Bodelsberg gewesen, wo er etwa eine Stunde eingekehrt war. Dort hatte er auch meistens den Guggemos angetroffen. Es war zwar immer noch sehr gewittrig gewesen, und einmal hatten beide dort auch etwas länger warten müssen, bis sie hatten heimfahren können. Aber die meisten Gewitter waren in Bergnähe geblieben und selbst, wenn es ab und zu auch über der Gegend des Kemptener Waldes geblitzt, gedonnert und heftig geregnet hatte, so war das Gebiet doch von einem weiteren Unwetter wie jenem vor Maria Himmelfahrt verschont geblieben.

Zwei Wochen nach Maria Himmelfahrt traf sich Anton wieder mit Johann und Sebastian im Heinzenstadel. Dieses Mal war es sicherer, sich hier zu treffen, denn bei diesem schlechten Wetter schickte man nicht einmal einen Hund hinaus. Es war auch schon ein klein bisschen früher dunkel als Mitte August. Die Kraus-Brüder hatten mittlerweile ein neues Versteck eingerichtet und beschrieben Anton die ungefähre Stelle der Straße, wo er in Zukunft anhalten müsste. Natürlich musste Anton aber die Stelle und das Versteck genau kennen. Deshalb wollte Sebastian, dass Anton sich morgen früh der Stelle langsam nähern und wie gehabt eine günstige, unbeobachtete Gelegenheit abwarten sollte um anzuhalten. Sebastian würde im Gebüsch auf ihn warten, ihm dann zuwinken und ihm sowohl das Versteck als auch den Busch zeigen, wo ein runder Stein wiederum als unauffälliges Zeichen liegen würde. Nach dem morgigen Tag könnte das Geschäft also wieder beginnen. Alle drei waren zufrieden und in guter Stimmung, denn alles war ruhig geblieben. Johann hatte noch etwas zu berichten: »I hob mi vorige Wuch au mehr mit d'andre Wildschütz im Kemptener Wald troffe. Hob deane vo eisrem Malheur verzählt und deane gseht, dass sie und eane Healfer do guat aufpasse sellet. Weisch, Anton, mir sind fascht a Dutzend und miasset eis regelmäßig aspreche. Manchmal ändret mir eisre Jagdbereiche a bissle und miasset dabei aufpasse, dass mir it z'letscht aufand schiaßet. Manchmal ändret mir au eisre Taktik. Aber d'Hauptsach isch, dass mir alle zemad haltet wie Pech und Schwefel.«

»Und s'Volk stoht au hintre eis«, ergänzte Sebastian. »Weisch ja seal, Anton, des isch scho lang so! Es isch sogar scho vorkomme, dass dr oi oder andre Wildschütz ausm Gfängnis nausghobt wore isch.«

»Do hob i scho mol ebbs davo gheart«, erwiderte Anton. »I moin, ebbar hot mr do amol vo am gwisse Wildschütz Ignaz Huber verzählt.«

»Ja, des isch wohr«, mischte sich nun Johann ein. »Eisr Groaßvater hot eis die Gschicht oft verzählt. Horch, dr Ignaz Huber aus Stötten am Auerberg war im Gfängnis vo Kaufbeuren-Oberdorf oigsperrt! Wer weiß, was die mit dem gmocht hättet. Ma hot ja Wildrer oft am Galge aufghängt. Manchmal hot ma deane bloaß d'recht Hand aghackt. Ma hot se au oft an d'Pranger gstellt und hot eane Hirschgweih odr a schwaere, eiserne Wildrekappe aufgsetzt.«

»Loss mi grad no vollends verzähle, Johann!«, übernahm nun Sebastian den Faden. »Ja, aber dr Ignaz hot a Freund ghet, andre Wildschütz und s'oifache Volk, weisch scho! Und do isch doch a ganzr Haufe vo deane auf's Gfängnis loasgange, und die hand d'Ignaz rausgholet, ha, ha. Des war, als dr Groaßvater no ganz jung war, so ganz am End vom letschte Jahrhundrt, im Winter moin i. Da wär i au dabei gwese, des weiß i ganz gwiis! Die Horde hot si mit Flinte, Stutze und Briagl bewaffnet. Die waret bluatsnarrad, und mit deane war it zum spaße.«

»Ja, verreck!«, rief Anton aus, hustete und spuckte aus. Er kratzte sich am Kopf. »Hmm, do war doch no so a Gschicht mit am Lechbrucker Wildschütz. Weiß oiner vo uib zwoi do mehr?«

»Ja, freilig! Die Gschicht kenn i ganz guat, au mehr vom Groaßvater«, antwortete Sebastian. »Des war gwiis ois vo d'frechschte Stick, die von am Wildschütz gmocht wore sind. In eisre Kreis lacht ma heit no viel d'riaber.«

Sebastian brach in unterdrücktes Lachen aus. Anton fragte ungeduldig: »Ruck raus damit, Bäschtl! I mecht au ebbs z'Lache!«

»Ja, des war so«, fuhr Sebastian fort, als er sich gefangen hatte. »Ma hot den Floaßmeischtr Georg Ott vo Lechbruck beim Revier vorglade, weil mam mehrfaches Wildre vorgworfe hot. Dr Otto war aber so schlau und isch gloi mit 40 bewaffnete Verbündete do ogruckt. Stellet uib vor, die hand noch all ganz frech g'schwore, dass es eane überhaupt it oinfalle däd, des Wildre auf'zgea. Dr Otto und soine Kumpane waret in dr Überzahl, drum hand die sich so a Dreischtigkeit au leischte kenne. Drum sind die au mehr az'haue komme und noch isch des Beschte vo allem passiert. Hearet her, ha, ha, die ganz Band hot noch aufm Hoimweg nach Lechbruck grad zum Trotz no a kerige Treibjagd gmochet und dabei ... ha, ha, ha!«

Sebastian konnte sich vor Lachen schier nicht mehr halten, durfte aber nicht zu laut sein und hielt sich die Hand vor den Mund. Schließlich riss er sich ein wenig zusammen und erzählte weiter: »Ha, ha, ja und dabei sind se doch glatt am Jäger verkomme, der grad an Hirsch gschosse hot. Und noch.....ha, ha, ha,......und noch hand se deam soin Hirsch kurzerhand agnomme ...ha, ha, ha. I weiß it reacht, was se mit dem Jäger gmocht hand. Vielleicht hand sem ebbs über d'Grind ghobe und vielleicht hand sem au soi Gwehr klaut. Isch ja wurscht, aber auf jeden Fall weiß i nix davo, dass'en doadgschlage hättet.«

Die beiden anderen hielten sich mittlerweile die Bäuche vor unterdrücktem Lachen. Leider konnten sie es sich nicht leisten, in lautes Gelächter auszubrechen. Nach ein paar Minuten setzte Sebastian fort: »Ja, da fallt mir doch grad no amol so a Gschicht vom Groaßvater ei. Do hot au so a groaße Band vo Wildschütz an Aufstand gmochet. Des war so Ende vom letschte Jahrhundert, moin i. Dr domolig Fürstbischof Wenzeslaus isch no mit dr kaiserliche Truppe gege se vorgange. Dabei isch a Wildschütz aus Stötten no oigsperrt wore, aber Bauersleit handn nachts mehr rausgholet. Jetzt weiß i die Gschicht danoch nimm so reacht. Kosch du di no erinnre, Hans?«

Johann nickte, schnaufte tief ein und erzählte: »Ja, die Sach isch damols beas für eis ausgange. Do geits desmol nix zum Lache. Laut eisrem Groaßvater sind damols 80 Männr aus Stötten, Wald, Rosshaupten und Sulzschneid als Verdächtige dr Befreiung im Schlosshof z'Oberdorf oigsperrt wore. Do sind noch firchtig bsoffne Kavalleristen zur Hilfe nogschickt wore, und des Saupack hot ziellos auf d'wehrlose Leit oighobe. Dr Wildschütz Johann Huber aus Stötten, dr Bäcker Konrad Hosp aus Rosshaupten und andere Männr sind dabei ums Leabe komme.«

»Selagg Säckl!«, unterbrach Anton entsetzt.

»Jetzt hearet no her!«, setzte Johann fort. »S'hätt no viel minder ausgange kenne, wenn die Baure aufm Feald des Gmetzel it mitkriagt hättet. Die sind noch gloi mit Heugable und Sense dr Oigsperrte zur Hilfe grannt und hands im bluatige Zorn gschaffet, die Soldate wegzumtreibe. Dr Fürstbischof isch vo der Sauerei natürlich innegwore und hot auf ‚churmildeschte' Art oiglenkt, so hot ma des dampls ghoiße. Der hot vo weitere Aktione it 'letscht darum agseache, weil die Wildschütz versproche hand, sich guat zum verhalte.«

»Herrgott, do hobts mir doch glatt d'Vogel naus! Des hob i alls no nie gheart!«, stieß Anton aus.

»Mir wissets halt vom Groaßvater. S'ko guat sei, dassr seal a Wildschütz war«, meinte Sebastian.

»Und uib steckts au im Bluat! Jetzt muass i aber hoim. Pfiat uib!«, antwortete Anton, wobei er aufstand. Die Kraus-Brüder verabschiedeten sich ebenfalls und folgten ihm ins Freie, wo sie sich trennten.

Während die Gebrüder Kraus und Anton anfangs September ihr Geschäft wieder in Schwung brachten, ging es Franz zusehends besser. Er war sehr willensstark, stärker, als er es je in sich vermutet hatte. Er sah nicht nur ein, dass der Alkohol ihn zerstören würde, sondern er behielt auch dauernd die Drohung von Vinzenz vor Augen, dass er ganz bestimmt seine Arbeit verlieren würde, wenn er das Saufen nicht aufgäbe. Ohne diese Arbeit wäre er verloren, denn er besass keine anderen Fähigkeiten handwerklicher Art, und bei den Bauern würde man ihn in seinem Alter und als Alkoholiker bestimmt nicht mehr wollen. Die Aussicht einer miserablen Existenz am Hungertuch, verstoßen von der Gesellschaft und unbrauchbar, gab ihm die enorme Kraft, auf radikale Weise vom Alkohol wegzukommen.

Die ersten Tage waren die allerschwierigsten gewesen. Er hatte einen solch starken Drang nach Schnaps empfunden, dass er an nichts anderes hatte denken können. Er hatte sich hingelegt, sich auf dem Bett hin und her gewälzt, war auch wieder aufgestanden und im Zimmer auf und ab gegangen. Ganz gleich, was er getan hatte, die Qual war fürchterlich und schier unausstehlich gewesen. Er hatte sich dazu gezwungen, nur Wasser und Milch zu trinken. Auch ohne jeglichen Appetit hatte er dennoch gute Portionen Essen vertilgt. Langsam war es ihm etwas leichter geworden, ohne Alkohol zu leben. Aber immer wieder war dieses äußerst starke Verlangen nach Alkohol zurückgekommen, und jedes Mal war es wieder ein heftiger Kampf gewesen, diese Entzugserscheinungen durchzustehen.

Er war sehr froh und dankbar, dass er bei Vinzenz wohnen konnte. Ohne seine Hilfe wäre seine Entziehungskur bestimmt viel schwieriger für ihn gewesen. Hier war er inmitten einer Familie und hatte damit auch Ablenkung, im Gegensatz zu seiner kleinen Wohnung, wo er nun schon lange als Junggeselle lebte. Er müsste natürlich auch wieder dorthin zurück, denn er könnte auf die Dauer der Familie des Försters nicht zur Last fallen. Aber wenigstens hatte er hier etwas Zeit, wieder auf die Füße zu kommen.

Während seiner dritten und letzten Woche bei Vinzenz ging Franz öfter raus ins Dorf, mischte sich unter die Leute und unterhielt sich mit ihnen. Dabei benützte er jede Gelegenheit, seine Gesprächspartner zu fragen, ob sie nicht etwas Außergewöhnliches gesehen hätten, entweder im Dorf oder auf dem gelegentlichen Weg in die Stadt. Niemand schien etwas zu wissen oder wissen zu wollen, wie Vinzenz vermutet hatte. Er war halt ein Jäger. Die Leute kannten den schon seit jeher bestehenden Konflikt zwischen diesen und den Wildschützen und wollten ganz bestimmt keinen von ihnen öffentlich in Schwierigkeiten bringen. Franz erreichte dennoch sein Ziel, nämlich die Leute darauf aufmerksam zu machen, dass die Jäger nun verstärkten Druck gegen die Wilderer und deren Helfer ausübten. Das würde auf längere Sicht hin bestimmt nicht schaden.

Nach Ablauf seiner drei Wochen Urlaub war Franz dann soweit kuriert, dass er wieder zur Arbeit gehen konnte. Die erste Woche würde er schon noch brauchen, um sich wieder etwas einzugewöhnen, aber er fühlte sich nun weit besser als während der Zeit, als er den Alkohol so missbraucht hatte. Seine Sinne waren wieder scharfer, er war beweglicher, schneller und kräftiger. Das kam ihm auch gleich bei der Pirsch zugute, denn er schoss schon am zweiten Tag nach seiner Rückkehr ein Wild. Vinzenz und Joseph waren mit ihm zufrieden, sie hatten wieder einen brauchbaren Kollegen.

Es war Ende September, als Vinzenz dann Franz zum ersten Mal auf Spurensuche entlang der Strecke von Görisried nach Kempten schickte. Franz ritt um etwa acht Uhr morgens vom Dorf los. Er schaute genau auf die

Straße, den Straßenrand und ins Gras und Gebüsch. Hier und da lagen Stücke von Eisen oder Holz, die von Fuhrwerken abgefallen waren, manchmal auch ein verlorenes Hufeisen, etwas Leder oder sonstige bedeutungslose Dinge. Jedoch bemerkte er ganz bestimmt nichts, was auf den Transport eines Wildes hätte hinweisen können.

Es war ein schöner Herbsttag, aber im Wald war es noch sehr kühl. Das Laub begann sich schon kräftig zu färben, und einige Blätter fielen bereits. Als er nach Bodelsberg kam, bot sich ihm ein klarer Blick über das Illertal und einen Teil der Berge. Im Gegensatz zum Sommer war die Luft nun frisch, die Sonnenstrahlen waren angenehm mild und wohlig wärmend. Nach dem Kälteeinbruch von Ende August hatte sich die Witterung beruhigt, es war schnell wieder wärmer geworden und die weißen Kappen der Berge waren wieder abgetaut. Nun war schon seit Wochen schönes Herbstwetter, besonders in den höheren Lagen des Allgäus, die von dem nun häufiger erscheinenden Nebel im Unterland weitgehend verschont blieben. Franz bewunderte die vor ihm liegende herbstliche Landschaft, die neben dem satten Grün der Wiesen nun auch bunt gemusterte Wälder vorzeigte.

Wie die meisten Reisenden hielt auch Franz beim Bodelsberger »Adler« an. Er hatte heute genügend Zeit, versorgte sein Pferd und ging in die Gaststube. Es war etwa halb zehn Uhr und die Stube nur mäßig voll, denn der frühmorgendliche stärkere Verkehr nach Kempten war nun abgeflaut. Dennoch gab es zu jeder Tageszeit Gäste hier. Franz bestellte bei Ludwig ein Getränk ohne Alkohol und setzte sich an einen Tisch. Als Ludwig ihm sein Getränk brachte, fragte er ihn verwundert: »Hoi, Franz, seit wann trinksch du koi Bier oder Schnaps mehr? I kenn di doch scho reacht lang, aber heit isch s'erschte Mol, dass du so ebbs trinksch.«

»Ja, Ludwig, i riahr koin Alkohol mehr o. Der hätt mi schier umbracht!«

»Z'viel vo gar nix isch it guat. Es isch aber schad, dass du dir jetzt it amol mehr einzigs a Bier schmecke losse kosch«, meinte Ludwig.

»Da däd i sofort mehr d'Gschmack dafür kriage und käm mehr ins seal oguat Fahrwasser«, erklärte Franz abwinkend. »Aber ebbs andres. Wollt di froge, ob du irgendwenn amol ebbs Außergwöhlichs hier mitkriagt hosch? Weisch scho, ebbs, was mitm Wildre z'deand hot!«

Ludwig rollte mit den Augen. Er schien von dieser prompten Frage etwas überrascht worden zu sein. Er stockte einen Moment, dann sagte er: »Hmm, i weiß it reacht! I glob it, dass i dir do healfe ko!«

Franz beobachtete ihn genau und konnte erkennen, dass der Ludwig ihm nicht gern Informationen zukommen lassen wollte. Offensichtlich wollte er sich in diese Sache nicht einmischen und keinen seiner Gäste in Schwierigkeiten bringen. Franz hatte damit gerechnet, dass er an gegebener Stelle vielleicht etwas nachhelfen müsste. Er griff in die Tasche, zog ein paar Geldstücke heraus und spielte mit diesen vor Ludwigs Augen, wobei er halblaut sagte: »Horch her, i will koi Näm! Aber vielleicht fallt dir ja doch no ebbs oi, was mi interessiere kennt.«

Ludwig blickte verstohlen auf die Geldstücke und zögerte. Er überlegte sich, was er Franz von dem Vorfall mit der kleinen Blutlache sagen könnte, ohne Verdacht auf jemanden zu lenken. Er dachte schnell nach und beschloss, dass er niemanden in Schwierigkeiten bringen würde, wenn er dem Jäger nutzlose Informationen dazu geben würde. Der Vorfall lag schon zu weit zurück. Er könnte sich also problemlos ein bisschen Extrageld verdienen. Schließlich murmelte er: »Horch, i weiß it, vo wem der war und mechts au gar it wisse, aber im Auguscht war amol a Bluatfleck do duss bei d'Rosstränke!«

Franz stutzte, schob die Geldstücke ein Stück näher zu Ludwig hin und fragte weiter: »Kosch di erinnre, wann des gnau war?«

»Freilig, das war an dem Tag, an dem's des firchtig Owetter gea hot. Weisch, am Tag vor Maria Himmelfahrt!«

In den Augen von Franz blitzte etwas auf. Offensichtlich war diese Information für ihn von Bedeutung. Sein Gehirn konnte nun wieder scharf denken. In Sekundenschnelle dachte er an jenen Tag zurück und erkannte, dass der Vorfall hier am gleichen Tag wie an jenem geschehen war, als er dem Johann Kraus frühmorgens so hart auf den Fersen gewesen war. Gab es hier vielleicht einen Zusammenhang, fragte er sich? Er müsste so viel wie möglich aus Ludwig herausholen und bat ihn, doch für einen Moment mit rauszugehen und ihm diese bestimmte Stelle zu zeigen. Der Wirt willigte ein, er hatte gerade etwas Luft.

Draußen auf dem Hof drückte Franz ihm die Geldstücke heimlich in die Hand. Ludwig zeigte ihm sogleich die genaue Stelle und beschrieb ihm die Größe der Blutlache. Franz fragte ihn nun: »Wenn hosch du des gmerkt?«

»Ja, so um a neune in dr Friah hot mi a Gascht druff aufmerksam gmocht. I hob noch gloi nochgluaget«, erwiderte Ludwig.

»Und war des Bluat um neune scho oidricknet oder wars no nass?«, forschte Franz, denn er konnte hier eine Chance wittern.

»Hmm, des Bluat war no it dricknet, obwohls a heißer Tag war. S'war gwiis no it lang dett. I moin, s'derft so um halb neune rum do ausglofe sei. I hob aus Interesse seal no a paar Leit gfroget, ob se ebbs gmerkt hand. Aber koiner hot ebbs gseache.«

»Des isch allad so, Ludwig. Koinr sieaht ebbs, es sei denn, es isch zu soim Vorteil«, nickte Franz. »Kosch di vielleicht erinnre, wele Fuhrwerksleit vo Görisried an dem Morge do oghalte hand?«

»Jetzt frägsch mi aber wirklich zviel, Franz. S'kommet jede Morge so viel Leit vorbei, außer vielleicht am Sonntag oder an d'Feierdäg. I pass do gar nimm auf«, wies Ludwig eilig ab.

Franz griff wieder in seine Tasche und zog ein paar weitere Geldstücke heraus. Er sagte schmunzelnd: »I weiß, dass i vo dir koi Näm erfahr. Aber vielleicht kosch di ja erinnre, wie viel Fuhrwerk an dem Morge vo Görisried do durkomme sind. An dem heiße Dag war a jeds Fuhrwerk zumindescht bei d'Rosstränke.«

»Hosch reacht, Näm kosch vo mir it erwarte«, erwiderte Ludwig. »Aber i kennt mi eventuell erinnre, wieviele Görisrieder reikomme sind, wann des war und wie lang se do oghalte hand.«

Franz verstand und reichte Ludwig die Geldstücke, die schnell in seiner Tasche verschwanden. Er holte Luft und sagte: »Also, es waret drei vo dr Görisrieder Gegend. Der erschte isch bloaß ganz kurz zu mir reikomme. Des war scho reacht friah, s'war no it amol siebe Uhr. Dr nägscht war gloi noch Siebe ogfähr a Viertelstund in dr Gaschtstub. Und dr dritte hot gloi druff au a Viertelstund bei mir Pause gmocht. So, jetzt hob i doi Frog beantwortet. I muass mehr weitr.«

Mit diesen Worten wandte sich Ludwig abrupt ab und ging in die Gaststube zurück. Er grinste dabei zufrieden, weil er nur drei Unbekannte erwähnt hatte, die schon eine gute Weile vor dem Vorfall hier gewesen waren und deshalb nicht in Verdacht kommen könnten. Er hatte ein bisschen daran verdient, ohne dem Jäger etwas Wichtiges zukommen zu lassen. Das meinte er zumindest.

Franz setzte sich auf den Rand einer der Tränken und dachte bei sich: »So a alts Schlitzohr, dr Ludwig!« Als alteingesessener Görisrieder wusste er natürlich die Tage, an denen die beiden Kemptener Boten unterwegs waren, und konnte leicht zurückrechnen, dass beide am Tag vor Maria Himmelfahrt frühmorgens hier durchgekommen waren. Sie hielten auch immer kurz hier. An jenem heißen Tag hatten sie zweifellos zumindest ihre Pferde getränkt, wahrscheinlich aber kurz Rast gemacht. Damit kämen sowohl der Guggemos Hans als auch der Maurus Anton in Verdacht, falls die Blutlache hier mit dem von Johann Kraus erlegten Wild in Zusammenhang stehen sollte.

Eine weitere Möglichkeit wäre der dritte Görisrieder, der an diesem Morgen kurz in der Gaststube gewesen war. Franz überlegte, dann schüttelte er den Kopf. Er könnte diesen mit höchster Wahrscheinlichkeit ausschließen, weil der offensichtlich in so großer Eile gewesen war, dass er wohl kaum Zeit für einen Wildtransport gehabt hätte. Es dürfte sich wahrscheinlich um einen Knecht gehandelt haben, der kurzfristig von seinem Bauern beauftragt worden war, nach Kempten zu fahren. Er hätte sich so schnell wohl kaum mit einem Wildschützen verständigen können. Zu guter Letzt war dessen Fahrt am Vortag zu Maria Himmelfahrt bestimmt ein unregelmäßiger Dienst gewesen. Ein Wildschütz bräuchte jedoch zumindest eine gewisse Regelmäßigkeit bei seinem Transporthelfer. Ein Knecht konnte ja nicht fahren, wann es ihm passte, sondern musste sich nach den Bedürfnissen und Anweisungen seines Bauern richten. Folglich war es eigentlich belanglos, wer jener Görisrieder nun gewesen war.

Der harte Rand der Tränke war ein bisschen unangenehm und Franz rückte alle paar Minuten hin und her. Es war hier auch schattig und recht kühl. Das hielt ihn jedoch nicht vom Nachdenken ab. Er konzentrierte sich nun auf die beiden regelmäßigen Kemptener Boten. Bis zum jetzigen Moment hatte er noch nie ernsthaft an sie als mögliche Verdächtige gedacht, weil sie als ehrliche Boten in gutem Ruf standen. Er erinnerte sich nun aber sogleich an die Bemerkung von Vinzenz, dass er bei seinen Nachforschungen alle Möglichkeiten offen halten sollte einschließlich solcher, die man normalerweise nicht erwog. Sollte also das Blut hier von einem Fuhrwerk getropft sein, welches an jenem Morgen von Görisried gekommen war, dann bestünde durchaus die Möglichkeit, dass es sich um das von Johann Kraus geschossene Wild gehandelt und einer der beiden Boten es heimlich im Wald aufgeladen hätte. Es könnte sich natürlich auch alles anders verhalten. Die Hauptstraße zwischen Füssen und Kempten war ja relativ stark befahren, und es hätte irgendeines von vielen Fuhrwerken sein können, das an jenem Tag ein totes Tier befördert hatte und von dem die Blutlache hier verursacht worden war. Jedoch schätzte Franz die Möglichkeit, dass die Blutlache von einem der Kemptener Boten stammte, nun als recht hoch ein. Ein anderer Ursprung müsste schon ein recht großer Zufall sein, überlegte er sich, weil dieser Blutfleck genau an jenem Tag erschienen war, als er hinter dem Johann hergewesen war.

Die Sonne kam nun hinter den Bäumen hervor und wärmte Franz schnell mit ihren milden Strahlen etwas auf, es war etwa halb elf Uhr. Er fühlte, dass er hier eine mögliche Spur gefunden hatte, die es wert wäre, verfolgt zu werden. Seine Gedanken schweiften zu jenem Morgen zurück. Er hatte den Johann zwar nicht erwischt, so überlegte er, aber er hatte ihn verfolgt und deswegen unter Druck gesetzt. Johann war dann kurz vor sechs Uhr erst daheim an seinem Anwesen angelangt, er konnte sich an die genaue Zeit erinnern. In der Zeit zwischen Johanns Schuss und seiner Rückkehr war also ein festgelegter, recht knapper Zeitraum gewesen, in dem Johann allerhand zu tun gehabt hatte. Er hätte mit allergrößter Wahrscheinlichkeit nicht, wie geplant, direkt zum Versteck bei der Straße reiten können und zwangsweise Haken schlagen und Umwege machen müssen, um seine Verfolger abzuhängen. Das hätte ihn einige Zeit gekostet und die Spanne verkürzt, während der er das Wild hätte transportfähig machen können. Man wusste ja von geschnappten Transporthelfern, dass ein geschossenes Wild meist in einem zugenähten Sack befördert wurde, denn man konnte einen solchen leicht unter anderen Waren verstecken oder einfach leere Säcke darüberwerfen. Johann wäre also diesbezüglich an jenem Morgen mit Sicherheit unter höherem Druck als sonst gestanden. Er hätte vielleicht nicht genug Zeit gehabt, um das Wild gut ausbluten zu lassen. Johann hätte bestimmt sein Bestes getan und so viel Blut wie möglich herausgedrückt. Er wäre aber wahrscheinlich in einer Zwickmühle gewesen und hätte ein gewisses Risiko eingehen müssen. Wenn er zu spät daheim aufgetaucht und nicht rechtzeitig bei der Arbeit erschienen wäre, hätte das Verdacht erwecken können. Er hatte wohl das andere Risiko, nämlich eine gefährliche Blutspur zu verursachen, als relativ gering eingeschätzt. Vielleicht hatte er ja gemeint, dass das allermeiste Blut herausgelaufen war und der Rest nicht durch den Sack auf den Boden des Fuhrwerks sickern würde. Diese Einschätzung des Risikos wäre sein Fehler gewesen, wie sich nun herausstellen könnte. Franz kratzte sich am Kinn und nickte. Es schien, dass einer der Boten den Sack wie gewöhnlich nichtsahnend aufgeladen und nicht an ein mögliches Blutrinnen gedacht hatte, weil so was bisher noch nie vorgekommen war.

Franz blickte nun auf die Stelle, wo laut Ludwig der Blutfleck gewesen war. Dieser war also nach dessen Erinnerung um etwa neun Uhr morgens noch nicht richtig ausgetrocknet gewesen, als man ihn darauf aufmerksam gemacht hatte. Hier ergab sich ein gewisses Problem. An so einem heißen Tag, wie er es damals gewesen war, hätte man erwarten können, dass so eine kleine Blutlache recht schnell ausgetrocknet wäre. Franz verbarg seinen Kopf in beiden Händen und überlegte. Wenn diese Annahme richtig war, dann wäre das Blut erst weit nach acht Uhr, vielleicht sogar um halb neun Uhr oder etwas danach von einem Fuhrwerk geronnen. Die beiden Boten, höchstwahrscheinlich die zwei anderen von Ludwig erwähnten Görisrieder, waren aber an jenem Tag schon vor halb acht Uhr hier gewesen und könnten es deshalb nicht gewesen sein. Franz kratzte sich am Kopf. Alles andere schien zu passen, bloß das nicht. Nach einer Weile intensiven Nachdenkens blitzten seine Augen. Er hatte eine Idee, stand auf und sah sich um. Hinter den Tränken stand eine Reihe hoher Fichten, die selbst an sonnigen Tagen des Hochsommers morgens recht lange Schatten hierher warfen. Es war damals der 14. August gewesen, und die Sonne hatte schätzungsweise trotz ihrer sommerlichen Bahn erst nach neun Uhr direkt auf die Stelle der Blutlache geschienen. Heute war es etwa eineinhalb Monate später im Jahr, und Sonnenstrahlen waren gerade erst vor ein paar Minuten bei den Tränken erschienen. Franz wusste, dass die Morgen hier im Allgäu selbst an den heißen Tagen Mitte August oft recht frisch waren. Die Temperatur stieg erst dann schnell an, wenn die Sonne das Land aufwärmte. Hier im Schatten war es an jenem Tag also kühl genug gewesen, um das Blut für mehr als eine Stunde feucht zu halten, wahrscheinlich sogar bis kurz vor dem Zeitpunkt, als die Sonne darauf geschienen hatte. Das bedeutete, dass die Blutlache auch schon vor acht Uhr hätte entstehen können und sich der Verdacht auf die beiden Boten nun sogar weiter erhärtete, denn die Zeit ihres Aufenthalts zwischen sieben und halb acht Uhr morgens passte genau mit dem Entstehen der Blutlache zusammen.

Franz schritt auf und ab, sein Gehirn arbeitete fieberhaft. Er überlegte sich weitere Zusammenhänge, die seinen Verdacht bestätigen könnten. Falls es sich so verhielt, wie er vermutete, dann müsste an jenem Tag Blut von einem Wild durch den Boden des Wagens von einem der beiden Kemptener Boten gedrungen sein. Franz versuchte, diesen Prozess zeitlich zurückzuverfolgen. Wahrscheinlich hätte das Blut etwas Zeit dafür gebraucht und sich zuerst in den Sack und das Holz eingesaugt. Das bedeutete, dass es eine Weile gedauert hätte, bis das Blut schließlich auch seinen Weg durch die Ritzen gefunden hätte. Franz erinnerte sich gut an den Ort, wo er Johann beinahe erwischt hätte, und nahm an, dass das Versteck nicht allzu weit davon an der Straße gewesen sein müsste. Er konnte sich einigermaßen sicher sein, dass es sich noch in der ersten Hälfte der Strecke zwischen Görisried und Bodelsberg befunden haben müsste, nämlich in Johanns Wildererrevier. Von dort aus hätte das Blut genügend Zeit gehabt, sich auch durch die Ritzen zu arbeiten, und hätte wahrscheinlich schon vor Bodelsberg auf die Straße getropft. Hätte der betreffende Bote damals hier nicht angehalten, dann wäre das Tropfen auf der Kiesstraße auch niemandem aufgefallen. Hätte jener Bote das Rinnen bemerkt, als er von hier wieder abgefahren war, dann hätte er die Blutlache leicht verdecken können. Nach dem Fehler Johanns war also offensichtlich ein weiterer des Boten dazugekommen, ohne dass letzterer sich dessen in seiner Arglosigkeit bewusst gewesen wäre. Dieser ahnungslose Bote wäre aber wahrscheinlich spätestens in der Stadt geschnappt worden. Franz hätte davon erfahren, denn alle Erfolge gegen die Wilderei sprachen sich vor allem unter den Jägern schnell herum. Es konnte deshalb fast nicht anders sein, als dass der Bote das Problem noch vor der Stadt bemerkt hatte, denn er war ungeschoren in Kemptens Kopfsteinpflasterstraßen davongekommen. Das Entdecken des Blutrinnens dürfte für ihn jedoch ein ganz schöner Schreck gewesen sein, da war Franz sich sicher.

Je tiefer Franz dieser heißen Spur nun nachging, desto mehr verdichtete sich der Verdacht auf die zwei Boten. Wenn er sich richtig erinnerte, war nach Maria Himmelfahrt eine Weile kein Wildern in dem Teil ihres Reviers vorgekommen, in dem Johann tätig war. Franz war zwar wegen seines Alkoholproblems eine Zeit lang weg gewesen, aber seine Kollegen hatten ihm erzählt, dass sie für etwa zwei Wochen nach jenem Feiertag nichts bemerkt und kein weiteres Wild vermisst hätten. Jedoch habe das Wildern dann wieder eingesetzt und der heimliche Wildschütz sei recht aktiv geworden, so hatten ihm seine Kollegen berichtet. Auch diese Information schien gut mit allem zusammenzupassen, denn der Fehler hätte sowohl Johann als auch den betreffenden Boten bestimmt für eine Weile zur Vorsicht gezwungen.

Franz unterbrach seine gedanklichen Nachforschungen für ein paar Minuten. Was für ein herrlicher Herbsttag es doch heute war! Er liebte diese Jahreszeit ganz besonders. Er mochte die Hitze nicht und zog die angenehmen Temperaturen eines sonnigen Herbsttages seit jeher vor. Er blickte über das Illertal, über die grünen Wiesen, die teilweise bunt gefärbten Wälder, die Moränenhügel und in die Berge. Die Luft war so klar, dass er selbst in recht großer Entfernung alles gestochen scharf erkennen konnte. Ein Habicht kreiste über dem Waldrand, und im Süden stand jeder Berg deutlich hervor. Wie weit man doch heute von einem hohen Gipfel blicken könnte, dachte sich Franz. An solch klaren Herbstagen wie heute blickte er immer mit Wehmut in die Allgäuer Alpen, wo er vor allem in seinen jungen Jahren viel unterwegs gewesen war. Die ganze Landschaft vor ihm strahlte eine friedliche Ruhe aus, die Stille war nur vom Gezwitscher der Vögel und den Schellen der Kühe unterbrochen. Deren Klang war vom Frühjahr bis in den Herbst hinein allerorts im Allgäu zu hören und hatte sich mittlerweile zu einem der charakteristischen kulturellen Merkmale seiner Heimat entwickelt. Zusammen mit anderen Elementen formten die Kuhglocken und – schellen nun in gewissem Sinne die Seele des Allgäus, ein Zeichen der Art der Allgäuer Menschen und ihrer Verbundenheit mit ihrem Land. Franz hoffte, dass all diese Allgäuer Charakteristika auch in der Zukunft erhalten bleiben würden, weil sie eben die Identität der Einheimischen ausmachten. Wer von anderswo hierher ins Allgäu zog, sollte die hiesige Kultur respektieren, so empfand Franz.

Erfrischt setzte er nun seine Gedanken fort. Er beschloss, seinen Verdacht mit seinen Kollegen zu besprechen und dann weitere Schritte einzuleiten. Er würde Vinzenz vorschlagen, dass er selbst die Fuhrwerke der beiden Boten demnächst und bei günstiger Gelegenheit kontrollieren und nach Spuren absuchen würde. Die Episode mit dem blutigen Wild hatte sich ja erst vor relativ kurzer Zeit ereignet. Franz nahm an, dass sich das Blut wahrscheinlich in den Holzboden des betreffenden Wagens eingesaugt und dort trotz einigen Waschens bestimmt einen Fleck hinterlassen haben dürfte, der gegenwärtig noch sichtbar sein könnte. Andererseits konnte es auch sein, dass die befleckten Bretter bald nach jenem Tag ausgewechselt worden waren, um damit die möglicherweise verdächtige Blutspur zu entfernen. Auf jeden Fall könnte ihm eine Inspektion der beiden Fuhrwerke die Antwort auf seinen Verdacht liefern. Falls sich dieser bestätigen sollte, hätten sie den Transporthelfer Johanns gefunden und könnten gezielt Druck auf ihn ausüben. Mit Hilfe aller gesammelten Hinweise und Spuren würde es auch möglich sein, den Helfer selber anzuzeigen. Das wäre aber vielleicht nicht die weiseste Lösung, weil sie ihn nicht direkt erwischt hatten und er sich deshalb mit allerhand Ausreden und Lügen aus der Schlinge ziehen könnte, ohne den Wildschützen zu verraten. Ja, der in Verdacht stehende Bote würde alles daransetzen, seinen Ruf zu verteidigen und die Anschuldigungen gegen ihn als grundlos abstreiten. Man müsste zumindest nachweisen können, dass das Blut von einem Wild stammte, was sehr, sehr schwierig war, besonders wegen der bereits verflossenen Zeit. Der betreffende Bote würde auch seinen Wildschütz aufgrund solch schwacher 'Beweise' niemals verraten, weil er damit sich selber als Mithelfer bekennen würde. Nein, so sinnierte Franz, sie würden eine andere Taktik anwenden müssen, falls sie irgendwelche Spuren bei einem der Boten fänden.

Wie könnten seine Kollegen und er so viel Druck auf den verdächtigen Boten ausüben, um ihn trotz all seiner Ausreden zum Verrat seines Wildschützen zu zwingen, fragte sich Franz, ohne zunächst eine Antwort zu finden. Ihr Hauptziel blieb ja nach wie vor, letzteren zu erwischen. Die Wilderer waren die großen Fische, sie waren am Anfang dieses ganzen Geschäfts. Es galt, sie zu entfernen. Wenn man einen solchen entweder erwischte oder auf andere Weise hinter Schloss und Riegel brachte, dann wären automatisch Helfer und Händler ausgeschaltet oder doch eingeschränkt. Im Gegensatz zu den Wildschützen waren deren Transporthelfer weit kleinere Fische. Selbst, wenn man einen erwischte und aus der Kette entfernte, so wäre diese doch nur für eine bestimmte Zeit unterbrochen. Die Wildschützen waren in der Regel dreiste, furchtlose Kerle und hätten für solche Fälle schon andere arme Schlucker im Visier, die sie zur Mithilfe überreden könnten. Wo Not ist, machen die Leute allerlei und nehmen so manches Risiko auf sich, und Not gab es ja genug im Land, überlegte sich Franz.

Es wurde wärmer und Franz bekam Durst. Er ging ins Gastzimmer zurück, wo sein Getränk noch halb voll auf dem Tisch stand, und trank es in einem Zug aus. Danach bezahlte er seine Zeche, verabschiedete sich und verließ die Stube. Während er sein Pferd losband, fand er einen Teil seiner geplanten Taktik, wie er den nötigen Druck auf den bestimmten Boten setzen könnte. Demnach müsste er diesem zunächst seine ganzen Hinweise vorlegen und ihm klar zu verstehen geben, dass er wüsste, er sei Johanns Helfer. Dann würde er ihn vor die Wahl stellen. Seine erste und bessere Möglichkeit wäre, den Wildschützen zu verraten. Dann würde er selber ohne eine Anzeige davonkommen. Würde er aber wählen, das nicht zu tun, dann würden Franz und seine Kollegen mit ihrem berechtigten Verdacht und allen Hinweisen bei der Gendarmerie eine Anzeige gegen ihn einreichen. Dann würde er unter die Lupe genommen, laufend kontrolliert und auch bald erwischt werden, falls er seine Helferrolle nicht sofort aufgäbe.

Franz spürte freilich, dass dieser Plan auf wackligem Boden stand und bei bestimmten Menschen unwirksam wäre. Das galt vor allem für Personen, die sich regelmäßig mit illegalen oder kriminellen Geschäften betätigten und diesbezüglich mit allen Wassern gewaschen waren. Ein solcher Mensch würde schnell erkennen können, dass man nichts Beweisbares gegen ihn hatte, und würde alles abstreiten. Wenn der betreffende Bote eine Person dieses Typs war, dann würde er seinen Wildschützen auch nicht verraten und zu jedem Ankläger sagen, er solle sich schleunigst zum Teufel scheren. Er würde dann das Transportieren von Wild ganz einfach zumindest so lange aufgeben, bis man es aufgäbe, ihn ständig zu kontrollieren. Ja, ein gerissener Mensch würde den Bluff erkennen und die Wahrscheinlichkeit des Scheiterns der angedrohten Anzeige aufgrund der unzulänglichen Hinweise als hoch genug einschätzen.

Während sein Ross nochmals kräftig trank, kam Franz eine weitere Idee, wie er sein Ziel erreichen könnte. Seine Gedanken bezüglich eines gerissenen Menschentyps hielten eigentlich den Schlüssel dazu. Die beiden Boten waren nämlich einfache, ehrliche Menschen und kämpften nur um die Existenz ihrer Familie. Solche Leute waren nicht von der gleichen Art wie gerissene Kriminelle und kannten das ganze Spiel mit dem Gesetz und seinen Vollzugspersonen nicht gut genug. Sie machten irgendwelche illegalen Sachen wie eine Helferrolle für einen Wildschützen auch nur so lange, wie es problemlos lief, und auch nicht länger, als es ihre wirtschaftliche Lage erforderte. Falls jemand wie ein Jäger oder ein Gendarm sie unter Druck setzte, würden sie mit größter Wahrscheinlichkeit mit den Knien zu zittern anfangen. Am besten wäre es deshalb, sie mit ihrer Angst für etwa eine Woche sitzen zu lassen und ihnen Bedenkzeit zu geben, überlegte sich Franz. Das könnte funktionieren, denn die Angst würde kräftig an ihnen arbeiten und sie würden wohl unter der klaren Drohung brechen, dass sie danach angezeigt würden, falls sie ihren Wildschützen nicht preisgäben. Franz hatte genug Menschenkenntnis und Erfahrung. Er konnte diese Methode nun als die wirksamste erkennen und könnte damit vielleicht die Schlinge um Johanns Hals legen.

Franz ritt los und beschloss, den schönen Tag voll auszunützen und auch noch nach Durach und St. Mang zu reiten. Er hatte genug Zeit, um seinen Ritt richtig zu genießen und entlang des Weges ein Auge nach eventuellen weiteren Spuren aufzuhalten. Beim »Reichsadler« und in Durach befragte er die Wirte nach außergewöhnlichen Beobachtungen. Diese hatten aber nichts zu berichten. Ebenso erging es ihm in St. Mang. Franz beobachtete die beiden Wirte genau, als er sie fragte, und war sich recht sicher, dass sie nichts verschwiegen. Zusätzliche Informationen wären zwar nützlich gewesen, waren aber bezüglich seines weiteren Vorgehens nicht unbedingt nötig. Er fühlte, dass sein Verdacht bereits genug Substanz hatte.

Auf dem Rückweg kehrte Franz nochmals für eine Weile in Bodelsberg ein. Dann ritt er durch den Wald bis kurz vor Görisried und nahm eine Abkürzung zum Forsthaus. Er kam am späten Nachmittag dort an, fand sowohl Vinzenz als auch Joseph vor und berichtete ihnen von seinem Erkundungsritt. Beide waren erstaunt darüber, was Franz herausgebracht und wie gut er die Hinweise verknüpft hatte. Sie stellten die eine oder andere Frage, aber beide stimmten Franz bezüglich seines Verdachts auf die zwei Boten zu. Vinzenz lobte Franz sehr und betonte, dass das nun wirklich gute Arbeit von ihm sei. Er gab ihm den Auftrag, seinen Plan fortzusetzen, nämlich bei Gelegenheit beide Fuhrwerke zu inspizieren und besagten Druck auf den bestimmten Boten auszuüben, falls sich die vermuteten Spuren im Holz finden ließen.

Johann wurde seit einer Weile des öfteren vom Sägewerksbesitzer gebeten, nach Möglichkeit doch noch ein bis zwei Stunden nach Mittag für ihn zu arbeiten. Wenn es ihm möglich war, machte Johann das auch, denn er wollte ja heuer so viel wie möglich verdienen. Außerdem war es auch immer gut, die Mittagspause mit den anderen Arbeitern zu verbringen, sich zu unterhalten und die Ohren nach Neuigkeiten zu spitzen. Es war ja gewiss nicht alles für ihn interessant oder von Wert, was hier geplaudert wurde. Das meiste war wirklich nur Tratsch, die meisten Geschichten drehten sich um Ereignisse in Görisried und dessen Umgebung. Die Welt war für den Großteil der Bevölkerung zu groß und wenige kamen weit fort, es sei denn im Krieg. Ihre Welt war hier. Sollte wirklich mal jemand etwas weiter wegkommen, dann waren nach dessen Rückkehr alle neugierig auf seine Erzählungen.

Heute war Montag, der 7. Oktober. Wieder einmal blieb Johann über Mittag im Wald. Hier war es nun im Herbst deutlich kühler als auf dem offenen Land, wo die Sonne schien. Selbst mittags drangen deren wärmende Strahlen nicht lange durch die Wipfel der Bäume. Die Männer machten seit kurzer Zeit deshalb immer ein kleines Feuer und versammelten sich darum. Johann setzte sich gern zu den jungen Burschen in ihren zwanziger Jahren, er war ja auch einer von ihnen. Er selber war nicht allzu gesprächig und hörte lieber den anderen zu, während er sich gegen einen Baum lehnte, seine Brotzeit aß und sein Bier trank.

Heute saß ein Neuankömmling unter ihnen. Genauer gesagt war er eigentlich kein Neuer, denn er hatte schon während des letzten Winters hier gearbeitet, war aber über den Sommer hinweg als Hirte in den Bergen gewesen. Schon bald nach dem Hindelanger Viehscheid war er wieder nach Görisried heimgekommen, der Sägewerksbesitzer hatte schon auf ihn gewartet. Alle kannten ihn schon seit ihrer Kindheit, es war der Holzer Max. Morgens hatte man arbeiten müssen, aber jetzt ergab sich endlich eine Gelegenheit, seine Erzählungen anzuhören.

»Wie war doi Sommer auf dr Willersalp, Max?«, forderte ihn der Grob Anton neugierig auf.

»Ja, mir hand a strengs Johr ghet, aber d'Kranz hand mir kriagt«, antwortete der Max voller Freude. »Mei, des war a Stolz für eis beim Hindelanger Viehscheid. I bin mit moine zwoi Junghirt vor all eisre gsunde 145 Stuck Jungvieh und 27 Kiah am Scheidplatz oizoge. Mei, des ganze Tal hot mit Schelle und Glocke dreahnt. Oi Herde noch dr andre ischs Tal rakomme.«

»Sag amol, geits do auf dem Viehscheid bloaß Mannsbilder und Rindviecher, oder springet do au a paar Weibsbilder umand?«, fragte Antons Bruder Theo lachend.

»Ja, freilig, do geits grad gnua Weibsbilder, du Depp. Aber i glob it, dass se di wiaschten Kerle oluage dädet!«

Die Burschen brachen in schallendes Gelächter aus. Dann stachelte Benedikt Wirt: »I weiß it reacht, Max, ob oine di mit doim verlauste Berglerbart ogluaget hot! Sag amol, hosch du di d'ganz Sommer lang überhaupt it gschwesche?«

Max packte einen Tannenzapfen und warf ihn Benedikt mit den Worten an den Kopf: »I hoiß ja it Bene und stink wie dr Deifl!«

Die anderen Männer bogen sich vor Lachen. Schließlich riss sich Johann zusammen und fragte: »Du, Max, bisch du do dob bloaß dr Hirt und springsch d'Rindviecher noch, oder mochsch au no ebbs andres?«

Max hatte ein dickes Fell. Er hatte schon gewusst, dass er nach seiner Rückkehr ins Holz die Lästerungen der jungen Kerle anhören müsste.

»Mei, Hans, i seh scho, dass du vom Berglerleabe koin Schimmr hosch. Freilig gib i mit d'Buabe hauptsächlich aufs Vieh Obacht, aber hilf au beim Material nauftrage, Melke, Käse und Buttre, muass zäune und luage, dass des Vieh a Wassr hot. Beim scheane Wetter hob i's leichter, aber wenns rengnet, neblet oder sogar schneibet, noch holt die do dob dr Deifl, weisch! Trotzdeam, für mi geits nix Scheaners als des Berglerleabe. Frei und schea ischs do dob, und i kenn au a ganz versteckts Plätzle, wo d'Edelweiß bliahet.«

Der Egger Alois sah die Erwähnung dieser begehrten Blume als eine gute Gelegenheit, das Gespräch wieder zum Thema Nummer 1 zu schwingen. Er wandte sich zu Theo und stichelte: »Ha, ha, luag, Theo, hättsch dr Zenzi im Sommer so a Edelweiß brocht, als du ihr d'Hof gmochet hosch, noch hätt se dir vielleicht au koi Afuhr gea, ha, ha!«

Alle Burschen brachen in lautes Gelächter aus. Theo griff schnell nach ein paar Tannenzapfen und bombardierte Alois damit. Dieser schien sich nicht zu sehr daran zu stören, kauerte sich nieder und schützte seinen Kopf mit beiden Armen.

»Bisch doch du a Depp, Luis!«, schimpfte Theo halb verärgert, halb verschämt, konnte aber weitere Sticheleien der Gruppe nicht verhindern. Er verteidigte sich, indem er die Aufmerksamkeit nun auf den Alois lenkte: »Luis, du Depp bisch ja seal dr Zenzi nochgsprunge, und sie hot di ja au it welle. Des ganze Dorf isch der nochgsprunge, weil se halt so a guatgwachsene und tüchtige Fehl aus am guate Haus isch.«

Er drehte sich Max zu und erklärte: »Do luag, Max, was du alls verpasst hosch, während du d'Rindviecher nochgsprunge bisch! Daweil hot Zenzi die Buabe so verrückt gmocht, dass se sich wie d'Böck um se gstritte hand.«

»Mei, Max, da war ebbs los!«, informierte nun Anton den Max weiter. »Amol hand si dr Göser Sepp und dr Sommer Franz wegs der in dr Wirtschaft in d'Hoor kriagt. Dr Franz war greislig bsoffe und hot'm Sepp soi Bier übern Grind gschitt. Noch isch a Mordsraufarei loasgange. Dr Wirt, des gstandne Mannsbild, das'r isch, hot beid am Krage packt und auf d'Stroß gschmisse.«

Max lachte laut und wollte mehr wissen. Benedikt erzählte weiter: »Des hättsch seache selle, Max! Duss war a elendig Sauwetter und die zwoi hand dett im Dreck weitergrauft. Alle hand zuagluaget. Mei Gott, die hand ausgluaget! Voller Dreck, nass, verhaut und bluatig. Und alls wegs der Zenzi! Sie hätt eh koin vo deane zwoi gnomme. Und eis arme Schlucker au it, weil se natürlich it bled isch. Die hot si jetzt mitm Filser Joseph verlobt. Der hot an scheane Hof und an Haufe Geld. Aber isch doch wurscht, a andre Mutter hot au a scheas Kind!«

»So, so, dr Franz war mehr bsoffe«, sagte Max nun. »Wenn des so weiter goht mitm, noch goht'sm bald so wie dem Jäger, dem Lechleitner Franz. Hob gheart, der säuft ganz firchtig.«

»Noi, stell dr vor, der hot si radikal dreaht«, verbesserte ihn Anton. »Bis weit in d'August hot er wie verruckt gsoffe. Noch war er a Weil ganz ruhig, hot beim Lehner gwohnet und a Entzugskur gmochet. Des muass ihn scho schwear beitlet hau, aber der Kerl hots durgsetzt, des hätt i nie globt.«

Anton schüttelte den Kopf und nahm einen kräftigen Bissen von seinem Wurstbrot. Mit vollem Mund redete er weiter: »Seitdem kennsch'n nimm. Luagt mehr guat aus, isch kräftig und geischtig voll do. Au bei dr Arbeit gohts bei'em scheinbar mehr aufwärts, ma heart guate Sach'n von'em. Und nebs dem frogt er jetzt überall bei d'Leit umand, ob se it was Ogwöhnlichs gmerkt hättet. Es luagt so aus, als ob er jetzt au hinter dem Transchporthealfer vo dem Wildschütz her isch, weil er den oifach it verwische ko. Vielleicht will er den Healfer unter Druck setze, damit der den Wildschütz verrät.«

Johann hatte bei der Erwähnung von Franz Lechleitner sogleich gestutzt, hatte sich aber äußerlich nichts anmerken lassen. Er hatte schon seit jeher gelernt, sich so zu verhalten, dass man von seinem Äußeren nichts ablesen konnte. Deshalb saß er auch während Antons Erzählung ruhig da, biss in sein Brot und nahm einen Schluck von der Bierflasche. Seine Gesichtszüge blieben unverändert fest, weder ein Zucken noch ein Blinken der Augenlider war zu bemerken. Auch seine Augen blickten ruhig, ja fast gelangweilt auf Anton. Innerlich jedoch bewirkte diese Neuigkeit alarmartige Erregung bei ihm. Johann saugte jedes Wort Antons wie ein Schwamm auf, denn alles könnte wichtig sein. Sein Instinkt sagte ihm, sofort heimzugehen und die neue Lage mit seinem Bruder zu besprechen. Er musste aber hier noch etwa eine Stunde Holz strecken. Nichts an seinem Verhalten sollte jemanden dazu veranlassen, ihn als Wildschützen in Verdacht zu nehmen. Deshalb durfte er auch nichts an seiner Routine ändern, ganz besonders nicht sofort nach dem Erlangen neuer Information über den Jäger. Johann war sich ja schon lange bewusst, dass man unter den Leuten munkelte, er sei ein heimlicher Wildschütze. Er konnte nun auch die verstohlenen Blicke der jungen Männer erhaschen, die ihn natürlich deshalb während Antons Bericht beobachteten, jedoch nichts feststellen konnten. Selbst, wenn sie etwas an ihm bemerkt hätten, das dem Gerücht entspräche, dann hätte Johann von seinen Kollegen und der Dorfbevölkerung nichts zu befürchten, denn er wurde in diesen Kreisen klammheimlich eher als ein furchtloser Held bewundert denn als ein Verbrecher verteufelt.

»Bin ja scho gspannt, ob'r den Wildschütz auf die Art verwischt«, meinte Theo. »Im Wald isch er'em scho d'ganz Sommer lang auskomme. Aber ebbs andres. Du, Max, kosch du di bei d'Bergler a bissle umheare, obs do au Arbeit für mi gäb? I glob, des Berglerleabe däd mir au tauge. Weisch, so wie dus mochsch. Im Sommer in d'Berg und im Winter im Holz wär besser für mi. I brauch mehr Sonne.«

Max nickte und ermunterte Theo: »Guat, Theo, i horch mi amol um. Ma braucht alld ebbarn, grad so a verhauts Exemplar wie di!«

Alle lachten, dann sagte Anton: »Horch di au für mi rum, Max!«

Während Max nickte, murmelte Alois: »I wär vielleicht au dra interessiert.« Etwas lauter fuhr er fort: »Bloaß hob i vom nägschte Frühjahr au guate Aussichte, bei moim Onkel Ulrich in Schwangau mit z'arbe. Der fährt jetzt mit soine kräftige Ross Baumaterial zum Schloss Neuschwanstein nauf. Scheinbar verdient er gar it so schlaecht dabei und mecht nägschts Johr no a zweits Fuhrwerk oisetze. Er hot mi gfrogt und i hob au zuagseht. Sollt nix druss weare, noch denk au an mi, gell Max!«

Max war überrascht, wie viele der jungen Kerle an etwas anderes dachten. Er konnte es aber gut verstehen, denn die Arbeit hier brachte sie nicht aus dem Sumpf der Armut heraus, ganz gleich, wie viel sie arbeiteten. Viele junge Kerle wollten sich deshalb mit allerhand Gelegenheiten versuchen. Max deutete Alois an, dass er auch ihn vermerkt hätte, und meinte: »Die Sach mit doim Onkel klingt it schleacht. Moch des, wenn's kriagsch. Dädsch gwiis mehr verdiene als do oder in d'Berg.«

Johann fügte bestätigend hinzu: »Hosch reacht, Max! An soine Schlösser spart der Ludwig it, do luagt er scho, dass do ebbs nochgoht. Der baut si do soi Märchenschloss und lebt in Saus und Braus. Mir schaffet wie bled und bleibet arm!«

Alle nickten zur Bestätigung. Benedikt schaltete sich an diesem Punkt ein: »Ja, mir kommet so aus dem Dreck nimm raus, es sei denn, du hosch Glück und kosch auf a einigermaßen guats Owese eiheire. Moine zwoi Vetter in

Wertach hauet vielleicht scho bald a nach Amerika, weil se meinet, sie kenntet dort mitand eander ebbs auf'd Fiaß stelle als bei eis do.«

Johann meinte nachdenklich: »I wünsch deane Glück, die werets brauche. Die zwoi hand a Schneid! Do deaned isch es saumäßig hart, hob i ghert. Aber wenn se si gscheid neihänget und Glück hand, packet ses gwiis!«

»Für mi wär's nix do deaned«, sagte Max kopfschüttelnd. »I bi do dahoim und ...«

Er unterbrach, denn der Vorarbeiter rief. Die Mittagspause war zu Ende, und die Burschen gingen zu ihrer Arbeit zurück. Johann musste noch einen Baumstamm aus dem Wald strecken und beeilte sich sehr dabei. Danach schwang sich sofort auf eines seiner Rosse, führte das andere beim Zügel und ritt geradewegs nach Hause.

Nachdem Johann daheim angekommen war und die Pferde versorgt hatte, hielt er sogleich Umschau nach Sebastian. Er fand ihn, wie erwartet, in der Werkstatt beim Rechenmachen. Sebastian konnte schon am strammen Gang und ernsten Gesichtsausdruck des Bruders erahnen, dass sich etwas Wichtiges ergeben hatte. Sogleich ließ er die Arbeit liegen und fragte Johann: »Hoi, was isch passiert? Du luagsch so bsorgt aus.«

»Horch, Bäschtl, hob grad vorher ersch ghert, dass dr Franz Lechleitner d'Leit scho a Zeitlang ausfrogt, ob se ebbs Ogwöhnlichs gmerkt hättet, was mit dem Wildre zemadhänge kennt!«, erwiderte Johann hastig. »Er soll erscht des Saufe aufghert hau und jetzt viel besser druff sei. Mir miassat'n scho ernscht nehme. I weiß it so reacht, was der Hammel im Schild fiahre kennt.«

»Des isch mir au alls nui, Hans«, antwortete Sebastian und kratzte sich am Kinn. »Hmm, solang'r bloaß blindlings umanand frogt, brauchet mir eigentlich it viel Sorga hau. Aber wenn der Kerle irgend a Spur oder an Verdacht hätt, noch wärs schleachter.«

»Was soll'r denn hau?«, meinte Johann. »Ohne feschte Tatsache oder Hinweis kommt er doch zu nix, selbscht wenn er den Maurus Anton ausheare däd.«

Sebastian nickte langsam, dachte aber dabei weiterhin nach und sagte schließlich: »I glob, mir sottet den Franz trotzdeam it ganz unterschätze. Er isch it bled und will sei Zeit doch au it sinnlos verschwende. I glob, der will d'Leit zumindescht wisse lau, dass die hiesig Jäger nebbs d'Wildschütz au hintre soim Healfer her sind. Es luagt so aus, als ob dr Franz mit a nuie Taktik beauftragt wore isch, nämlich eisren Transchporthealfer zum schnappe. Den kennt er no unter Druck setze, damit er eis verrät!«

»Der Grob Anton hot des Gleiche gseht. Zefix, s'kennt wirklich so sei!«, schimpfte Johann. »Dr Maurus Anton bleibt eisr Schwachpunkt, wie i dir ja scho gseht han. I glob it, dass der so richtig starkem Druck standhalte däd.«

Sebastian ging auf und ab, offensichtlich tief in Gedanken versunken. Dann hielt er inne und wandte sich zu Johann hin: »Selbscht, wenn dr Anton unter möglichen Verdacht grote däd, noch hand die Jäger doch überhaupt nix, was se als Druckmittel gegen ihn oisetze kenntet. Mir fällt nix ei, was se benutze kenntet. Alles isch guat glofe, agseache vo der dumme Sach mit dem bluatige Bock. Aber ma hot den Anton doch an dem bestimmte Tag it mit dem tropfende Wild verwischt und seitdem sind scho über oinahalb Monat vergange. Wie kennt do ebbar no ebbs nochweise?«

»Luag, Bäschtl, mir zwei dädet eis bestimmt it vo irgend a schwer beweisbare Oklag oischüchtre lau«, erwiderte Johann, setzte sich auf einen Holzklotz und zündete sich eine Zigarre an. »Mir sind vor allem im Kriag mit alle Wasser gwasche wore. Mir hand'm Daod jeden Dag ind Oge gluaget. Mir hand die schlimme Zeit überlebt und sind dadurch so ghärtet, dass die Wilderei und des Katz- und Maus-Spiel mit d'Jäger für eis wie a Kindrspiel isch. Wenn do oinr vo d'Jäger oder Gendarme mit irgend am weit hergholte Zuig zu eis käm, noch dädet mir den doch bloaß auslache. Bei eis dädet die soebbs gar it ersch probiere!«

Johann zog kräftig an seiner Zigarre und blies den Rauch langsam aus. Er dachte einen Moment nach und fuhr fort: »Aber dr Anton isch halt a ganz andrer Menscheschlag wie mir zwoi. Er war doch als kloiner Bauer soi Lebdag neamad, außer als Bot z'Kempten. Er isch a guater, ehrlicher Kerle, und soi Familie isch alls für'en. Wegs der Sach däd der soin Ruaf und soi Familie it aufs Spiel setze. Hosch doch ghert, was er kürzlich gseht hot. Also, i weiß zwar au it, ob dr Franz vielleicht ebbs gege ihn vorbringe oder ihm aufbinde kennt, aber s'wär auf all Fäll gfährlich, wenn er d'Anton unter d'Lupe nehme däd.«

»Also guat«, gestand Sebastian ein. »Wir miasset von jetzt au a verstärkts Og aufn Anton bhalte. I glob zwar it, dass dr Franz ebbs hot und d'Anton höchschtens so wie andre ausfrogt, wenn überhaupt. In dem Fall däd dr Anton ihm nix sage. Schlimmer wärs, wenn dr Franz an bestimmte Verdacht gegen ihn hätt.«

Johann nahm wieder ein paar heftige Züge von seiner Zigarre und blies den Rauch schneller als bisher aus. Er senkte den Kopf und wirkte nervös, was bei ihm äußerst selten der Fall war. Nach ein paar Minuten blickte er seinem Bruder mit etwas entsetztem Ausdruck ins Gesicht und schlug vor: »Horch, Bäschtl, wenns bled hergange sott, noch kennts eis an d'Kragen gange! Sott dr Franz ebbs gege d'Anton vorbringe, selbscht, wenns it beweisbar wär, noch kennt dr Anton aus Angscht um soi Feall umfalle und eis verrote. Mir miasset so schnells goht uffn oischwätze.«

»Weisch was, Hans!«, stimmte Sebastian zu. »I setz morn eisr Notfallzeiche und mir treffet'n scho morn z'Obed. Noch kenntet mir'm sage, dass er si vom Franz it oischüchtre z'losse braucht, weil der nix Beweisbares hot, au it wegs dem bluatige Wild im August.«

Johann nickte, schien aber noch nicht beruhigt zu sein. Er saß mit gesenktem Kopf, die Zigarre in der Hand. Nach ein paar Minuten schüttelte er vehement den Kopf und sprach entschieden: »Des isch scho guat, dass mir d'Anton morn z'Obad treffet. Noch kenntet mir'm au sage, dass i im Moment nix schiaß, weils wegs dem Franz z'gfährlich isch. Aber bis det isch no z'viel Zeit dazwische. Wenns bled herging, noch kennt dr Franz d'Anton in d'Zwischenzeit scho inschpiziere, und noch hättet mir d'Dreck!«

Sebastian schüttelte den Kopf, winkte ab und sprach Johann beruhigend zu: »Do miassets scho wirklich saubled hergange, Hans. Do kämet no viel vor'm Anton dro, weil er dr letscht Kerle wär, den d'Franz verdächtige däd. Warum sott der'n ausgrechnet heit z'Obad oder morn kontrolliere?«

Johann schien sich nicht so recht beruhigen zu lassen. Er rückte auf dem Holzblock hin und her und wischte sich nun ein paar Schweißtropfen von der Stirn: »Du, Bäschtl, die Sach losst mir koi Ruah it!«, gab er seinem Bruder zu verstehen. »I trau dem Lechleitner Franz it ganz. Der isch so drauf versesse, mi zum schnappe, gleich wie. S'kennt scho sei, dass der in letschter Zeit ebbs auskundschaftet hot und d'Anton möglicherweis verdächtigt.«

Sebastian hörte seinem Bruder ruhig zu. Johann nahm nun einen kräftigen Zug von seiner Zigarre, sah Sebastian eindringlich in die Augen und fuhr fort: »Bäschtl, i moch die Räche fertig! S'wär mr weit wohler, wenn du heit no ins Dorf reite und d'Anton noch soinr Rückkehr guat beobachte dädsch. I mecht ganz oifach koi unnötigs Risiko oigange, weisch! I bitt di, reit gloi los, seesch reit i seal!«

Sebastian konnte die Dringlichkeit in Johanns Bitte spüren und stimmte gleich zu: »Ja, freilig, Hans, i reit gloi ins Dorf und dua so, als wenn i a paar Sache moche miasst. I wart no, bis dr Anton auftaucht. Noch b'halt i a Og uff'n. Morn reit i noch scho friah los und beobacht'n mehr. Am Nomedag setz i dann s'Zeiche und mir schwätzet mit'm, gell!«

»Dank dr schee, Bäschtl!«, antwortete Johann erleichtert.

»Isch scho reacht, Hans, des dua i doch gern«, sagte Sebastian und machte sich sogleich auf den Weg, während Johann nun die Rechen fertigstellte.

Franz Lechleitner hatte am gestrigen Sonntagabend den Guggemos kontrolliert. Er war sich nicht sicher gewesen, welchen der beiden Boten er sich zuerst vorknöpfen sollte, und hatte dann ganz einfach eine Münze geworfen, wobei die Wahl auf den Guggemos gefallen war. Er hatte beschlossen, dass es am besten wäre, ihn bei der Sennküche in Görisried abzupassen. Hans Guggemos kam nämlich immer an den Nachmittagen vor seinen Fahrten nach Kempten sowohl dorthin als auch zu ein paar anderen Sennküchen in den umliegenden Weilern. Die Bauern in den betreffenden Sennereigenossenschaften brachten ihre Milch normalerweise zur nächstliegenden Sennküche, wo sie zuerst gewogen, dann verkäst und verbuttert wurde. Nebenbei hatten sie hier neben der Kirche und der Wirtschaft eine weitere Gelegenheit zur Unterhaltung. Es fielen genügend Produkte an, um den Guggemos damit dreimal pro Woche in die Stadt zu schicken. Hans lud diese schon am jeweiligen Vortag auf, damit er am nächsten Tag zeitig losfahren könnte.

Der Guggemos war auch, wie erwartet, zur Görisrieder Sennküche gekommen. Franz hatte in der Nähe auf ihn gewartet und war dann auf ihn zugegangen. Der Guggemos war etwas verwundert gewesen, dass einer der Jäger ihn ansprach. Franz hatte ihm freundlich erklärt, es handle sich um eine Routineinspektion von Fuhrwerken und er sei eben heute mal an der Reihe. Hans hatte das sogleich verstanden und dem Franz Erlaubnis gegeben, sein Fuhrwerk zu inspizieren. Schon von der Reaktion des Guggemos Hans hatte Franz geahnt, dass dieser nichts zu verbergen hätte. Weder seine Augen noch irgendwelche Bewegungen seines Körpers hatten das Geringste verraten, er war wie immer ausgeglichen gewesen. Dennoch hatte sich Franz nicht ganz auf diese Anzeichen verlassen wollen, denn es war ja unmöglich, jemanden vollkommen zu kennen. Bei der Untersuchung des Fuhrwerks hatte sich aber schnell herausgestellt, dass der Guggemos wirklich nichts zu verbergen und sich ihm gegenüber offen und ehrlich gezeigt hatte. Keine möglichen Blutflecke, keine Haare, keine kürzlich ausgewechselten Bodenbretter und nicht die geringste Spur, die auf einen Wildtransport hätte schließen lassen, waren zu finden. Franz hatte ihn auch nicht länger aufgehalten, sondern sich freundlich von ihm verabschiedet.

Nun hatte Franz den Maurus Anton in äußerst starkem Verdacht, dass dieser der Transporthelfer des Johann Kraus wäre. Eigentlich hätte er das von ihm wirklich zuletzt erwartet, noch weniger als vom Guggemos, denn der Anton war so unscheinbar und so bekannt für seine Zuverlässigkeit und Ehrlichkeit. Wenn sich die Hinweise infolge seiner Nachforschungen nicht so auf den Guggemos und den Maurus Anton verdichtet hätten, wären diese zwei rechtschaffenen Leute wahrscheinlich weder von ihm noch von jemand anderem kontrolliert worden.

Schon heute, am späten Montagnachmittag, wollte Franz auf den Maurus Anton warten und ihn kontrollieren. Wer weiß, vielleicht würde sich sein Verdacht als falsch herausstellen, und tief in seinem Inneren hoffte Franz das sogar. Er hatte ja nichts gegen den Anton und wollte nur den Johann erwischen. Deswegen war es aber leider nötig, professionell zu handeln und auch den Anton als möglichen Helfer zu betrachten, ihn gegebenerweise unter entsprechenden Druck zu setzen, um sein Ziel zu erreichen.

Franz ritt schon um etwa drei Uhr nachmittags ins Dorf, machte ein paar Besorgungen und unterhielt sich mit dem einen oder anderen Passanten. Das Wetter bildete ein gelegenes Gesprächsthema, denn es schien so, als ob die wochenlange schöne Herbstwitterung zumindest fürs Erste zu Ende kommen würde. Ein heftiger kalter Wind blies durch die Straßen und zwischen den Häusern, dunkle Wolken sammelten sich immer mehr am Himmel. Es fielen auch schon ein paar Regentropfen. Jedoch war das Wetter noch gut genug, um im Freien sein zu können, und die beiden Kemptener Boten dürften voraussichtlich auch einigermaßen rechtzeitig zurückkommen, denn die Straßenverhältnisse waren noch gut. Franz verweilte an einer Stelle im Dorf, von der aus er allen von Bodelsberg kommenden Verkehr beobachten konnte. Er würde also den Maurus Anton nicht verpassen.

Was der Lechleitner Franz jedoch nicht wusste, war die Tatsache, dass noch ein anderer Mann auf den Maurus Anton wartete, nämlich der Sebastian Kraus. Dieser war so ungefähr um die gleiche Zeit wie Franz ins Dorf geritten und hatte sich ebenso mit unscheinbaren Geschäften betätigt. Er hatte sowieso etwas Brot vom Bäcker gebraucht und auch noch Würste und Leberkäs vom Metzger. Zufällig hatte er auch den Franz Lechleitner von einiger Entfernung aus gesehen, als dieser in den Krämerladen gegangen war. Das hatte ihn sofort stutzig gemacht, obwohl es ja eigentlich überhaupt nichts Ungewöhnliches war. Normalerweise hätte er den Franz nicht beachtet und wäre ihm nur aus dem Weg gegangen.

Heute aber verhielt sich alles anders, denn Johanns Neuigkeit ließ alles in einem anderen Licht erscheinen. Seit der Franz nicht mehr trank und aktiv herumschnuffelte, war es nun eben wichtig ihn insoweit zu beobachten, als dass er vielleicht in die Nähe des Maurus Anton käme. Sebastian erwartete zwar immer noch nicht, dass der Franz den Maurus Anton kontrollieren würde, und war eigentlich hauptsächlich auf Johanns Bitte hin überhaupt heute ins Dorf gekommen. Aber es machte ihm ja keine extra Umstände, wenn er jetzt nebenbei den Franz und später dann sowohl ihn als auch den Maurus Anton im Auge behielt, ohne dass einer von ihnen es bemerkte. Er verstand es gut, sich unauffällig unter den Leuten, hinter den Fuhrwerken und den Rossen zu verbergen, sodass die beiden ihn nicht sehen konnten. Sein eigenes Ross hatte er im Hof der Wirtschaft bei den Tränken angebunden, weil er später sowieso noch auf ein Bier dorthin gehen wollte.

Es war kurz nach fünf Uhr nachmittags, als Anton Maurus an der Ecke auftauchte, von der die Straße nach Bodelsberg führte. Wie üblich fuhr er auch geradewegs zur Poststelle, um dort seine Post und die bestellten Waren abzuladen.

Franz stieg auf sein Pferd und folgte ihm im Abstand von mindestens hundert Metern. Er wollte nicht, dass die Leute ahnen könnten, dass er heute den Maurus Anton inspizieren würde. Franz war sich bewusst, dass ihn eine solche Aktion vielleicht sogar etwas unbeliebt machen würde, denn die Leute würden sich womöglich ärgern, dass er nun sogar die allerehrlichsten Bürger drangsalierte. Auch beim Guggemos hatte er sich unauffällig verhalten müssen und war nur so lange wie nötig vor der Sennküche gewesen. Beim Anton würde es etwas leichter sein, denn dieser fuhr immer von der Straße ab und in den Seitenhof der Poststelle. Dort war er dann für die Allgemeinheit außer Sicht, verborgen hinter einem Zaun. Franz würde nur einen ruhigen Augenblick abwarten und dann heimlich durchs offene Tor reiten müssen.

Auch Sebastian sah Antons Ankunft und behielt ihn im Auge. Da er ebenso den Franz beobachtete, dauerte es nicht lange, bis er erkannte, dass der Jäger sofort auf sein Pferd stieg und Anton folgte. Niemand anderem fiel das auf, denn es waren einige Fuhrwerke und Reiter in beiden Richtungen unterwegs. Sebastian schlich sich unauffällig hinter Franz her, immer bedacht darauf, dass dieser sich vielleicht ab und zu umschauen würde. Auf keinen Fall wollte er von ihm oder von Anton bemerkt werden, weil er auf diese Weise die beste Chance hätte, um wichtige Informationen herauszufinden.

Anton hielt nun vor der Poststelle an, öffnete das Tor zum Seitenhof und steuerte sein Fuhrwerk hinein. Wie immer parkte er so, dass er in nächster Nähe der Tür war, die in die Poststelle führte, und begann auch gleich mit dem Abladen der Postsäcke, Pakete und bestellten Gegenstände. Die Post und die meisten Pakete würden dann vom Postboten ausgetragen, aber größere Pakete sowie von Anton bestellte Waren müssten die Leute selber abholen.

Franz gelangte ein paar Minuten nach Anton zur Poststelle und musste noch eine kurze Weile auf eine günstige Gelegenheit warten, um unbemerkt in den Seitenhof reiten zu können. Er sah Sebastian nicht, denn dieser versteckte sich währenddessen hinter einer Hauswand, von der aus er vorsichtig herausspitzeln und abwarten konnte, bis Franz fort war. Mittlerweile war ihm vollkommen klar geworden, dass Franz den Anton tatsächlich wider sein Erwarten ausgerechnet schon heute kontrollieren würde. Sein Bruder hatte also recht gehabt. Bloß gut, dass dieser gerade noch rechtzeitig von den Schnüffeleien des Jägers erfahren hatte. Sebastian war froh, dass er sofort ins Dorf gekommen war. Das hatte ihm genug Zeit gegeben, alles zu beobachten und sich in eine vorteilhafte Lage zu versetzen.

Als Franz nun geschwind im Seitenhof verschwand, kam Sebastian hinter der Hauswand hervor und ging die letzte Strecke zur Poststelle, als ob er dort ein Geschäft zu erledigen hätte. Er trat jedoch nicht durch die für die Kundschaft vorgesehene Vordertür in die Poststelle ein, sondern schlich sich im Schutz von ein paar Pferden zum Hauseck, wo ein Zaun den Seitenhof von der Straße und dem Gehsteig trennte. Dort kauerte er sich nieder und suchte nach einem Astloch oder ein paar Spalten zwischen den Brettern, durch welche er Blick auf Antons Fuhrwerk hätte. Es war recht ruhig um ihn herum, denn die meisten Leute waren bereits heimgegangen, weil viele von ihnen in den Stall mussten. Die Poststelle würde auch bald schließen. Die angebundenen Pferde gehörten dem Postmeister und zwei Kunden, die drinnen noch auf ihre Waren warteten. Es schien, dass für eine Weile keiner der drei herauskommen würde, denn Sebastian konnte hören, wie sie sich leidenschaftlich über eine Entscheidung der hiesigen Gemeinde unterhielten. Sebastian würde also unbemerkt spionieren können. Dabei würde es für ihn noch weit wichtiger sein zu hören, was die beiden sprächen, als sie zu sehen. Hier war ihm nun neben seinen exzellenten Augen auch sein gutes Gehör von Vorteil, das so gut wie Johanns war, denn sie hatten beide die gleich scharfen Sinne geerbt. Selbst, wenn er nicht jedes Wort verstände, so war er zuversichtlich, dass er sich mittels der Verbindung genügender Gesprächsbrocken und körperlicher Gesten der beiden ein zutreffendes Bild von der Situation verschaffen könnte.

Anton schaute halb verdutzt, halb erschrocken auf, als Franz ganz plötzlich neben seinem Fuhrwerk auftauchte und vom Pferd stieg. Schon diese erste Reaktion Antons gab Franz Anlass dafür, den Boten sorgfältig zu kontrollieren und auf dessen weiteres Verhalten intensiv zu achten. Im Gegensatz zu Johann, der sich in dieser Lage mit Sicherheit eiskalt verhalten hätte, war

Anton nun gar nicht der Typ, der auf alles gefasst war und sich nichts anmerken ließ. In der Tat, Franz würde ihn wie ein Buch lesen können. Er hatte es auch so geplant, nämlich so plötzlich und unerwartet vor Anton zu erscheinen, dass dieser keine Gelegenheit hatte sich genügend zusammenzureißen und seinen Schreck zu verbergen. Tatsächlich zitterten Antons Gesichtsmuskeln etwas, und seine Augen rollten unruhig hin und her. Er konnte auch nicht gelassen und ruhig stehen bleiben, sondern bewegte die Füße nervös hin und her, zog sich den Hut über die Stirn und kratzte sich am Schnurrbart. Für Franz deutete alles darauf hin, dass er ihn nicht erwartet hatte und von ihm übertölpelt worden war.

»Grias di Gott, Anton!«, sagte Franz freundlich und band sein Pferd an. »Wie gohts dr? Dunksch mi a bissle nervös.«

»Hoi, Franz, ja griaß di!«, sprudelte Anton aus. Dann schien er sich doch etwas zu fangen, dachte blitzschnell nach und beschloss, sofort zum Gegenangriff bezüglich seiner Nervosität überzugehen. Er schritt auf Franz zu und konfrontierte ihn mit erhobener Stimme: »Hosch mi firchtig verschreckt, weisch! Du bisch so urplötzle auftaucht! S'kommt ja seesch koinr in d'Hof noi, und du sottesch eigentlich au it ganz so oifach reikomme! Also, sag mr, was di zu mir bringt, und wenn's nix B'sondres isch, noch muass i di scho bitte, dasst mehr gohsch! Des isch Postgelände, weisch!«

Franz nickte ihm verständnisvoll zu, zog ihn dann etwas zur Seite und murmelte: »Des weiß i scho, Anton. S'isch bloaß so, dass i grad den Auftrag vom Förster han, mi im Dorf bei d'Leit rumzhorche und au Fuhrwerk zum kontrolliere. Weisch ja, mir sind hinter dem hiesige Wildschütz und au soine Healfer her!«

Anton hörte den Jäger an und schwieg. Franz beobachtete ihn, spielte mit seinem Schnurrbart und fuhr dann fort: »Luag, Anton, des isch bloaß a Routinesach! I hob nächt au d'Guggemos inschpiziert. I däd doi Fuhrwerk liabr do im Hof oluage als duss auf dr Stroß. Aber wenn dir des liabr wär, noch wart i halt do duss auf di. Des Ganze derft in fünf Minute vorbei und koi Problem für di sei, wenn du nix z'verstecke hosch.«

Anton konnte schnell erkennen, dass sein Abschüttelungsversuch erfolglos gewesen war. Er würde das Ganze nun irgendwie durchbeißen und so gut wie möglich seine Ruhe und seinen Verstand bewahren müssen. Seine anfängliche Nervosität hatte er ja schon mit dem Schreck der Überraschung erklären können, so überlegte er sich in fieberhafter Eile. Noch war nichts verloren, beschloss er. Er riss sich zusammen, erschien gelassener und lenkte ein: »Also guat, Franz, kosch ausnahmsweis do bleibe. Bloaß muasch du di no gedulde, bis i alls aglade han. A paar Leit wartet scho aufs Zuig, und mei Arbeit kommt zersch.«

»Isch scho reacht, Anton, lass dr ruhig Zeit! S'pressiert mir it«, stimmte Franz in ruhigem Ton zu, lehnte sich gegen die Hauswand und zündete sich gemächlich seine Pfeife an. Anton setzte seine Arbeit fort und war froh, etwas Zeit herausgeschunden zu haben, während derer er sich seine Strategie und seine Antworten zurechtlegen könnte. Nach etwa zehn Minuten war er dann fertig, das Fuhrwerk war leer, die Plane aber noch nicht darübergezogen.

Anton winkte Franz zu, dass er nun freie Hand habe um sein Fuhrwerk zu inspizieren. Franz kletterte auf die hintere Ladefläche und schaute sich alle Bretter genau an, ganz besonders die stärkeren Bodenbretter. Er konnte nichts Auffälliges entdecken und wandte sich dem vorderen Teil des Wagens zu, wo ein Stapel leerer Säcke auf einer Lederplane lag. Anton beobachtete ihn verstohlen, während er die Stricke verstaute, die die Waren auf der Fahrt festgehalten hatten. Mit einem unguten Gefühl im Magen sah er nun, wie Franz die Säcke und Lederplane zur Seite zog und sich den Teil des Bodens anschaute, der mit dunkelroter Farbe bedeckt war. Franz schien sich darauf zu fixieren, bückte sich schließlich sogar nieder, um diese Stelle genauer zu betrachten. Dann kratzte er sich am Kopf, stand auf und fragte Anton: »Du, Anton, was isch noch do passiert? Komm amol her, bitt schea!«

Anton unterbrach das Verstauen der Stricke und kam zur Seite des Fuhrwerks. Franz deutete auf die Farbe und fragte: »Wie kommt des, dass do unter d'Säck so a Farbfleck isch? Du transchportiersch doch Farbtöpf it do virche, sondern mit d'andre Ware auf dr Ladefläch.«

Anton fühlte, dass er die Sache unter Kontrolle hatte, brachte nun sogar ein gelangweiltes Lächeln zustande und erklärte Franz abwinkend: »Do sieht ma scho, dass du koi Fuhrmann bisch, Franz! Freilig verlad i die War normalerweis hinter d'Säck, aber manchmal hob i halt z'viel. Noch muass i die ganz Fläche nütze und die leere Säck obe nauf schmeiße. Hob amol a halbs Dutzend Farbtöpf hoimbracht und wenig Platz ghet. Drum hob i se do virche verstaut und obunde. Aber oiner vo dene Töpf hot gronne. Luag, do kosch no d'Topfrand seache.«

Anton zeigte mit dem Finger auf die Stelle, wo er in Jakobs Hof den Topf in die ausgegossene Farbe gestellt hatte.

»So, so, des klingt verständlich, Anton. Aber i luag grad no unterm Wage noch, wies do ausluagt«, erwiderte Franz und stieg vom Wagen. Wenn er recht hätte und die Farbe einen Blutfleck verdeckte, dann könnte das ausgelaufene Blut möglicherweise noch teilweise in den Ritzen auf der Unterseite bemerkbar sein, so dachte er sich. Anton schluckte, denn das hatte er nun ganz bestimmt nicht erwartet und sich auch nicht darauf vorbereitet. Mit etwas Glück würde Franz dort unten nichts feststellen können, ermutigte er sich und atmete tief durch. Franz kroch nun unter den Wagen zur Stelle direkt unterhalb des Farbflecks, legte sich auf den Rücken und schaute konzentriert. Es war hier aber schon etwas zu dunkel. Er fischte in seiner Hosentasche nach Streichhölzern, mit deren Licht er jede Kleinigkeit erkennen konnte. Die Bretter selber zeigten keine Flecken, und Franz hatte dort auch nichts dergleichen erwartet, weil es unwahrscheinlich gewesen wäre, dass sich entweder das mögliche Blut oder die Farbe durch die dicken Planken gesaugt hätte. Aber in und um die Ritzen herum konnte er nun sehen, was er vermutet hatte. Die Farbe war zwar teilweise durch die Ritzen gelaufen, aber das war wegen ihrer relativen Dickflüssigkeit nicht überall gleichmäßig geschehen, sondern hatte sich auf ein paar Stellen begrenzt. Diese Farbströme hatten den leichtesten Weg gefunden, nämlich die breitesten Ritzen. Die Farbe hatte dann beim Austreten aus den Ritzen eine Weile getropft und war recht schnell getrocknet, nachdem entweder der Nachschub von oben nachgelassen hatte oder die Farbe selber bereits oben zu dickflüssig geworden war. Wäre deshalb nur Farbe allein durch die Ritzen gedrungen, dann müsste das Holz in den anderen Teilen der Ritzen auch jetzt noch unberührt und unbefleckt sein. Das schien auf den ersten Blick jedoch nicht der Fall zu sein. Franz zündete noch ein paar weitere Streichhölzer an, um sich diesbezüglich zu vergewissern. Ja, es war schon so, wie er vermutet hatte. Das Holz in und bei den Ritzen hatte zwei verschiedene Arten von Flecken, die sich sowohl klar vom unbefleckten Holz als auch voneinander abhoben. Unmittelbar neben den lokalisierten Farbflecken war das Holz der Ritzen auch von einer anderen dunklen Flüssigkeit befleckt. Diese müsste logischerweise ebenso vom Fuhrwerk oben durchgeronnen und dünnflüssig genug gewesen sein, um einigermaßen gleichmäßig durch die Ritzen dringen zu können. Außerdem war es offensichtlich, dass die Farbe zeitlich erst nach jener anderen Flüssigkeit durchgeronnen war, denn die lokalisierten Farbströme überdeckten die Flüssigkeit der anderen Art und standen an ihren Rändern klar davon ab. Es war etwas schwierig, hier an Ort und Stelle mit einem Zündholz weitere Schlüsse auf die Art jener mysteriösen Flüssigkeit zu ziehen. Franz griff deshalb nach seinem Jagdmesser, das er immer an der Seite seiner Hose mit sich trug. Er schnitt einen langen Spreißel Holz von der Seite einer der Ritzen und versicherte sich dabei, dass er neben dem unbefleckten Holz sowohl die ausgetrocknete Farbe als auch die danebenliegende Befleckung durch die andere Flüssigkeit erfasste.

Zufrieden krabbelte er dann wieder unter dem Fuhrwerk hervor und hielt Anton den Spreißel Holz unter die Nase. Franz beobachtete ihn genau und konnte nicht übersehen, wie Anton mit großen, erschrockenen Augen auf dieses Holz starrte und seine Angst nun nicht mehr richtig verbergen konnte.

»Hosch mir it d'Wahrheit gseht, gell Anton!«, ergriff Franz sogleich die Gelegenheit, denn er spürte, dass er hier die Oberhand gewonnen und nun wirklich was gegen Anton in der Hand hatte.

»Schau mal g'nau da hin, Anton!«, forderte er ihn auf. »Die Farb isch ersch später ausglofe! Zersch isch aber ebbs andres do durgsickret und du hosch den Fleck auf'm Wage mit der Farb verdeckt, gell?«

Anton war nun innerlich so durcheinander, so verstört und verängstigt, dass er Schwierigkeiten hatte, einen kühlen Kopf zu bewahren und klar zu denken. Dennoch brachte er es fertig, sich in fieberhafter Eile an seine Ausrede zu erinnern, die er sich am Tag vor Maria Himmelfahrt zurechtgelegt hatte: »Ja, des stimmt scho, Franz. Weisch, moine eigne Wäge waret vor a guater Weil amol alle voll! Do hob i des Postfuhrwerk gnomme und a doads Kälble zum Metzgr gfahre. Habs vorher verschiaße miasse, weils elend krank war. A bissle Bluat isch auf d'Bode und durch die Ritze gronne. Später isch dann des mit der Farb passiert. Koschs mr globe, Franz!«

Franz schüttelte den Kopf und meinte: »I däds dr wirklich gern globe, Anton. Aber es kommt no allerhand dazu, des hob i dir no gar it gseht. Weisch, i hob a bissle rumgforscht …«

Er unterbrach, was er sagen wollte, denn urplötzlich setzte starker Regen ein. Franz und Anton gingen ein paar Schritte zum Haus und fanden dort unter dem Vordach Schutz.

Draußen im Hof prasselte der Regen herunter, und auch Sebastian wurde an seinem Standplatz neben dem Haus nass. Nun waren die beiden auch aus seiner Sicht verschwunden. Er musste nun wohl oder übel noch etwas weiter vom Haus weg und entlang des Zaunes eine andere Stelle finden, wo er sie wieder sehen konnte. Wenigstens befand sich gerade niemand auf der Straße oder sonstwo in seiner Nähe. Die beiden Kunden und der Postmeister schienen sich immer noch gemütlich miteinander zu unterhalten, wobei Sebastian hören konnte, dass ihr Gespräch nun nicht mehr von ortspolitischer Art war, sondern sich um die jüngsten Vorfälle im Dorf drehte. Während es so heftig regnete, würden sie wohl kaum herauskommen, denn sie schienen in keiner Eile zu sein. Sebastian trug zwar eine Jacke, hatte aber keinen Regenschutzmantel bei sich. Es half nichts, schimpte er in sich hinein, er würde es eben ertragen müssen, dass er durch und durch nass wurde. Er fand recht schnell einen anderen Platz und konnte die zwei Männer durch eine Spalte weiterhin beobachten. Allzu lange würde er es hier aber nicht aushalten können, denn der Wind peitschte kalten Regen gegen diese Seite des Zaunes. Er steckte in einer miserablen Situation und fing schon bald an zu frieren.

Franz trat nun ganz nahe zu Anton hin, der sich gegen die Hauswand lehnte. Er setzte nun im Trockenen fort, was er im Sinn gehabt hatte: »Ja, Anton, normalerweis däd i dir scho globe, was du mir da verzählsch. Hob aber vor a Weil rumgforscht und bin beim »Adler« z'Bodelsberg auf ebbs Verdächtigs gstoaße. Weisch, do hot a Fuhrwerk am Tag vor Maria Himmelfahrt a Bluatlache bei d'Tränke zrucklau! Des muass ganz in dr Friah passiert sei. S'war a Mittwoch, und du und dr Guggemos seid an dem Morge do dur komme. Heiß wars, und dir hand uibre Ross ganz gwiiss dett tränkt.«

Franz hielt inne und starrte in Antons erschrockene Augen. Der Jäger konnte auch beobachten, wie Antons Hände zitterten und sich Schweiß auf seiner Stirn bildete. Er setzte in beschuldigendem Ton fort: »Beim Guggemos geits koine verdächtige Spur, aber bei dir find i doch glatt an Bluatfleck im Wage und Farb draibr, als wenn du den Bluatfleck hosch verdecke welle! Außerdem weiß i ganz gwiiss, dass dr besagte nixnutzige Wildschütz an dem gleiche Morge ganz in dr Friah a Wild g'schosse hot, weil i den Lump ums Hoor verwischt hätt.«

Franz trat einen Schritt näher, wobei er Anton buchstäblich an die Wand drückte. Er nahm eine entschlossene Miene an, stieß seinen Kopf beinahe gegen Antons und sprach scharf: »S'passt alls zemad, Anton! Des Spiel isch aus! I bin dr uff d'Schlich komme, Bürschle! Sag, dass du dr Healfer vom Wildschütz bisch und soi gschossnes Wild ind Stadt bringsch!«

Franz hob nun auch den rechten Zeigefinger, um Anton ganz klar zu verstehen zu geben, dass er ihn überführt hätte. Seine Augen bohrten sich tief in Antons, der auf der Stelle erstarrt zu sein schien und kein Wort hervorbrachte. Schließlich fasste er sich so weit, um wenigstens stotternd antworten zu können. Er versuchte, die Anschuldigungen abzuweisen: »Du kosch ja mit … mit allerhand Zuig daherkomme, Franz, … aber, … aber beweise kosch du gar nix! Des Bluat im Wage isch vo … vo am Kalb und it … it vo am Wild. I hob mit der Wilderei nix z'deand!«

Franz war erstaunt, wie gut sich Anton gegen ihn stellte, und wusste auch nur zu genau, dass er mit seinen 'Beweismitteln' nicht weit kommen würde, wenn es wirklich darauf ankäme. Aber er war sich sicher, dass Anton die Methoden der Kriminalgendarmerie nicht genug kannte. Er würde bei der Ausspielung seines nächsten Trumpfs heftig ins Schwanken geraten, obwohl es sich dabei nur um einen guten Bluff handelte: »Horch her, Anton, i moins dr guat! Luag, was i hier han, des reicht alloi scho aus!«

Er hob den Holzspreißel hoch und erklärte Anton mit Hilfe seines rechten Zeigefingers: »Luag, do am Spreißel isch a Stuck normals Holz, do isch die Farb und ischs Holz, wo des Bluat aufgsauget hot! Jeder Depp ko seache, dass die Farb über des Bluat glofe isch. Und a Kriminaler scho zwoimol! Was denksch, was so oiner heitztag alls rausbringt! Der untersuacht den Bluatfleck gnau und ko nochweise, dass es koi Kalbsbluat, sondern des Bluat von am Wild isch. Glob mr's, Anton, die hand Methode, da dädsch du mit d'Ohre schlaggre! Wenn i mit dem Spreißel zur Gendarmerie gang, noch ghersch dr Katz, mei Liabr!«

Diese genaue Beschreibung schien nun die gewünschte Wirkung auf Anton zu haben. Er sagte zwar nichts und gab auch weiterhin nichts zu, aber er hing den Kopf und zitterte am ganzen Körper. Franz sah, dass er Anton nun soweit bearbeitet hatte, um ihm als nächstes ein Schlupfloch anbieten zu können, durch das er der ganzen Misere entrinnen könnte: »Jetzt sagsch nix mehr, gell! Also, do sigsch scho, Anton, dass des für mi koin Problem it wär, di oz'zeige und ins Gfängnis schmeiße zum lau.«

Er hielt einen Augenblick inne, betrachtete Anton und legte schließlich seine Hand auf dessen Schulter. Dann atmete er laut durch und sagte in milderem Ton: »Jetzt ischs aber so, dass mir gar nix dra liegt, di in selagg Schwierigkeiten z'bringe. Du hättsch di zwar it auf so a krumme Sach oilassen selle, aber i ko scho au seache, dass di doi Not dazu triebe hot. Du bisch eigentlich a grundguater Kerle, Anton. Drum moch i dir an Vorschlag! Horch guat zu und überlegs dr guat!«

Franz versicherte sich, dass Anton ihm in seinem verstörten Zustand auch wirklich zuhörte. Dieser hob den Kopf und schaute Franz an. Der Jäger setzte nun fort: »I däd di it ozeige und lofe lau, wenn du mir verspreche dädsch, mitm Wildtranschport sofort aufzheare und mir d'Nome vo deim Wildschützen zum sage. Miasstescht au vorm Gricht zu doiner Aussage stande und an Eid druff schwöre. Du bräuchtescht doi Mithilfe it zugeabe und kenntesch ebbs in der Art sage, dass du den Wildschütz mit am gschossene Wild im Wald gseache hättsch. Das wär zwar it ganz d'Wohrheit, aber d'Hauptsach wär, dass dr richtig Kerle oigsperrt oder aufghängt werd.«

Er hielt einen Moment inne, ließ Anton nachdenken und wartete auf seine Antwort. Da dieser sich weiterhin in Schweigen hüllte, fuhr Franz nach einer Weile fort: »So, jetz weisch, wie du ogschore davokomme kenntesch. Sei gscheid, Anton, und nimm mein Vorschlag o, vor allem au wegs doiner Familie! Kümmre di it um den Wildschütz, denn der däd kriage, was'r verdient!«

Anton sagte kein Wort. Er spürte instinktiv, dass es im Augenblick besser wäre, überhaupt nichts als etwas Falsches zu sagen. Er würde danach über alles genau nachdenken. Franz konnte erkennen, dass er mit ihm heute nicht mehr weiterkommen würde. Er war damit zufrieden, dass er den Anton in die Enge gedrückt hatte und dieser wahrscheinlich bald brechen würde.

»Weisch was, Anton, i gib dir no gnau a Wuch Zeit zum Überlege!«, sagte Franz in festem Ton.

»I komm am nägschte Montagnomedag mehr do her. Wenn du stur bleibsch und doine Wildschütz noch it aufgeisch, zeig i di o. Luag her, Anton, der Spreißel däd reiche, um di doiner Mithilf beim Wildre zum überführe. Außerdem kenntesch du den Lump auf die Dauer doch eh it decke, weil die Kriminalbeamten di so lang und so greislig traktiere dädet, bis du gern aufgäbsch. Also, der Kerle wär eh dra mit dir. Du kenntescht die aber seal rette, wenn du ihn ozeige dädsch.«

Anton hörte sich alles stumm und mit gesenktem Kopf an. So schlecht nun alles aussah, so gab ihm Franz wenigstens einen Ausweg aus seiner Misere. Er biss auf die Zähne, denn er wollte dem Angebot des Jägers ganz bestimmt nicht sofort zustimmen, sondern sich alles ein paar Tage lang gut überlegen. Er würde die Woche Bedenkzeit gut nützen und eine sehr wichtige Entscheidung treffen müssen, dachte er sich. Schließlich hob er den Kopf, nickte Franz zu und sagte: »Isch reacht, Franz, komm am nägschde Montagnomedag mehr do her, noch seach mr scho weitr!«

»Also noch, bis nägschde Montag, Anton! Und überlegs dr guat! Sei gscheid und denk au an di seal und doi Familie!«, beendete Franz das Gespräch mit erhobener Stimme.

Anton nickte, wandte sich von Franz ab und ging durch die Tür in die Poststelle. Der Jäger eilte zu seinem Pferd, holte schnell seinen Regenmantel aus der Satteltasche, zog ihn an und stülpte die Kapuze über sein Haupt. Dann schwang er sich auf sein Pferd, ritt im schnellen Trab aus dem Seitenhof und bog in Richtung Forsthaus ab. Schon bald verschwand er in der Dämmerung, die wegen des plötzlichen Regengusses heute schon etwas verfrüht eingesetzt hatte.

Anton blieb im Postamt noch ein paar Minuten wie angewurzelt stehen. Er war innerlich total aufgewühlt und verängstigt und brauchte eine Weile, um sich wenigstens einigermaßen zu beruhigen. Er zog sich in eine ruhige Ecke zurück. Draußen regnete es sowieso wie verrückt, er würde hier noch etwas warten müssen. Mit etwas Glück würde der Regen schon bald nachlassen, aber im Moment könnte er draußen nicht einmal die Plane über den Wagen ziehen. Sollte dieser doch nass werden, es interessierte ihn im Moment überhaupt nicht. »Hätt i bloaß die Bodebretter ausgwechslet!«, warf er sich dabei vor. Allerlei Gedanken schossen ihm nun durch den Kopf und er fühlte, dass er sich hier an Ort und Stelle ganz gewiss nicht auf seine weiteren Schritte oder Entscheidungen festlegen konnte. Nur eines schien ihm bereits jetzt recht klar zu sein, nämlich, dass er sofort mit dem ganzen Wilderergeschäft aufhören würde. Es war für ihn von Anfang an nur eine längstens auf dieses Jahr begrenzte Sache gewesen und auch nur, solange es keine Schwierigkeiten gäbe. Jetzt war die Lage heiß, ja viel zu heiß für ihn geworden. Es war soweit gekommen, dass es ihm an den Kragen gehen konnte. Nein, Schluss damit, so dachte Anton, Schluss auch mit jeglichem Kontakt zu den Kraus-Brüdern.

Der Postmeister rief nach Anton und schüttelte ihn aus seinen Gedanken. Er wollte jetzt schließen und heimgehen, denn draußen schien der Regen leichter zu werden. Anton sprach ein paar freundliche Worte mit ihm, verabschiedete sich und ging zum Bock des Fuhrwerks, wo er seinen Regenmantel verstaut hatte. Er spannte die Plane über den Wagen, band Maja los und steuerte sein Fuhrwerk nach Hause. Es war nicht weit von hier entfernt, und Anton war heilfroh, schnell daheim zu sein. Heute Nacht würde er bestimmt keinen Schlaf finden, so ahnte er, aber wenigstens würde es morgen bei diesem Sauwetter nicht viel zu tun geben. Neben der Stallarbeit würde er nur ein paar Geräte warten und einen recht ruhigen Tag verbringen. Er würde viel Zeit zum Nachdenken brauchen und nahm sich vor, seiner Frau Cezilie weiterhin nichts zu sagen, selbst, wenn sie seine bedrückte Verfassung erkennen würde. So, wie er nun eben war, würde er sich wahrscheinlich nicht gut genug verstellen können, gestand er sich ein.

Sebastian hatte so lange im Regen ausgeharrt, bis Franz sich von Anton verabschiedet hatte. Er hatte den letzten, sehr wichtigen Ausspruch des Jägers noch klar gehört. Dann hatte er sich geschwind hinter der gegenüberliegenden Hauswand der Poststelle versteckt. Sobald Franz außer Sichtweite gewesen war, hatte er sich, vor Kälte schlotternd und trotz seines steifen Beins, so gut wie möglich beeilt, um zur Wirtschaft zu gelangen. Mit Hilfe seines Stockes hatte er sie ziemlich schnell erreicht. Leider hatte er keine trockene Kleidung eingepackt und sein geplantes Bier in der warmen Gaststube ausfallen lassen müssen. Es war ihm nichts anderes übrig geblieben, als so schnell wie möglich nach Hause zu reiten und sich dort aufzuwärmen. Wenigstens hatte er auf dem Heimweg seinen Regenmantel gehabt.

Sebastian ritt nun in schnellem Galopp in den Hof seines heimatlichen Anwesens ein, sprang vom Pferd, band es an und eilte ins Haus. Im Hausgang riss er sich alle Kleider vom Körper, stieg zu seiner Kammer hoch, trocknete sich und zog frische, warme Kleidung an. Dennoch zitterte und schlotterte er nach wie vor am ganzen Leib, er brauchte dringend Wärme. Als er die Stiege hinunterging, kam ihm Johann entgegen. Er hatte seinen Bruder kommen hören und sich gewundert, warum er nicht in die Küche gekommen war, wo sie sich um diese Zeit normalerweise aufhielten.

»Ja, Bäschtl, was isch passiert? Du bisch ja ganz blau im Gsicht!«, rief Johann erschrocken aus, als er seinen Bruder genauer anschaute.

»I sags dr gloi, Hans, abr ….abr zersch brauch i gschwind an heiße…an heiße Dea und …moch doch a Fuir im Herd, bitt schea!«, stotterte Sebastian und eilte an Johann vorbei zur Küche. Dieser folgte ihm und antwortete: »I hob scho oigheizt, es isch ja firchtig wiascht duss! Do kennts a Sau grause. Des Wasser im Schiffle isch au scho heiß. Komm in d'Kuche, i moch dir an Dea! Und den Leberkäs und die Würscht moch i au schneall für di heiß.«

Sebastian lehnte sich gleich darauf über den warmen Herd, stammelte ein leises »Dank' schö', Hans!« und wich eine Viertelstunde nicht von der Stelle. Nebenbei trank er den heißen Tee, den Hans sofort aufgegossen hatte. Schließlich ging es ihm etwas besser. Das Zittern und Schlottern ließ nach, seine Lippen, Backen und Hände nahmen wieder eine rosige Farbe an. Er setzte sich an den Tisch und verschlang heißhungrig die Brotzeit, die Johann schon für ihn hergerichtet hatte. Danach war er wieder soweit erholt, um sich mit Johann unterhalten zu können. Dieser fragte ihn, vor Neugier platzend: »Was zum Deifl hosch du gmocht, dass du halbverfrore und saichnass hoim kommsch? Du muasch scho bald ins Bett, seesch wirsch du zletscht no krank. Des bräuchts ja wirklich it. Zersch verzählsch mr alls!«

»Mei, Hans, du hosch reacht ghet!«, begann Sebastian nun. »I bi froah, dass i gloi ins Dorf gritte bi. Stell dr vor, dr Franz hot sich d'Anton tatsächlich scho heit vorknepft! I hob alls beobachtet, o, als des schleachte Wetter komme isch. Drum bi i so saichnass und kalt gwore. S'war halt firchtig wichtig, alls zum seache und so viels goht vo dem aufzschnappe, was die zwoi gschwätzt hand.«

Johann sperrte den Mund weit auf, rollte mit den Augen, packte ein Stück Käse und schmetterte es mit aller Kraft auf den Boden, wobei er fluchte: »Dr Franz, der Herrgottskerle! Der mocht eis s'Leabe schwear! So a Saich! Hot er ebbs rauskriagt?«

Sebastian nickte, schnaufte ein paar mal und erklärte: »Ja, er hot die Farb aufm Wage gseache. Dr Anton hot si zwar guat rausgred, aber der Saukerl isch no unter d'Wage kroche und hot do mit Zindhealzla rumgfunzlet. Noch isch er mit am Holzspreißl mehr rauskomme. Den hot'r dem Anton vor d'Näs ghebt und ihn gfroget, woher die dunkle Flecke im Holz komme dädet, wo koi Farb dur die Ritze glofe isch.«

»Und was hot dr Anton gseht?«, drängte ihn Johann sogleich.

»I muass sage, dr Anton hot si guat gschlage, obwohl er arg verschrocke ausgluagt hot, bsonders am Ofang. Der hot si damit rausgred, dass er des Postfuhrwerk amol braucht hätt, um a verschossnes Kälble zum Metzgr zum fahre.«

Johann gab seinem Bruder nochmals eine große Tasse Tee. Sebastian nahm ein paar Schlucke davon und berichtete weiter: »Noch hots zmol firchtig s'rengne ogfange. S'hot so laut dau, dass i nimm alls so guat heare hob kenne. Die zwoi sind unters Vordach gange, und i bi am Zaun halb verfrore.«

Sebastian trank den Rest des Tees, während Johann, vor sich hinfluchend, neben ihm saß. Er erzählte weiter: »Han aber trotzdeam gnua Brocke aufgschnappet. Dr Franz hot ebbs vo Bodelsberg und dem Bluatfleck gseht und an Zusammenhang mit dem Dag gseache, an dem er di schier verwischt hätt. I hob au ebbs vo Untersuchunge mitkriagt, die wo die Kriminaler an dem Spreißel moche dädet. I glob, der hot den Anton ind Enge druckt.«

»Der Sauhund hot also die Spur aufgriffe und zum Anton zruckverfolget! Des isch nix!«, schimpfte Johann und schlug voller Wut mit der Faust auf den Tisch. Er fragte Sebastian: »Hot dr Anton ebbs rauslau, hot der mi verrate?«

Sebastian schüttelte den Kopf und erwiderte: »Noi, Hans, dr Anton hot dicht ghalte und nix gseht, bloaß d'Kopf na ghängt. Dr Franz hot'n aber vor a Wahl gstellt, so viel hob i mitkriagt. Er däd'n lofe lau, wenn er ihm d'Nome vo soim Wildschütz seht. Seesch däd er'n ozeige. Bis zum nägschde Montag däd er'm Zeit zum Nochdenke gea, des hob i am Schluss no gnau ghert. S'isch also no nix verlore, kosch ruhig …«

Sebastian musste unterbrechen, weil er einen heftigen Hustenanfall bekam. Johann stand auf, ging zum Kasten, wo die Schnapsflaschen verstaut waren. Er holte eine Obstler- und eine Enzianflasche heraus, entschied sich für den Enzian, ergriff zwei Schnapsgläser und schenkte sie mit den Worten voll: »Jetzt sauf gloi an Schnaps, Bäschtl! Zviel vo dem Zuig isch ja schleacht, weild bloaß dra verrecksch. Aber als Medizin und zur Vorbeugung isch des Zuig scho guat. Es isch besser, gloi an Schnaps zum saufe, als spätr in dr Lunge krank zwere. Komm, jetzt saufet mir a Stamperl zemad! Zum Wohl!«

»Prost, Hans!«, erwiderte Sebastian, und die beiden Männer kippten den Schnaps in einem Zug hinunter. Er wirkte auch, Sebastians Husten hörte auf. Johann holte nun noch Knoblauch, schnitt zwei Zehen in feine Stücke, butterte ein Brot und streute den Knoblauch darauf.

»Do, Bäschtl, des isch au guat!«, versicherte er seinem Bruder. »Dr Knoblauch hobt dr gloi d'Dampf naus und au alls, was di krank moche kennt. Mir kennet des oft vermeide, zum Doktor zum gange, weil mir au eisre eigne Methode hand. Die sind manchmal besser, als an Haufe Tablette zum schlucke, weisch!«

Sebastian lachte, denn er fühlte sich bereits viel besser und war nun vollends aufgewärmt. Der Schnaps und der Knoblauch heizten ihn innerlich nun sogar noch mehr auf. Er trank auch nochmals eine Tasse Hagebuttentee und aß kräftig. Dann sagte er: »Sei mr it beas, Hans, aber i gang jetzt ins Bett! I bi saumiad, des Ganze hot mi firchtig gschlauchet.«

»Ja, freilig, gang bloaß! Hauptsach isch, du bleibsch gsund. Guat Nocht, Bäschtl!«

»Guat Nocht, Hans«, erwiderte Sebastian, ging in seine Kammer und legte eine extra Decke aufs Bett. Er fühlte sich wohl und schlief schnell ein.

Johann saß in der Küche und grübelte noch lange. Die neue Situation war für sie beide sehr gefährlich. Erst gegen Mitternacht beschloss er, dass er heute zu keinem Ergebnis mehr gelangen würde und alles zunächst gut überschlafen müsste. Es kam sehr selten vor, dass er innerlich so verwirrt und nervös war. Es dauerte deshalb auch noch eine gute Stunde, bis sein Gehirn sich soweit beruhigt hatte, um etwas Schlaf zu finden.

Bereits gegen vier Uhr morgens wachte er dann schon wieder auf. Er war schweißgebadet, und sein Herz schlug wild. Er brauchte zunächst eine Weile, um sich zu beruhigen und sich zu versichern, dass der Albtraum, der ihn gequält hatte, nicht Wirklichkeit wäre. Seit er vom Krieg heimgekommen war, litt er öfter an solch schrecklichen Träumen, in denen er die Schlachten, Gefechte und Gemetzel wiedererlebte. Das Schreien und Wimmern der verwundeten und verblutenden Soldaten war noch tief in seinem Gedächtnis und Unterbewusstsein verwurzelt und kam immer wieder auf diese Weise zum Vorschein.

Auch heute Nacht hatte ihn wieder ein schlimmer Traum geplagt. Sein Gehirn hatte zuerst die wohl dramatischste Episode seines Einsatzes gegen Frankreich wie einen Film vor seinen Augen ablaufen lassen. Jenes Ereignis war so stark in seiner Erinnerung verankert, dass er in seinen Träumen wahrscheinlich noch lange Zeit darunter leiden würde. Jedoch war dieser erste Teil seines Traums zumindest heute Nacht nicht dafür verantwortlich gewesen, dass er so traumatisiert aufgewacht war. Gegen Ende seines Albtraums hatte ihn etwas anderes fürchterlich erschreckt.

Johann konnte nicht sofort wieder einschlafen. Er lag mit offenen Augen im Bett, während er sich nach und nach an den ganzen Traum erinnerte.

Er war im Jahre 1870 zusammen mit seinem Bruder Sebastian in den Krieg gegen Frankreich gezogen. Es war dann im Winter 1870/71 gewesen, als sie beide an einem kalten, nebligen Morgen inmitten ihrer Kavallerieeinheit einen Ort verlassen hatten, den sie vor ein paar Tagen trotz heftigen Widerstandes der Franzosen eingenommen hatten. Wegen der Kälte waren gerade die Orte hartnäckig umkämpft gewesen, denn sowohl die französischen als auch die deutschen Truppen hatten den Schutz und die Wärme der Häuser gesucht. An jenem Morgen nun war ihre Kavallerieeinheit, aufgeteilt in mehrere Züge und gefolgt von Infanteristen, weiter gegen Westen in Richtung Paris vorgedrungen. Der Krieg gegen Frankreich unter der militärischen Führung Preußens hatte bereits gute Fortschritte gemacht. Sebastian und er waren vorn im ersten Zug geritten, denn sie waren beide als ausgezeichnete Reiter und Kämpfer bekannt und oft in die gefährlichsten Situationen versetzt worden. Deshalb waren sie auch immer Seite an Seite geritten und hatten sich gegenseitig gedeckt. Auch an jenem Morgen hatte er sich mit seinem Bruder und ein paar guten Kameraden ganz vorn befunden, als sie sich auf ihren Pferden durch mehr oder weniger nebliges Gelände vorgetastet hatten.

Wieder einmal hatten sie dabei ein Nebelfeld durchqueren müssen, das dieses Mal in der Nähe eines kleinen Sees gelegen hatte. Ein Stück Wald hatte dort bis fast ans Ufer gereicht. Als sie sich vorsichtig durch diese enge Stelle bewegt hatten, waren urplötzlich laut schreiende und schießende französische Kavalleristen aus dem Schutz der Bäume auf sie zugeprescht. Sie hatten offensichtlich den Vorteil der Überraschung auszunützen versucht, um den Feind zu verwirren und so weit zu zerstreuen, dass sie im nachfolgenden Nahkampf schnell die Oberhand gewinnen könnten. Der französische Angriff hatte zur Folge gehabt, dass ein paar seiner Kameraden von den Schüssen getroffen und vom Pferd gefallen waren, unter ihnen auch Sebastian. Das Ganze hätte arg ausgehen können, wenn nicht zum großen Glück ihr Zugführer ein furchtloser Unteroffizier mit kühlem Kopf gewesen wäre. Dieser hatte sofort laute Befehle zum Gruppieren ausgerufen und damit ein zielloses Zersplittern seiner Einheit vermieden. Sie hatten es dann geschafft, sich in Sekundenschnelle in einem geschlossenen Block zu gruppieren und so zu vermeiden, total überrannt zu werden. Schon nach ein paar Minuten war dann von hinten Verstärkung nachgekommen in Form des nächsten Kavalleriezuges, der im Abstand von etwa 200 Metern gefolgt war und das Kämpfen gehört hatte. Diese Soldaten waren nun in geschlossener Formation und mit lautem 'Hurreh' ins Gefecht geprescht und hatten die Reihen der feindlichen Soldaten durchbrochen. Ein erbitterter Nahkampf mit Bajonetten war gefolgt, wobei beide Seiten einige Verluste erlitten hatten. Die deutschen Truppen hatten schließlich die Oberhand gewonnen, aber erst, nachdem noch ein weiterer Zug zu Hilfe gekommen war. Die Franzosen hatten schließlich ihren Angriff aufgegeben und waren zurück in den Wald geflohen.

Alles war so schnell gegangen, dass er sich im ersten Moment nicht gleich um seinen Bruder hatte kümmern können. Er hatte sich mit den anderen formieren müssen, um überhaupt eine Überlebenschance zu haben. Sobald aber ihre Unterstützung ins Gefecht geprescht war, hatte er Cäsar umgedreht und war die wenigen Meter zu der Stelle zurückgeritten, wo Sebastian getroffen vom Pferd gestürzt war. Dieser war in einer Blutlache am Boden gelegen. Ein Schuss hatte ihn weit rechts in die Brust getroffen, ein anderer ins Knie. Der Bruder hatte schon einiges Blut verloren. Johann hatte dessen Uniform sogleich aufgerissen, um zuerst zur lebensgefährlichen Wunde in der Brust zu gelangen. Er hatte dann nach seinem eigenen Verbandszeug gegriffen und das Bluten damit gestoppt. Schnell hatte er dann auch noch die andere Wunde am Knie verbunden, die weniger stark geblutet hatte. Mittlerweile war die Gefechtslage schon so weit zum Vorteil der Deutschen geschwungen, dass er sich vom Schlachtfeld hatte entfernen können. Er hatte Sebastian so schnell wie möglich ins Feldlazarett zurückbringen müssen, das während der letzten Tage an ihrem letzten Standort eingerichtet worden war. Er hatte Sebastian gepackt und all seine Kraft gebraucht, um ihn vorn auf Cäsars Rücken zu heben. In Windeseile hatte er danach noch ein paar Jacken von den Körpern gefallener Soldaten gerissen und diese um seinen Bruder gewickelt, denn der hatte so warm wie möglich bleiben müssen. Daraufhin hatte er sich in den Sattel geschwungen, Cäsar die Fersen gegeben und ihm laut zugerufen: »Lof, Cäsar, lof, lof, lof!« Das Tier hatte den ernsten Ton in der Stimme seines Herrn sofort erkannt und war losgaloppiert. Jede Minute war damals kostbar gewesen. Er hatte während jenes Teufelsrittes mit der einen Hand Sebastian und mit der anderen die Zügel festgehalten. Trotz der doppelten Last hatte Cäsar ein wahres Wunder vollbracht. Der Hengst war schnell wie der Wind galoppiert, während seine Nüstern und sein Maul Schaum ausgesprüht hatten. An jenem Tag war seine enge Bindung an Cäsar wie noch nie zuvor zur Geltung und zweifellos zu Sebastians Rettung gekommen. So manch anderes Ross wäre bestimmt vor Erschöpfung zusammengebrochen, aber nicht so Cäsar. Das Pferd hatte sein hohes Tempo weitgehend halten können und war schon nach etwa 15 Minuten in den Ort geprescht. Vor dem Feldlazarett hatte er Cäsar kräftig gezügelt und auch »Halt, Cäsar, halt!« ausgerufen. Er war sofort abgesprungen und hatte Sebastian vom Pferd gezerrt, wobei er laut um Hilfe gerufen hatte. Sogleich waren zwei Sanitäter herangeeilt und hatten ihm dabei geholfen, den Bruder ins Haus zu tragen. Dort hatte sich ein Arzt sofort seiner angenommen. Die Kugel in der Brust hatte dort eine Rippe zerschlagen, jedoch war der Arzt imstande gewesen, sie einschließlich der zersplitterten Knochenstücke zu entfernen, nachdem er Sebastian mit Alkohol betäubt hatte. Die Wunde am Knie war nicht lebensgefährlich gewesen, aber man hatte schnell feststellen müssen, dass Sebastian sein Leben lang ein steifes Bein haben würde. Ohne die schnelle Hilfe seines Bruders wäre Sebastian wahrscheinlich nicht einmal lebend im Lazarett angekommen, und sein Leben war selbst nach ärztlicher Behandlung noch immer Spitz auf Knopf gestanden. Aber er hatte es geschafft, seine gesunde und zähe Natur hatte ihn durchgerissen. Seine Brustwunde war danach verheilt, aber sein Knie war eben zerschlagen. Sebastian war schon bald als Kriegsbeschädigter nach Hause geschickt worden, während Johann noch den ganzen Krieg bis zum Sieg über Frankreich hatte durchstehen müssen.

Johann setzte sich im Bett auf. Er hatte diesen bestimmten Albtraum schon oft gehabt. Obwohl er immer wieder schrecklich war, so hatte er ihn bisher noch nie in solche Angst versetzt, dass er dabei schweißgebadet aufgewacht wäre. Dieser Teil seines heutigen Traums war jedoch in eine gar fürchterliche Episode übergegangen.

Zuerst hatte er noch kurz von seiner Rückkehr nach Hause und der Freude geträumt, wieder ein friedliches Leben führen zu können. Dann hatte er sich plötzlich auf der Bank vor der Haustür sitzen sehen. Es waren zwei Gendarmen erschienen, hatten ihn gepackt und schnurstracks zu einem Galgen gezerrt. Dort waren etliche Leute versammelt gewesen, wobei einer der anwesenden Männer mit dem Finger auf ihn gezeigt hatte. Er hatte ihn genau erkannt, es war der Anton Maurus gewesen. Während die Schlinge nun eng um seinen Hals gezogen worden war, hatte Anton weiterhin auf ihn gezeigt und seine Augen tief in die seinen gebohrt. Sein beschuldigender Blick war wie ein Pfeil in sein Inneres gedrungen. Er war wie gelähmt gewesen und hatte diesem Bann nicht entweichen können. Dann hatte sich die Falle schlagartig geöffnet. Er war ins Leere gefallen, seine Angst hatte sich mehr und mehr gesteigert, bis er schließlich das Zuziehen der Schlinge und dann einen heftigen Ruck gespürt hatte und … am ganzen Leibe zitternd aufgewacht war.

Nun saß er im Bett und sah das Schreckgespenst des Maurus Anton noch immer vor seinen Augen. Er hatte zwar schnell erkannt, dass er das Ganze nur geträumt hatte, aber er konnte nun auch die Realität sehen, nämlich, dass man ihn tatsächlich als Wildschütz aufhängen könnte, wenn der Anton ihn verraten würde. Er beschloss deshalb, heute Nachmittag das Notzeichen zu setzen und zusammen mit Sebastian abends im Heinzenstadel auf ihn einzureden. Er befürchtete sehr, dass Anton womöglich seine Nerven verlieren und auf die Einschüchterungen und Drohungen des Jägers hereinfallen könnte. Es war sowohl ihm als auch seinem Bruder klar, dass Franz nichts Substanzielles gegen sie oder Anton vorbringen könnte. Das alte, eingetrocknete Blut im Holz würde nach beinahe zwei Monaten mit aller Wahrscheinlichkeit nicht einmal mehr als Blut identifiziert werden können geschweige denn als Wildblut. Die Luft hätte es zu sehr verblassen lassen. Gelegentlich wären bestimmt auch die Nässe und der Schmutz der Straße an die Unterseite des Wagens gespritzt. Johann wusste, dass Franz mit seinem 'Beweismaterial' schon bei der Gendarmerie nicht weit käme geschweige denn beim Gericht. Es bestanden ganz einfach so große Zweifel bezüglich des besagten Flecks im Holz, dass es wahrscheinlich nicht einmal zu einer Anzeige gegen Anton käme. Er vermutete, dass Franz das selber wusste und nur versuchte, den Anton mit diesem Trick zum Reden zu bringen. Ein gutes Gespräch mit Anton dürfte deshalb genug sein, um ihn zu beruhigen und ihm zu versichern, dass er von Franz und vom Gesetz nichts zu befürchten hätte. Er würde ihm jedoch sagen, dass er angesichts der jetzigen Lage für eine geraume Zeit nichts schießen würde und ihm sogar die Wahl geben, ob er danach weitermachen wolle oder nicht. Obwohl sie ihn als ihren Helfer sehr ungern verlieren wollten, würden sowohl er als auch Sebastian es verstehen, dass diese Sache für ihn nun vielleicht zu riskant wäre, weil man ihn wahrscheinlich zumindest in nächster Zeit im Auge behalten würde. Er würde ihm jedoch garantieren können, dass im Augenblick noch nichts verloren war, solange er die Nerven bewahrte, alle Anschuldigungen abstritt und weder ihn noch seinen Bruder verriet.

Johann grübelte noch bis in den Morgen hinein, denn er konnte sowieso nicht mehr schlafen. Er ging alles noch mehrmals in Gedanken durch und wollte beim Frühstück nochmals alles mit Sebastian durchkauen. Wenn es irgendwie möglich wäre, so überlegte er sich, dann würde er den Anton schon gern als seinen Helfer beibehalten, denn dieser war bisher immer fair und zuverlässig gewesen. Nur einmal schien ihr Anteil vom Verkauf eines Wildes weniger als erwartet gewesen zu sein, nämlich bezüglich des Erlöses für den Bock, den er am 14. August geschossen hatte. Sein feines Gespür hatte jenen Bock etwas schwerer eingeschätzt, als dieser dann dem verdienten Geld zufolge gewesen sein musste. Vielleicht hatte er ja das Gewicht des Bockes in seiner Eile nicht so genau wie normalerweise eingeschätzt, gestand er sich ein, schüttelte dann aber den Kopf. Mochte es gewesen sein, wie es wollte, seine innere Waage hatte ihn zumindest zuvor noch nie betrogen, beschloss er. Auf keinen Fall könnte er den Anton wegen jenes einzigen Zweifels an seiner Fairness des Betruges bezichtigen. Er sprach ja oft mit den anderen Wildschützen über diesen Teil ihres Geschäfts. Er hörte dabei immer wieder über ihre Probleme mit den Transporthelfern. Demnach versuchte der eine oder andere von ihnen immer wieder, die Wildschützen zu betrügen und ihnen weniger zu geben, als ihnen zustand. Johann wusste nur zu gut, dass alle Wildschützen auf ihre Helfer angewiesen und ihnen bezüglich ihrer Ehrlichkeit in gewissem Maße ausgesetzt waren. Sebastian und er hatten jedoch auch in dieser Beziehung mit Anton sehr zufrieden sein können und wollten ihn deshalb auch aus diesem Grund nach Möglichkeit nicht verlieren. Die heutige Unterredung mit ihm würde das Problem mit Franz hoffentlich in den Griff bringen.

Schließlich war es Zeit zum Aufstehen. Johann traf Sebastian in der Küche an. Er hatte gut geschlafen und fühlte sich wie neugeboren. Die beiden diskutierten die Lage nochmals genau, nachdem Johann seine nächtlichen Gedanken vorgebracht hatte. Sie beschlossen, dass ihr nächster Schritt eine dringende Unterredung mit Anton wäre. Sebastian würde sogleich ins Dorf reiten und den Anton den ganzen Tag lang unauffällig beobachten und sich versichern, dass dieser nicht in die Nähe der Jäger käme. Am Nachmittag würde er ihr Notfallzeichen für heute Abend setzen. Beide waren zuversichtlich, dass sie den Anton beruhigen und ihn davon überzeugen könnten, dass der Franz nichts Beweisbares gegen ihn hatte.

Am Abend schlichen sich die beiden Brüder dann zum Heinzenstadel und warteten auf Anton. Dieser kam aber nicht. Sie warteten noch über eine Stunde vergeblich und sahen dann ein, dass Anton heute nicht kommen würde. Schließlich kehrten sie vorsichtig nach Hause zurück und besprachen die neue Lage. Johann sagte besorgt: »Dr Anton will mit eis und dr Wildrerei nix mehr zdeand hau, des isch mir klar! I fircht, der hängt eis no, damit er seal aus dr Schlinge isch! Er luagt ganz gwiis auf soi Familie und soi Ehr.«

Sebastian nickte zustimmend und fügte dazu: »I glob, s'däd eis an d'Krage gange, wenn mir nix mochet. Mir hand koi Wahl it, entweder der oder mir sind dro!«

Johann hörte seinem Bruder mit grimmiger Miene zu und dachte nach. Kurz darauf sagte er mit entschlossener Stimme: »Hosch reacht, Bäschtl! S'hilft nix, mir miasset d'Anton ausm Weg romme. I moch des sehr ogern, weisch! Aber mir kennet it riskiere, dass der eis verrät! Er hot ja im Auguscht gseht, er kennt für nix garantiere, falls die Sach zheiß wäre däd. Außerdem kennts eh sei, dass er eis mehr mitm Geld bscheisst. An Himmelfahrt war eisr Geld zknapp, des weiß i jetzt ganz gwiis!«

»Des isch wohr! Horch, mir miasset so schnells goht handle, Hans!«, drängte Sebastian. »Wie mochet mir des?«

Johann überlegte ein paar Minuten lang und teilte dann Sebastian seinen Plan mit: »I verschiaß'n morn im Wald auf soim Rückweg vo Kempten! Des Wetter isch grad so schleacht, dass dr Anton wahrscheinlich ind Nocht neikommt. I nehm eisre zwoi gladene Schrotgweahr mit. Wenn dr Anton alloi auftaucht, reicht oi Schuss. Sott er mit ebbarn andre fahre, wahrscheinlich mit'm Guggemos, noch muass der halt au dra globe.«

Sebastian schwieg und dachte seinerseits nach.

»I deck di dahoim a, Hans!«, versicherte er dann seinem Bruder und schaute ihm in die Augen. »Weisch ja, dass du di auf mi verlasse kosch!«

»Des weiß i, Bäschtl. Mir haltet auf Biege und Breche zemad. I gang morn mehr in d'Säge und komm noch Mittag hoim. Später schleich i mi dann mitm

Cäsar verstohle dur'en Wald an a günschtige Stell an dr Stroß. Ziemlich weit auf dr Görisrieder Seite, aber no im Hochwald, weisch scho. Do derfts scho eandat dunkel sei, wenn dr Anton auftaucht.«

»Moch des so, Hans!«, bestätigte Sebastian den Plan. »I weiß, dass du guat schiaße kosch und so gschwind bisch, dass ma di it verwischt. Horch, wenns goht, noch schnapp dir'm Anton soin Geldbeitel und a paar andre Sache, so dass es noch am Raubmord ausluaget! Nimm mit, was goht! Wenn scho, denn scho, weisch! Mir wissets scho zum verstecke.«

»Des isch a ganz guate Idee! Komm, mir gand jetz ins Bett, mir miasset morn guat druff sei.«

»No was, Hans!«, sagte Sebastian mit festem Blick auf seinen Bruder. »Muasch ganz guat aufpasse, dass du bei Nocht und Nebel it aus Verseache d'Falsch verschiasch! Vor allem dr Guggemos kommt au oft zspät no do dur, manchmal au a andrer. Dr Anton kennt ja au in Bodelsberg übernachte, weisch!«

»Koi Sorg, Bäschtl!«, winkte Johann beruhigend ab. »Weisch, i hob au auf d'Nocht guate Og und brauch die in aller Herrgottsfriah allad beim Jage. Außerdem kenn i'm Anton soi Ross guat, weil mi Rösser allad scho interessiert hand. Die Maja hot oberhalb dr Nüstre an helle Strich im Fell. Zersch kommet ja d'Ross, und wenns d'Maja isch, hot dr Anton d'längscht Zeit glebt! Guat Nocht, Bäschtl!«

»Guat Nocht, Hans, und schlof guat!«, erwiderte Sebastian zufrieden.

Die Brüder standen auf und gingen in ihre Kammern.

Es war Mittwoch, der 9. Oktober, und das Wetter war seit Montagnachmittag sehr nass und kalt gewesen. Polare Feuchtluft war eingedrungen und es sah so aus, als ob es noch einige Tage dauern würde, bis sich die Wetterlage wieder besserte. In der Nacht vom Montag zum Dienstag hatte es im Allgäu bis unter 800 Meter heruntergeschneit, und Görisried war zu einer zehn Zentimeter dicken Schneedecke aufgewacht. Das war nichts Ungewöhnliches im Allgäu, wo zu jeder Jahreszeit Schnee in den Bergen fallen und selbst das Vorland im Juni und im August etwas Schneefall erhalten konnte. Im Juli blieb Letzteres jedoch so gut wie immer davon verschont.

Johann kam am frühen Nachmittag vom Sägewerk nach Hause zurück, bereitete sich auf seinen Anschlag vor und versorgte Cäsar so gut, dass dieser sich lange ruhig verhalten würde. Noch vor vier Uhr verließ er heimlich sein Anwesen. Er suchte im Wald entlang der Bodelsberger Straße nach einem günstigen Platz und entschied sich schließlich für eine versteckte Stelle im 'Grund'. Ein Stück davon entfernt band er Cäsar an. Im Versteck zog er sich dann einen gelöcherten Strumpf über den Kopf, klemmte einen Sack an den Gürtel, machte beide Gewehre schussbereit und wartete. Noch kamen mehrere Fuhrwerke vorbei, jedoch nicht Antons. Johann brauchte viel Geduld. Nach sechs Uhr fuhren nur noch zwei Einspänner in Richtung Görisried durch, aber keines der beiden wurde von Maja gezogen. Johann vergewisserte sich diesbezüglich genau. Gegen acht Uhr wurde es dann totenstill. »Vielleicht kommt dr Anton heit gar nimm hoim«, dachte sich Johann, beschloss aber, noch bis zehn Uhr hier auszuharren.

Anton war mittlerweile auf dem Rückweg von Kempten. Er saß halb vorgelehnt auf seinem Bock, wobei die weite Kapuze seines Regenmantels sein Angesicht fast ganz verdeckte. Das Ereignis von Montag nachmittag hatte ihm schwer zugesetzt. Er war seitdem sehr besorgt und verängstigt gewesen. Cezilie hatte seinen bedrückten Zustand auch sogleich bemerkt und ihn wiederholt besorgt gebeten, ihr doch den Grund dafür mitzuteilen. Sie hatte gemeint, dass er recht bleich im Gesicht aussehe, und ihn angefleht, ihr doch sein Herz auszuschütten. Es war wiederum vergebens gewesen, denn Anton hatte sich vorgenommen, diese Sache nun schlagartig zu beenden und Cezilie bis dahin aus allem herauszuhalten. Es würde sich nun alles sehr bald wieder normalisieren, so hatte er sich ermuntert. Selbst, wenn ihm gar nichts anderes übrigbliebe, als den Johann zu verraten, so würde sich damit für ihn ein Ausweg aus der ganzen Misere finden.

Mit besorgter Miene starrte er vor sich hin und nahm von der Außenwelt wenig auf. So tief war er in sich selber versonnen. Der bloße Gedanke einer Anzeige gegen ihn passte überhaupt nicht in sein Leben hinein. Noch nie hatte er eine solche Androhung bekommen, und er wollte es auch jetzt grundsätzlich vermeiden, dass er es mit dem Gesetz zu tun bekäme. Selbst, wenn man ihn der Anschuldigungen des Jägers nicht überführen könnte, so würde allein der Verdacht der Mithilfe beim Wildern seinem Ruf nicht gut tun. Man könnte seine Ehrlichkeit bei zukünftigen Geschäften infrage stellen, und das könnte ihm zum Nachteil werden. Die Leute würden ihm vielleicht weniger trauen, weil er möglicherweise unehrliches Geld verdient hätte.

Wie hoch war die Wahrscheinlichkeit wirklich, dass Franz ihn anzeigte, fragte er sich immer wieder. Er schien fest dazu entschlossen zu sein, falls er den Mund hielte, dachte Anton. Er zerbrach sich den Kopf darüber, ob man ihm in diesem Fall wirklich etwas nachweisen könnte. Er wusste nicht genug über die heutigen Möglichkeiten der Kriminalgendarmerie und konnte deswegen nicht ausschließen, dass Franz vielleicht ziemlich richtig läge. Leider wäre es für ihn zu schwierig, innerhalb einer Woche sichere Informationen diesbezüglich herauszufinden, und er beschloss deshalb, die Drohung des Jägers ernst zu nehmen und davon auszugehen, dass er der Helferrolle für einen Wildschützen überführt werden könnte.

Anton zog sich die Kapuze noch tiefer ins Gesicht, denn der Wind blies den Regen unter sein Vordach. Irgendwie war er neben seiner Angst auch zornig gegenüber Johann, denn dieser hatte das ganze Problem durch seinen Fehler verursacht. Zuerst hatte es dann zwar so ausgesehen, als ob es kein Nachspiel gäbe, aber Franz war dann doch auf seine Spur gekommen. Nun war es wirklich so weit gekommen, dass er froh sein könnte, ungeschoren aus dem ganzen Schlamassel herauszukommen. Wie er schon am Montag beschlossen hatte, würde er unter gar keinen Umständen in weiterem Kontakt zu den Kraus-Brüdern bleiben. Er hatte zumindest diesen Entschluss auch deswegen gefasst, weil Franz ihm heimlich folgen könnte, falls er sich mit ihnen träfe. Deswegen hatte Anton auch das gestrige Notfallzeichen der Brüder ignoriert. Es war für ihn nun unwichtig, was sie wollten, denn für ihn war das Geschäft zu Ende. Gestern Abend hatte er auch den Strick nicht am Fuhrwerk befestigt, obwohl er gewusst hatte, dass er wie üblich heute am Mittwoch nach Kempten fahren würde. Sollten sie doch denken, was sie wollten, hatte er sich überlegt. Jeglicher Notfall von ihrer Sicht aus sollte nun ihr eigenes Problem sein. Ganz bestimmt hatte ihr dringliches Anliegen nichts mit seinem Problem zu tun, denn sie wussten ja nichts von seinem Treffen mit Franz, so hatte er sich beruhigt. Alles Außergewöhnliche anderer Art ginge ihn nun nichts mehr an. Er hatte beschlossen, auf sich und seine Familie zu achten und alles abzubrechen. Heute morgen hatte er diesbezüglich die letzte Angelegenheit erledigt und ihren Teil des Erlöses vom Verkauf des letzten Wilds ins Versteck gebracht, obwohl kein Stein unter dem Busch gelegen hatte. Er hätte auch ohnehin kein Wild mehr mitgenommen, selbst, wenn eines dort versteckt gewesen wäre. Er schuldete den Kraus-Brüdern nun nichts mehr, alles war fair.

Er rückte unruhig auf seinem Sitz hin und her. So gern er die ganze Sache mit der Wilderei als abgeschlossen betrachten wollte, so steckte er noch immer bezüglich des Jägers Drohung recht tief im Sumpf. Sein großes Problem blieb die Entscheidung, ob er Johann verraten oder es doch darauf ankommen lassen sollte, dass Franz ihn tatsächlich anzeigte. Noch hatte er ja etwas Zeit, beruhigte er sich immer wieder. Vielleicht würde ihm ja bis Montag noch etwas einfallen.

Er war heute sehr spät daran, denn das schlechte Wetter machte die Fahrt langsam und beschwerlich. Er erreichte den »Adler« erst um halb sieben Uhr abends. Da er unbedingt noch heimfahren wollte, ließ er sich auch vom Guggemos nicht davon abhalten, der dort übernachten wollte. Kurz vor halb acht Uhr fuhr er dann weiter.

Als er nun durch den Wald rollte, kämpfte er wiederum mit der Entscheidung, die er bis Montag treffen müsste. Er suchte immer noch nach einem Ausweg, denn er wollte Johann nur verraten, wenn es absolut nicht anders möglich war. Er würde ihn damit zumindest ins Gefängnis und vielleicht sogar an den Galgen bringen. Franz hatte aber vielleicht recht, dass der Wildschütz ohnehin gefasst würde, falls er der Helferrolle beim Wildern überführt und so lange geplagt würde, bis er ihn preisgeben müsste. Es sah nicht gut aus, ganz gleich, wie er die Lage betrachtete. Falls ihm keine Lösung einfiele, dann würde ihm wahrscheinlich nichts anderes übrigbleiben, als sich selbst und seine Familie zu retten. Noch hätte er ja etwas Zeit, sagte er sich immer wieder und grübelte weiter in der Hoffnung, doch noch einen Ausweg zu finden. Als er sich nun dem 'Grund' näherte, war er froh, schon bald zu Hause zu sein.

Etwas nach neun Uhr hörte Johann das schwache Geräusch eines von Bodelsberg kommenden Fuhrwerks. Er streckte seinen Kopf zwischen den Büschen hervor und legte eines der Schrotgewehre an, während das andere griffbereit neben ihm an einem Baumstamm lehnte. Dieses würde er nach seinem ersten Schuss dann mit sich zum Fuhrwerk nehmen. Im Nebel erschien nun ein schwaches Licht und gleich danach das Zugpferd. Johann schaute genau hin. Ja, es war Maja, er erkannte den hellen Streifen über den Nüstern. Er zielte auf die sich nähernde Gestalt des Fuhrmanns und schoss, als dieser nur wenige Meter von ihm entfernt war…

…

Xaver blickte auf. So hätte es gewesen sein können, überlegte er sich. Natürlich hätte es sich nicht genau so wie in seiner Fantasie zugetragen, aber diese enthielt zumindest die wichtigen Punkte der neuen Mutmaßung.

»Was kennt nach dem Mord passiere und was kennt aus d'überlebende Leit in moiner Fantasie g'wore sei?«, murmelte Xaver vor sich hin. »Und wie hätts sei kenne, dass koi Mensch a Ahnung vo Antons hoimlicher Verwicklung ghet hot?«

Xaver kratzte sich am Kopf. Damals war kein Mensch mit einem Verdacht dieser Art zur Gendarmerie gekommen, sinnierte er weiter. Das bedeutete aber nicht unbedingt, dass niemand von dieser Sache gewusst haben könnte.

Er schüttelte den Kopf. Gemächlich stopfte er seine Pfeife, zündete sie an und versank gleich darauf wieder in seinen Gedankengängen, die seine mögliche Geschichte fortsetzten…

…

Franz hatte schon am Donnerstagvormittag von der schrecklichen Nachricht gehört, als er nach seiner morgendlichen Pirsch zunächst ins Dorf geritten war, um Besorgungen zu machen. Er war seitdem sehr schockiert, denn der Anton und seine Familie taten ihm leid. Natürlich machte auch er sich nun seine Gedanken bezüglich des Mörders. Sicherlich hätte der Täter ein Raubmörder gewesen sein können, der Anton noch dazu mit dem Guggemos verwechselt haben könnte, gestand er sich in Gedanken ein. Aber für ihn kam auch eine andere Möglichkeit in Betracht, nämlich, dass es einen Zusammenhang zwischen dem Mord und seinem Druck auf Anton gäbe, den Wildschützen zu verraten. Immer wieder schüttelte Franz den Kopf und überlegte sich dabei, dass die Kraus-Brüder nichts von seinem kürzlichen Treffen mit Anton im Posthof wissen konnten und deshalb keinen Grund gehabt hatten ihn zu beseitigen. Es erschien ihm höchst unwahrscheinlich, dass Anton sich während der kurzen Zeit zwischen dem Treffen und dem Mord mit ihnen getroffen und ihnen von seiner Drohung erzählt hatte. Anton hätte bestimmt zunächst genug mit sich selbst zu tun gehabt und sich wahrscheinlich vor einem schlecht durchdachten Treffen mit den Gebrüdern Kraus gehütet, weil er sich selbst damit in Gefahr gebracht hätte. Er hätte ihnen ja dabei Anlass zur Angst gegeben, dass er sie verraten könnte. So, wie er Anton kannte und wie er ihn am Montag eingeschüchtert verlassen hatte, wäre er wohl kaum zu seinem Wildschützkumpanen gegangen, um von ihm Rat zu erhalten. Anton hätte sich wohl kaum in die Höhle des Löwen gewagt in der Hoffnung, dort eine Lösung zu finden, und hätte den Kraus-Brüdern vielleicht ohnehin nicht geglaubt, falls diese ihm versichert hätten, dass das vorgebrachte Beweismaterial vollkommen unzulänglich sei. Anton hätte bestimmt vermutet, dass sich die beiden in erster Hinsicht selbst schützen würden. Sie hätten es außerdem auch nicht verhindern können, dass er von Franz angezeigt werden würde, falls er zu ihnen stände und sie nicht verriete. Nein, so beschloss Franz, der Anton wäre nicht so dumm gewesen und hätte die Brüder bezüglich der drohenden Anzeige eingeweiht. Er schätzte deshalb einen Zusammenhang zwischen dem Mord und seiner Drohung an Anton als unwahrscheinlich ein und neigte wie alle anderen zur Vermutung eines Raubmords.

Als er am Freitag in der Frühe zum Forsthaus ritt, überlegte sich Franz, ob er nicht doch den Gendarmen seinen Verdacht mitteilen sollte, dass Anton wahrscheinlich in ein Wilderergeschäft verwickelt gewesen sei. Er würde dann auch die Kraus-Brüder nennen, und das würde bewirken, dass man beide intensiv verhörte. Johann war ja ohnehin als heimlicher Wildschütz bekannt, wenngleich man ihm das nicht nachweisen konnte. Franz rückte jedoch ziemlich schnell von dieser Idee ab, denn er kannte Johann und seinen Bruder zu gut. Die zwei hielten zusammen wie Pech und Schwefel, und Sebastian würde seinen Bruder mit Sicherheit abdecken. Er würde bezeugen, dass Johann um die Tatzeit bei ihm zu Hause gewesen sei, und Johann würde seinen Bruder gleichermaßen abdecken. Beide würden ihre Aussagen notfalls auch beeidigen und selbst vor Meineiden nicht zurückschrecken. Es bestünde auch keine Hoffnung, irgendwelche von Antons Fuhrwerk geraubten Gegenstände bei ihnen zu finden, selbst, wenn einer von ihnen den Anton erschossen hatte. Die beiden waren ganz einfach zu gerissen. Nein, es wäre eine reine Zeitverschwendung, die Gendarmen ohne konkrete Hinweise auf die Spur der Kraus-Brüder zu lenken.

Franz ritt durch den immer noch anhaltenden Regen. Er dachte weiter nach und fand noch einen anderen Grund, weshalb er nichts von Antons möglicher Verbindung mit dem hiesigen Wildschützen herauslassen würde. Es ging hier nicht nur um Anton allein. Dieser hatte bereits weit mehr erlitten, als er verdient hätte, falls er wirklich der vermutete Transporthelfer Johanns gewesen wäre. Es ging nun um seine zurückgelassene Familie und seinen Ruf. Cezilie wusste offensichtlich gar nichts von Antons heimlichem Geschäft, sie war vollkommen unschuldig. Wenn er nun zu allem Unglück, das ihr und den Kindern widerfahren war, auch noch seinen Verdacht gegen Anton bekannt machte, dann würde die Familie noch zusätzlich leiden. Die Leute würden eine solche Neuigkeit schnell verbreiten, und der gute Ruf der Familie käme in Gefahr. Man würde vielleicht auch Cezilie der Mitwisserschaft verdächtigen. Auf jeden Fall würde trotz unzureichender Hinweise ein Schatten auf die Familie und deren Nachkommen fallen, an den sich die Leute erfahrungsgemäß noch lange erinnern würden. Unglücklicherweise blieben Gerüchte gern im Volksmund haften und leiteten gar oft zu zweifelhaften Mutmaßungen. Das war eben leider so, und die Familie Maurus hatte so was ganz gewiss nicht verdient. Nein, so sinnierte Franz, er könnte es vor seinem Gewissen nicht verantworten, diese unschuldige Familie noch weiter zu belasten.

Im Forsthaus besprach Franz nochmals alles mit seinen Kollegen. Diese gaben ihm recht, und alle drei beschlossen, ihren Mund zu halten und sich weiterhin auf ihre Arbeit einschließlich der Jagd nach dem Wildschützen zu konzentrieren.

Cezilie kämpfte innerlich dauernd mit der ungelösten Frage bezüglich Antons untypischem Verhalten während der letzten Monate. Sie bereute es, dass sie Anton nicht stärker zur Aufgabe seiner Verschlossenheit gedrängt hatte. Aber sie tröstete sich etwas damit, dass sie ja wirklich versucht hatte ihn zum Reden zu bewegen. Es war ganz einfach nichts zu machen gewesen, vergewisserte sie sich immer wieder. Sie hatte sich nichts vorzuwerfen, versuchte sie sich zu beruhigen, wurde aber dennoch von einem unguten Gefühl geplagt, dass sie vielleicht doch nicht genug getan hätte. Ihr Instinkt hatte sie gewarnt, sie hatte genau gespürt, dass irgendetwas nicht in Ordnung gewesen war. Wenn sie ihn irgendwie zum Reden gebracht hätte, wäre sein Tod vielleicht zu vermeiden gewesen, warf sie sich vor. Im Rückblick hätte sie bestimmt mehr unternommen, aber das half jetzt nichts mehr. Es war zu spät, sie hatte ihren lieben Mann verloren. Noch mehr schmerzte sie, dass sie vielleicht nie wissen würde, was Anton ihr verheimlicht haben könnte. Dieser mögliche Vertrauensbruch setzte ihr ganz besonders zu. Dennoch, sie wollte und würde ihm vergeben. Sollte ihr inneres Gefühl richtig gewesen sein und Anton ihr etwas Wichtiges verschwiegen haben, so hätte er bestimmt seine Gründe dafür gehabt. Sie wusste in ihrem Herzen genau, dass er sie mit seiner Verschwiegenheit bestimmt nicht hatte verletzen wollen. Wer weiß, so sinnierte sie immer wieder, vielleicht war Anton ja in einer schwierigen Lage gesteckt und hatte sie und die Familie nur beschützen wollen. Tief in ihrem Inneren spürte sie, dass sie das Vertrauen ihres Mannes nie verloren und er sie aus irgendeinem guten Grund nicht in sein Geheimnis eingeweiht hatte. Er war ja, abgesehen von seiner heurigen Verschwiegenheit, immer gut und aufrichtig zu ihr gewesen. Sie wusste, dass er sie aufrichtig geliebt hatte. Das gab ihr Trost. Sie würde nun Kraft in ihrem Glauben finden, viel beten und Anton mit Liebe in ihrem Herzen bewahren.

Schon bald nach Antons Beerdigung entschied sich Cezilie, hier zu bleiben und das Anwesen mit Hilfe der Familie und der Dorfgemeinschaft weiter zu bewirtschaften. Sie war ganz einfach hier zu Hause und noch einigermaßen jung. Sie war sieben Jahre jünger als Anton und bei seinem Tod 38 Jahre alt. Dank der großzügigen Hilfe vieler Leute schaffte sie es auch, das heimatliche Anwesen zu halten.

Zwei Jahre später nahm dann Joseph Schneider, ein 42-jähriger Junggeselle, Interesse an ihr und heiratete 1875 in das Anwesen ein. Das half der Familie sehr. Das Paar hatte zusammen sogar noch zwei Kinder. Das Leben ging weiter, und Cezilie fand in Joseph einen guten und treuen Partner. Dennoch vergaß sie Anton nie, denn er war ihre erste Liebe und der Vater ihrer gemeinsamen Kinder gewesen. In ihrem Herzen würde sie immer genau wissen, dass Antons mysteriöse Verschlossenheit vor seinem Tod nicht als Vertrauensbruch ihr gegenüber gedeutet werden dürfte. Sie hatte das schon gleich nach dem Mord gefühlt und spürte nun noch stärker, dass sie seine Liebe und sein Vertrauen nie verloren hatte, obwohl er dieses Geheimnis offensichtlich nicht mit ihr hatte teilen können. Das gab ihr innere Beruhigung.

Johann und Sebastian Kraus waren beide zu Antons Beerdigung gekommen und hatten alles mit starren Mienen beobachtet. Wie alle waren sie sich bewusst gewesen, dass die Leute Notiz davon nehmen würden, wer sich hier nicht blicken ließe, und sie würden sich nach dem Grund dafür fragen. Hatten diese vielleicht ein Schuldgefühl oder Angst vor dem Kommen, so würde schnell gemunkelt werden.

Danach verhielten sie sich zunächst ruhig. Niemand schien den geringsten Verdacht auf sie zu haben. Sie hatten zumindest damit gerechnet, dass Franz die wahrscheinliche Verwicklung Antons mit ihnen und ein deshalb mögliches Mordmotiv der Gendarmerie melden würde. Franz wüsste Letzteres, aber nicht, dass sie von seinem Druck auf Anton Kenntnis hätten. Selbst, wenn das vermutet würde, gäbe es keinerlei Beweise gegen sie. Johann hatte sauber gearbeitet, einen Raubmord vorgetäuscht und somit den Verdacht bereits von ihnen abgelenkt. Sollten sie wirklich noch befragt und durchsucht werden, dann würden sie sich gegenseitig abdecken, notfalls mit Meineiden. Spuren würde hier niemand finden.

Die Tage vergingen, und niemand nahm sie ins Visier. Dennoch beschlossen sie, dass es zu gefährlich wäre, erlegtes Wild entlang der Straße nach Bodelsberg zu befördern. Diese würde noch für einige Zeit von Gendarmen patrouilliert werden, die auch Fuhrwerke anhielten. Außerdem hätten sie jetzt ohnehin keinen Transporthelfer mehr. Ihr Plan, in diesem Jahr genug Geld zu sparen, war nun nicht mehr ausführbar, so mussten sie sich eingestehen. Nach einiger Beratung beschlossen sie jedoch, dass Johann nächstes Jahr nicht mehr zum Holzstrecken gehen, sondern das heimische Anwesen wie geplant auf Vordermann bringen sollte. Außerdem würden sie nächstes Jahr das kleine Bäcker- und Krämergeschäft im Dorf wieder übernehmen und zunächst einen Angestellten für den Laden beschäftigen. Johann oder Sebastian würden abwechselnd frühmorgens zum Brotbacken gehen. Sie würden auch den bisherigen Fuhrmann weiter beschäftigen, der die Waren für den Laden regelmäßig von Kempten mitbrachte. Trotz des Geschäfts im Dorf und des Rechenmachens wollte Johann unbedingt auch wieder wildern, wenngleich etwas weniger. Johann gab zu, dass ihm das Jagen zu sehr im Blut stecke und er es nicht ganz aufgeben könne.

Die Brüder schauten sich schon bald um einen anderen Transporthelfer um, und es gelang ihnen, im Winter einen anderen Söldner zur Mithilfe zu überreden. Es war der Friedolin Ahegger, der nebenerwerblich Truhen fertigte und diese gelegentlich nach Kempten zum Verkauf beförderte. Er wohnte auf einem Einödhof in der Nähe, was die Verständigung erleichterte. Wie gehabt, nahm Friedolin nun ab April 1873 Wild mit nach Kempten.

Das Wildern funktionierte auch problem- und fehlerlos bis zum Jahresende, abgesehen von zwei Vorfällen, wobei Franz Lechleitner den Johann wieder beinahe erwischt hätte. Jedes Mal war Franz nicht weit entfernt gewesen, als Johann schoss. Aber dieser war so schnell gewesen, dass er dem Jäger dennoch entkommen war.

Franz war nach dem zweiten Vorfall im September zorngeladen zurück ins Forsthaus geritten und hatte sich den ganzen Tag nicht mehr beruhigt. Er hatte schier durchgedreht und sich fluchend eingestanden, dass er es ganz einfach nicht schaffen würde, den Johann zu schnappen. Seine Unterlegenheit hatte sein Inneres dieses Mal zutiefst getroffen. An jenem Tag war sein altes Ehrgefühl wieder voll durchgebrochen. Johann hatte ihn heute wirklich zum Wahnsinn getrieben. Nachmittags hatte er sich dann eine Flasche Schnaps besorgt und vorgehabt, nur ein wenig zu trinken, um den Ärger zu lindern. Als er aber abends allein gewesen war, hatte er sich anscheinend so sehr in diese Sache hineingesteigert und dabei einen Schnaps nach dem anderen getrunken, bis die ganze Flasche leer gewesen war. Am nächsten Tag war er nicht bei der Arbeit erschienen, und als Joseph Schorer nach ihm geschaut hatte, war er tot auf dem Bett und die leere Schnapsflasche auf dem Boden gelegen. Franz hatte sich buchstäblich totgetrunken und war an Alkoholvergiftung gestorben. Die traurige Neuigkeit war ein Schock für alle gewesen, denn jeder hatte mittlerweile geglaubt, dass er sich vollkommen vom Alkohol gelöst hätte. Johann und Sebastian waren jedoch froh gewesen, einen Widersacher weniger zu haben.

Ende des Jahres 1873 hatten die Kraus-Brüder dann genug Geld beisammen. Der Hof war wieder in Schwung, das Rechenmachen und auch der Laden liefen zufriedenstellend. Nun war es Zeit, mehr Felder und Kühe zu kaufen. Sie machten über den Winter diesbezüglich auch einige günstige Geschäfte. Der vergrößerte Hof bedurfte nun weiterer Arbeitskräfte. Johann hielt deshalb noch vor Weihnachten um Vronis Hand an und heiratete sie schon im März. Sie war sehr tüchtig und konnte voll mitarbeiten, so lange sie noch keine Kinder hatte. Das erste ließ aber nicht lange auf sich warten. Es war ein gesunder Bub. Die Familie konnte es sich nun leisten, einen Knecht zur Verstärkung einzustellen. Johann müsste nun gewiss nicht mehr zum Wildern gehen, aber er konnte es einfach nicht ganz lassen. Vroni hatte schon immer geahnt, dass er ein heimlicher Wildschütz sei. Johann hatte es ihr auch noch vor der Hochzeit eingestanden, aber sie hatte ihn dennoch geheiratet. Etwas später hatte sie versucht, ihn zur Aufgabe des Wilderns zu überreden, hatte sich aber schließlich mit einem akzeptablen Kompromiss zufriedengeben müssen. Demnach wurde Johann kein Wild mehr für den Schwarzmarkt in Kempten, sondern nur noch während der eisig kalten Wintermonate ein paar Stücke für den Eigenbedarf schießen. Somit könnte Johann sein Jagdfieber zumindest noch im Winter befriedigen. Der Kompromiss funktionierte auch. Johann verbarg geschossenes Wild in grossen, im Wald vergrabenen Truhen. Dort blieb das Fleisch im gefrorenen Boden haltbar. Ab und zu schlich er sich dann immer dorthin, schnitt genug Fleisch für ein paar Tage ab und gab den Leckerbissen seiner Frau zum Kochen.

Die Kraus-Brüder betrieben das Bäcker- und Krämergeschäft noch bis 1882, verkauften es dann und widmeten sich ausschließlich ihrem Hof und dem Rechenmachen. Johann freute sich immer auf den Winter und konnte es jedes Mal kaum erwarten, wieder zu jagen. Erst im Alter von etwa 60 Jahren fühlte er, dass er bei haarigen Situationen mit den Jägern nun vielleicht etwas zu langsam sein könnte, und gab seine Leidenschaft schweren Herzens auf.

Johann und Vroni hatten sieben Kinder, drei Buben und vier Mädchen. Mit 64 Jahren übergab Johann den Hof an seinen ältesten Sohn, der dann seine eigene Familie gründete. Im Jahre 1924 starb sein Bruder Sebastian. Das war ein arger Verlust für ihn, denn der Bruder war wie ein Teil von ihm gewesen. Nach dessen Tod wurde Johann immer besinnlicher. Man konnte ihn oft allein auf der Hausbank sitzen und Pfeife rauchen sehen. Er war nicht mehr gesprächig, schaute vor sich hin und beobachtete das Leben und Treiben am Hof. Seine Enkelkinder brachten ihn gelegentlich zum Lächeln, denn er hatte viel Freude an ihnen.

Er war eine zähe Natur, aber schließlich neigte sich sein Leben dem Ende zu. Im März 1928 wurde er bettlägerig. Als er dann am Morgen des 21. März spürte, dass er wohl heute noch sterben würde, ließ er nach dem Pfarrer rufen. Er flüsterte seine Sünden in Andreas Schnellers Ohr. Als er diesem vom Mord an Anton Maurus und den Grund dafür erzählte, rollten die Augen des Pfarrers wild umher, er fing an zu zittern und wurde blass. Er gab Johann die letzte Ölung und verließ verstört das Anwesen…

…

Xaver stand auf und ging im Zimmer umher. An dieser Stelle war seine mögliche Geschichte abgeschlossen. Er lenkte seine Gedanken zu jenem jüngsten Vorfall des 21. März 1928. Die Berichte der Leute hatten diesbezüglich übereingestimmt. Demnach gab es die folgenden Tatsachen:

Man hatte am Morgen des Tages nach dem Pfarrer Andreas Schneller gerufen, denn es war mit Johann Baptist Kraus zu Ende gegangen. Der Geistliche war auch gleich zum Versehen gekommen und hatte Johanns letzte Beichte abgenommen. Irgendetwas an Johanns Beichte hatte ihn offensichtlich nervös gemacht. Der verstörte Pfarrer hatte das Anwesen nach etwa einer halben Stunde wieder verlassen und Johann war noch am selben Tag gestorben.

Andreas Schneller hatte gleich nach seinem Versehdienst zur Schule gehen müssen, um dort Religionsunterricht zu geben. Seine ungewöhnlich aufgeregte

Verfassung war von den Kindern bemerkt worden. Sie hatten später ihren Eltern davon berichtet, die dann darüber nachgedacht hatten. Als Ergebnis war das Rätsel bezüglich des vor fast 56 Jahren begangenen Mordes an Anton Maurus wieder heftig ins Gespräch gekommen. Diese traurige Geschichte war vor diesem Tag nur noch selten erwähnt worden. Nur ältere Leute hatten ab und zu davon erzählt, weil sie sie in ihren jüngeren Jahren selbst miterlebt hatten.

Seitdem gingen nun im Volksmund sowohl die Geschichte bezüglich Johanns letzter Beichte als auch die darauf gebaute neue Mutmaßung zum Mordfall Anton Maurus umher:

Johann Baptist Kraus habe auf seinem Sterbebett seine Seele erleichtert und dem Pfarrer Andreas Schneller den Mord am Boten Anton Maurus gestanden. Der Johann habe das aus Angst getan, denn er habe befürchtet, dass Anton ihn anzeigen könnte, weil dieser sein geschossenes Wild mit nach Kempten genommen und dort an bestimmte Händler verkauft habe. Das Wild sei in einen Sack vernäht gewesen, durch welchen trotzdem noch Blut gedrungen sei. Womöglich habe der Maurus sogar einmal eine drohende Bemerkung gegenüber Johann gemacht. Es sei sicherlich kein Problem für Johann gewesen, den Anton von den bis an die Straße reichenden Bäumen und Büschen aus von seinem Bock zu schießen. Ein jeder Wilderer sei ja mit Sicherheit auch ein hervorragender Schütze. Es sei also eine Leichtigkeit gewesen, den Anton zu erschießen, es habe nur die innere Einstellung dazu gebraucht, um sich moralisch und in der Seele zu einer solchen Tat zu bringen.

Xaver nickte zufrieden, denn er war mit seiner erfundenen Geschichte zu dieser Mutmaßung zufrieden. Andere Versionen dazu müssten sich ebenso mit deren Hauptelementen auseinandersetzen. Wie immer es in Wirklichkeit gewesen sein mochte, der Konflikt zwischen den Jägern und den Wildschützen war eine Tatsache, dachte sich Xaver. Illegal geschossenes Wild wurde heimlich in die Stadt auf den Schwarzmarkt befördert. Insoweit hatte die neue Mutmaßung bereits eine reelle Basis, beschloss Xaver. Anton Maurus könnte sich aus irgendwelchen Gründen mit einem oder mehreren Wilderern eingelassen haben, das war leicht möglich. Der als heimlicher Wildschütze bekannte Johann Baptist Kraus könnte aus irgendeinem Grund mit Anton übers Kreuz gekommen sein und befürchtet haben, dass dieser ihn verraten könnte. Die

Erwähnung eines noch blutenden Wildes in der Mutmaßung gab einen Hinweis darauf, dass ein Fehler die mögliche Ursache für Johanns Angst vor einem Verrat hätte sein können. Unstimmigkeiten bezüglich des Profits könnten ebenso oder zusätzlich zum Entschluss Johanns beigetragen haben, den Anton zu ermorden.

»Mei Gott, bi i doch a alter Nochsinner!«, dachte sich Xaver. »Dabei weiß i gar it viel vom Johann Kraus und vo dr Familie Maurus.« Er gestand sich ein, dass er infolge seiner schon 1879 begonnenen Laufbahn bei der Kriminalpolizei Kempten zu lange von Görisried weg war und fast alles Familiäre über diese Leute erfunden hatte.

Von Johann war ihm nur sicher bekannt, dass dieser in Wirklichkeit bis 1882 als Bäckermeister und Krämer beim »Hanslbeck« tätig und als heimlicher Wildschütze bekannt gewesen war. Er selber konnte sich noch gut an ihn in diesem Laden erinnern. Johann war auf dem Henselhof sesshaft gewesen und hatte sich später als Rechenmacher betätigt. Vor Kurzem war er nun im Haus Görisried Nummer 18 verstorben. Xaver wusste nichts von etwaigen Geschwistern, einer Ehefrau und Kindern.

In Bezug auf Anton Maurus kannte er dessen kleinen Hof gegenüber der 'Oberen Mühle' sehr gut. Anton war seines Wissens nach im unteren Dorf gebürtig und hatte dorthin eingeheiratet. Er war Söldner und Kemptener Bote gewesen. Xaver wusste auch, dass seine Frau Cezilie und die Kinder Franz und Johann mit ihm dort gelebt hatten. Genauere Einzelheiten bezüglich seiner Familie hätte er vielleicht von den Görisriedern erfragen können, dachte sich Xaver. Aber sie wären im Zusammenhang mit dem Mordfall nur nebensächlich.

»Jetzt frog i no d'Schorsch, was der zu der ganze Gschicht moint!«, beschloss er und verließ den Raum, um seinen Kollegen zu holen. »Der Schorsch und i sind und bleibet halt mit Leib und Seele Kriminaler, so ähnlich, wie dem Johann wahrscheinlich des Wildre im Bluat gsteckt isch.«

Ein paar Minuten später erzählte Xaver seinem Kollegen Georg Gerstmair alles über den alten Mordfall Anton Maurus einschließlich der beiden Mutmaßungen und seiner dazu erfundenen Geschichten. Als er Georg schließlich alles genau erklärt hatte, riss er die Arme in die Höhe und rief aus: »Mei,

Schorsch, do war damals ebbs los im Dorf! I hob bis dett no nie so a Aufregung verlebt ghet! Und Angscht und Misstraue hand d'Leit ghet, vor allem Angscht! Wer nach Bodelsberg und Kempten hot fahre miasse, hot des nimm alloi dau, und koiner isch mehr s'nochtes dur d'Wald. Wenns it andersch gange isch, noch hand d'Leit liaber irgendwo übernochtet.«

Georg nickte verständnisvoll und sagte: »Des ko i guat verstau, Xaver. Mir hätts au vor dem Wald grauset. Man hot ja d'Mörder it verwischet!«

Xaver deutete nickend auf den Zeitungsausschnitt und erwiderte: »Freilig hand d'Leit firchtig Angscht ghet, dass der mehr zuschlage kennt. Jetzt sag mr aber, was du zu dem Fall moisch!«

»Ja, als Erschtes isch es wichtig, dass mir alle Tatsache guat oluaget. Noch dem hot es damals koi konkrete Spure oder Beweis gea und ma hot koin Verdächtige ghet. Es hot au koiner die Tat gegenüber dr Gendarmerie oigstande«, fasste Schorsch zusammen.

»Richtig!«, stimmte Xaver zu. »Mir hand im Prinzip bloaß zwoi Muatmaßunge, auf die mir als Kriminaler natürlich nix Beweisbares stütze kennet. Der Fall bleibt also noch wie vor ogleast. Des isch klar, bevor mir den diskutieret, Schorsch.«

»Ja freilig, Xaver«, sagte Schorsch mit einem Nicken. »S'isch so wie bei dem mysteriöse Tod vom König Ludwig. Der isch damals im Starnberger See versoffe und koiner hot gwisst, wie des hergange isch. Do sind au Muatmaßungen aufkomme. Die Sach wird allad a Rätsel bleibe, obs a Oglück oder Mord war.«

»Do hosch reacht, Schorsch. S'schad aber nix, si Muatmaßunge guat ozumluage und si do neizumversetze. Was moisch du zu der ursprüngliche Raubmordvermutung?«, fragte Xaver.

»Mei, Xaver, des hätt guat so sei kenne, weisch!«, antwortete Schorsch und schnaufte tief durch. »Es kennt au sei, dass dr Anschlag eigentlich dem Guggemos golte hot und a vereinzelte Tat war. Es kennt scho sei, dass dr Täter danach aus irgendoim Grund nimm zuagschlage hot. Die Möglichkeit vo oim oder vielleicht sogar mehrere Raubmörder bleibt also auf jeden Fall stande.«

Xaver nickte, stand auf und ging im Raum hin und her, wobei er sich seine Pfeife anzündete. Nachdem er ein paar Züge geraucht hatte, erwiderte er: »So seh i des o. Wie luagts mit der nuie Muatmaßung aus?«

Schorsch dachte ein paar Minuten nach und sprach konzentriert: »Weisch, bei dr erschte Muatmaßung hots koin Verdächtige gea, bloaß an Unbekannte! Jetzt hand mir a gnaure Art vo Muatmaßung, nämlich mit am mögliche Täter und am mögliche Motiv. Beweis hand mir zwar koine, aber s'kennt scho ebbs dra sei am Volksmund, weisch!«

»S'wird wirklich viel gschwätzt unter d'Leit, des wisset mir all«, meinte Xaver dazu. »Ebbs isch a Schmarre und ebbs entweder wohr oder zum Teil wohr. Es isch it allad leicht, d'Bledsinn und d'Tratsch vo dr Wohrheit zunterscheide.«

Schorsch lachte laut und bemerkte: »So isch es halt auf eisrer Welt! Luag mr mol, was mir als Tatsache feschthalte kennet.«

»Ja guat, Schorsch. Dr Johann isch doad und eis entwischt, falls er dr Täter war. Dr Pfarrer war an soim Sterbebett, des isch gwiis. Noch war'r an dr Schul und d'Kind hand gmerkt, dass'r firchtig aufgregt war. D'Kind hand alle s'Gleiche dahoim verzählt. Weisch, dene kommt nix aus, die merket beim Lehrer und beim Pfarrer alls.«

»Wie sind die Eltern druff komme, dass dr Johann dem Andreas Schneller d'Mord am Anton Maurus beichtet hot? Der kennt doch ganz andre Sünde oder Schurkereie oigstande hau!«, überlegte sich Schorsch sogleich, stand auf und kratzte sich am Kinn.

»Weisch, Schorsch, des losst si einigermaße leicht nachvollziehe«, erklärte Xaver. »Luag her, so a Pfarrer heart scho allerhand bei d'Beichte und regt si driaber gwiis it so schnell auf. Dr oi gstoht a Lumperei ei, dr andr isch neabe naus gange! Dr Johann muass scho ebbs Graisligs beichtet hau. Da hand si d'Leut halt bloaß an die domolig Untat erinnre kenne, und dr Johann war ja domols a jungr Kerle.«

»Des verstand i, Xaver. Es isch ja a klois Dorf«, erwiderte Schorsch nachdenklich. »Bloaß isch mir it klar, wie die Leit zu so a detaillierte Muatmaßung komme sind. Do isch die Red vom Wildre, vo am bluattropfende Wild, a mögliche drohende Bemerkung vom Anton und vom Mordmotiv vom Johann, nämlich soinr Angscht vor am Verrat.«

Xaver ging zum Fenster. Nachdem er eine Weile versonnen auf die Straße geblickt hatte, drehte er sich zu Schorsch hin und sagte: »Des Gleiche hob i mir au scho denkt, Schorsch. Weisch, dr Kraus Johann war halt domols unter d'Leit als hoimlichr Wildschütz bekannt! Do reimet si die Leut jetzt in dem Zusammenhang ebbs zemad und die G'schicht spricht si rum. Dabei ändret dr oi oder andre a bissle ebbs dra oder erfindt ebbs dazu. Am End kommt noch scho so ebbs raus wie die nuie Muatmaßung.«

Schorsch nickte, zog eine Zigarre aus seiner Tasche und zündete sie an. Schließlich fügte er dazu: »Ja, ja, des isch so a Sach mitm Volksmund. Auf dr oi Seite muass ma sakrisch aufpasse, was dra wahr oder falsch sei kennt. Auf dr andre Seite darf ma'n aber au it unterschätze, weil oft was dra isch, gell!«

»Ja freilig, Schorsch. Drum luaget mir au gnau no. Es kommt scho no ebbs dazu. Bis jetzt hand mir vorausgsetzt, dass die Leit ohne jegliche zusätzliche Information bei der Muatmaßung oglangt sind. S'kennt aber sei, dass die und ganz bsonders des gnaue Detail no a andre Quelle ghet hand.«

Schorsch hob den Kopf, seine Augen blitzten auf. Er wusste, worauf Xaver hier anspielte, und sprach seine Gedanken aus: »Du alter Fuchs, du! Ja, s'kennt scho sei, dass vo dr Beicht seal am End irgendwie ebbs rausgsickret isch.«

Xaver lächelte, denn er war in seinem Element. Er gestikulierte heftig, als er das Thema weiter verfolgte: »Die Pfarrer hand ja ihr Beichtgeheimnis, und dr Schneller hot au öffentlich nix vo Johanns Beichte rauslau, des derft soweit klar sei. Aber mir sind halt alle bloaß Mensche. Mir derfet dem Pfarrer hier ganz gwiis nix unterstelle, aber vielleicht isch'm doch des oi oder andre Wort rausgrutschet, wahrscheinlich aus Verseache.«

»Des kennt'm vielleicht scho passiert sei, möglicherweis im vertrauliche Kreis. Der kennt aber vielleicht it ganz dicht gwese sei«, meinte Schorsch.

»Am Schluss sind mir auf alle Fäll mehr so weit, dass mir eigentlich gar nix wisset!«, fasste Xaver zusammen.

»Richtig! A jeder ko si denke, was'r will, und ko si sei eigne Muatmaßunge und Gschichte zemadreime. I halt aber die nuie Muatmaßung zumindescht für oinigermaße wahrscheinlich, weisch!«, beschloss Schorsch.

Xaver nickte zustimmend, klopfte den Tabak aus seiner Pfeife und sagte: »I glob o, dass sie eander zautreffe kennt als die bisherig Raubmordvermutung. Mir miasset aber fair gegenüber'm Kraus Johann und soiner Familie bleibe.

Auf koin Fall derfet mir die aufgrund vo bloaße Muatmaßunge auf irgend a Weis verurteile. I hoff, dass die Leit si was des ogoht korrekt verhaltet.«

»Do hosch reacht, Xaver!«, sprach Schorsch. »Weisch, s'kennt sogar sei, dass mir mit beide Muatmaßunge aufm Holzweg sind und sich dr Mordfall ganz anders agspielt hot!«

»Ja freilig, Schorsch. Mir kennet it wisse, ob dr Anton Maurus in ebbs verwickelt gwese isch, wovo koi Mensch a blasse Ahnung ghet hot.«

Schorsch dachte einen Moment nach, kratzte sich am Kopf und antwortete: »Möglich, aber eandert unwahrscheinlich. Es geit koi Ozeichen dafür.«

»Luag, Schorsch, ma hot vo Antons möglicher Verwicklung in d'Wildrerei bis vor Kurzem au gar nix gwisst!«, antwortete Xaver achselzuckend.

»Des stimmt, Xaver, aber jetzt isch ja zumindescht a mögliche Verwicklung vom Anton auftaucht. I glob it, dass der als kloinr Baur und Fuhrmann für irgendwelche zusätzliche zwielichtige Gschäfte Zeit ghet hot. I moin, er war vielleicht entweder im Wildrergschäft mit dinn oder womöglich in ebbs andrem, aber höchstwahrscheinlich it in zwoi Sache gleichzeitig. I seh soi Healferrolle für d'Wildrerei vor allem wegs dr reacht gnaue Oinzelheite als die wahrscheinlichschte o.«

Xaver hörte sich Georgs Argument gut an, blickte ein paar Minuten lang nachdenklich auf ihn und blies den soeben eingesogenen Rauch in die Luft. Dann nickte er langsam und erklärte:

»Do hosch wahrscheinlich reacht, Schorsch. Dr Anton war reacht arm. S'mocht scho viel Sinn, dass er aus wirtschaftlicher Not nur in die Sach mit dr Wilderei neitriebe wore isch. Des hätt si ihm wegs soinr Botentätigkeit au wirklich guat obote. Sott des it stimme, noch däd stattdesse abr allad no irgendoine unbekannte Verwicklung offe stande, wahrscheinlich au im Zusammenhang mit Kempten.«

Georg ergänzte mit zustimmender Miene: »Des kennt scho so gwae sei, Xaver. Vielleicht isch dr Anton Maurus wegs soinr Verwicklung in a unbekannte Sach verschosse wore. Bloaß isch do halt bis heit no nix bekannt gwore, und i glob it, dass do no ebbs auftaucht. Trotzdeam, ausschließe kennet mirs it. Weisch, wenns d'Leit zu drecket goht, noch suchet se noch allerhand Möglichkeite, um zum überleabe. Wenns legal it goht, noch halt illegal.«

»Freilig, und wenns dem ganze Volk firchtig schleacht goht, noch kommts oft zu Aufständ, Revolutione oder seesch ebbs«, sprach Xaver mit nachdenklichem Gesicht. »Bei eis luagts seit dem verlorene Kriag schleacht aus, und da kennt no allerhand auf eis zuakomme.«

»Hoffet und betet mir fürs Beschte! Mir kennet …«, riet Georg und unterbrach, weil er nießen musste. Er zog sein Taschentuch aus dem Hosensack und schneuzte sich kräftig.

Xaver blickte auf die Kuckucksuhr an der Wand und drängte nun darauf, das Gespräch zu einem Ende zu bringen. Er deutete auf die Uhr und sagte: »Horch, Schorsch! Mir lasset den Fall Anton Maurus als ogleast stande. I schreib no vor'm Mittag an Bericht zu der nuie Muatmaßung und legn zu dr Akte.«

Georg murmelte seine Zustimmung, sagte »Pfiati daweil, Xaver!« und verließ das Zimmer. Xaver verabschiedete sich gleichermaßen und konzentrierte sich nun auf den Bericht.

Etwas später läuteten die Kirchenglocken zu Mittag. Xaver schrieb noch die letzten Zeilen, staubte dann die ganze Akte nochmals säuberlich ab und ging damit zum Aktenschrank. Dort verstaute er sie wieder am richtigen Platz, wobei er sich mit hochgezogenen Brauen fragte, ob sie je wieder das Licht des Tages erblicken würde.

Ende

Über den Autor

Anton A. Maurus, geb. am 24. März 1957 in Rauns bei Waltenhofen, Landkreis Oberallgäu; Abitur am Allgäu-Gymnasium Kempten, danach Wehrdienst; Studienbeginn an der Universität Augsburg (Jura) und TU München (Geologie); 1981-85 Studium an der Monash University (Bachelor of Science) und dem Victoria College (Diploma in Education), beide in Melbourne, Australien; 1986-91 Lehrer für Naturwissenschaften und Deutsch im australischen Bundesstaat Victoria; 1991-96 bei der Deutschen Bundespost im Allgäu tätig; seit 1996 Lehrer und selbständiger Gärtner in Melbourne; er lebt nun in Warrnambool an der Südwestküste Victorias.